АНДРЕЙ ВОРОНИН

МАКСИМ ГАРИН

МУ-МУ СКВОЗЬ ОГОНЬ И ВОДУ

Роман

МИНСК
ХАРВЕСТ
2002

УДК 882
ББК 84(2Рос-Рус)2
В 75

В75 **Воронин А., Гарин М.**
Му-му. Сквозь огонь и воду: Роман.— Мн.: ООО «Харвест», 2002.— 352 с.
ISBN 985-13-07445-9.

Ради того, чтобы наказать врага, обидчика, чтобы восторжествовала справедливость, человек готов на все. Единственное на что он не имеет права — умереть пока живы его враги...

Герой книги Андрея Воронина готов на все, ему нечего терять. Но жизнь не научила его различать под маской друзей врагов, не научила жестокостью отвечать на жестокость. Прозрение пришло к нему поздно — он потерял жену, детей, доброе имя, четыре года пришлось провести в тюрьме, и даже после этого у него попытались отнять последнее — жизнь...

Эта книга продолжает новый сериал Андрея Воронина, автора бестселлеров «Слепой и Комбат».

УДК 882
ББК 84(2Рос-Рус)2

ISBN 985-13-07445-9

Глава 1

Сергей Дорогин полчаса просидел на скамейке в самом конце набережной, очередной раз взглянул на часы и в сердцах произнес:

— Журналисты — самый необязательный народ в мире, договоришься с ними конкретно, четко — и обязательно подведут! И чем конкретнее договоренности, тем чаще, черти, подводят.

Он уже собрался уходить, как в кармане куртки затрещал мобильник.

— Я дико извиняюсь, Сергей, дико! Ты меня простишь, ты меня поймешь, шеф вызвал на совещание. Это срочно, поверь! Я не смогла отвертеться, ты уж меня прости! Прощаешь?

— Ну что с тобой, Варвара, делать! Конечно прощаю. Тем более погода хорошая, я посидел, отдохнул, на людей посмотрел. Может, завтра встретимся, у тебя действительно было срочное дело.

— Как тебе сказать, еще час назад оно было срочным, а буквально пять минут назад шеф сказал, что для моего нового материала в его газете места нет. С шефом такое случается. У него в голове тараканы завелись. Ты уж меня прости, хоть я и не виновата!

— Хорошо, Варвара, не волнуйся! Если понадоблюсь, найдешь меня в любое время дня и ночи! Не церемонься.

— Найду. Ты меня еще раз прости.

Сергей спрятал телефон в карман, огляделся по сторонам. Значит, не судьба встретиться сегодня с журналисткой «Свободных новостей плюс» Варварой Белкиной. Он легко поднялся с зеленой скамьи, закинул за плечо спортивную сумку, закурил и, неторопливо пуская голубоватые облачка дыма, двинулся вдоль набережной. Хоть он и не встретился с хорошим человеком — Белкиной, но его настроение от этого ничуть не ухудшилось.

— Весна, — сказал Сергей Дорогин самому себе. — Погода шепчет! Сирень в цвету, настроение у меня хорошее.

Он шел, глядя на прохожих, на женщин с колясками, на беременных и их смешные, немного несуразные тени.

«12 дня. Куда пойти?»

И тут он услышал звук. Вначале услышал, затем определил источник. Тихий звук заставил его вздрогнуть и остановиться. Есть вещи, которые человек запоминает на всю жизнь, до гробовой доски: запах матери, вкус черного хлеба с молоком, первое прикосновение к руке женщины, первый поцелуй и… звуки. На них у Дорогина была прекрасная память.

Он стал как вкопанный, медленно повернул голову, хотел увидеть и боялся ошибиться. Увидел…

Мужчина в белой шляпе, в светлой полотняной куртке, рядом с ним четыре подростка. Мужчина сидел на спинке лавки, в его руках — губная гармошка. Мужчина играл до боли знакомую песню. «Разлука ты, разлука, чужая сторона! Никто нас не разлучит, лишь мать сыра земля!» — бормотал Дорогин, вслушиваясь в звуки губной гармошки.

4

Так мог играть лишь один человек, один в огромном десятимиллионном городе, один в бескрайней России, один на голубом шарике Земли.

— Пашка, — прошептал Дорогин. — Это же Пашка Разлука!

Пошатываясь, не веря в удачу, Дорогин двинулся к лавке. Он брел как загипнотизированный, приближаясь к мужчине и детям. Остановился в пяти шагах от них прямо на газоне, остановился и слушал, завороженный, потрясенный. Перед его глазами проносились картины детства.

Сигарета сгорела, обожгла кончики пальцев, а Дорогин все стоял неподвижно, исступленно глядя на сутулую спину мужчины, торчащие лопатки, тонкую шею.

Первыми Дорогина заметили подростки, они уставились на него, продолжая слушать незатейливую мелодию, которую мужчина выводил на губной гармошке. Дорогин сделал один шаг, затем еще несколько и тихо подпел Пашке густым теплым баритоном:

— Никто нас не разлучит, лишь мать сыра земля...

Сергей пел протяжно, вкладывая душу в каждую ноту, в каждое слово. Мужчина, продолжая играть, медленно обернулся... Губная гармошка, сверкнув хромированным ребром, выпала из его пальцев. Он сидел и моргал. Казалось, еще несколько секунд — и он лишится чувств, рухнет со спинки ярко-зеленой скамейки на траву, как подстреленный из рогатки воробей. А Дорогин продолжал петь уже без аккомпанемента, музыка звучала в его памяти, звучала ярко, отчетливо.

5

Мужчина в белой шляпе тяжело задышал, его лицо побледнело, глаза стали влажными, словно каштаны, извлеченные из зеленой толстой кожуры.

— Разлука! Здорово! — выкрикнул Сергей, бросая в траву погасшую сигарету.

— Ты. Это ты?! — певучим тенором произнес мужчина, сдвигая шляпу на затылок.

— А то кто же, Пашка! — выдохнув, бросился к другу Сергей.

Они обнимались на глазах изумленных подростков. Те смущенно переглядывались друг с другом. Один из них наклонился, поднял гармошку и протянул мужчинам. Дорогин взял губную гармошку.

— Паша, это та самая?

— Нет, другая... — сказал Павел, пожирая глазами Дорогина.

То же самое делал и Сергей. Они поворачивали друг друга, оглядывая с разных сторон, изучая и убеждаясь, что это они.

— Конечно же это ты! — сказал Павел Матюхов, по кличке Разлука. — Тридцать лет пролетели, как один день!

— Тридцать один! — уточнил Дорогин, прижимая к себе друга детства. — Ты что тут делаешь? — спросил Сергей.

— Играю, не понял еще?

— Знаешь, я бы мог пройти мимо, но гармошка, гармошка... — Сергей прижал ее к губам и поцеловал. — Паша, гармошка!

— Она, родная, Серега! Она!

— И песня... Если бы ты играл что-нибудь другое... Я навряд ли бы узнал...

— А я сидел один, пацаны подошли, попросили сигарету, а я им говорю: «Курить вредно, братцы мои, я вам лучше сыграю!». И я им сыграл...

— Ладно, мы пойдем... Спасибо вам, — сказал вихрастый подросток, поправляя рюкзак.

— Да, ребятки, идите! Спасибо вам за все!

— За что?

— Благодаря вам друга детства встретил.

— Это вам спасибо! За музыку. Вы играли, а у нас слезы на глаза наворачивались.

Подростки побежали вдоль набережной, а мужчины продолжали стоять, ощупывая друг друга взглядами. Случаются же такие чудеса! В огромном десятимиллионном городе — встретить друга детства!

— Ты как? — спросил Павел Матюхов. — Вижу, хорошо... Жена, дети, наверное, есть. Здесь, в Москве, живешь?

— Нет, под Москвой, — ответил Дорогин.

— А здесь что делал? Как тебя сюда занесло?

— Встреча деловая была назначена... Но дама не пришла, зато Бог тебя послал. Садись, что мы стоим, как столпы соляные.

Мужчины сели. Дорогин вертел в дрожащих пальцах губную гармошку.

— Кажется, что эта та самая, но сколько лет прошло...

— Она — один в один, как та — немецкая, я такую и искал. Только та играла чуть мягче... А у этой звук немного жестковатый.

Сергей вытряхнул из пачки сигарету, нервно, жадно закурил.

— Как ты, что ты? — спросил Дорогин.

7

— Приехал с предложением в один комитет, а они меня отфутболили, сволочи!

— В какой комитет? Зачем?

— Это даже мне неинтересно... Лучше ты о себе расскажи.

— Пойдем в ресторан, в бар, посидим, выпьем... — предложил Дорогин, рассматривая своего друга детства так, словно сличал фотографию с оригиналом.

— Что ты на меня так смотришь? Сильно изменился? Постарел?

— Ясное дело — не помолодел! Все-таки тридцать один год прошел!

— Ну на, смотри, любуйся! — Павел Матюхов стащил с головы шляпу, хлопнул ее на скамейку.

Огромная лысина, взъерошенные на висках волосы, но глаза те же, грустные, темно-карие, как каштаны, вспомнил сравнение учительницы русского языка и литературы Дорогин.

— Сильно старый?

— Ничего... не сильно изменился, — произнес Сергей.

— А ты чуть другой стал, Серега, слишком взрослый, что ли...

Дорогин расхохотался. Рассмеялся и Павел.

— Фу ты, черт! — сказал Матюхов. — Здесь я мог встретить кого угодно! Мог увидеть народного артиста, эстрадную звезду, актера, политика, но чтобы встретить тебя, Серега, я даже представить себе такого не мог!

— Да и я не ожидал!

— Серега, ты знаешь, где я был?

— Когда?

— Буквально пару недель тому.

— Где?

— В нашем детском доме...

— Ты там был? — словно не веря в услышанное, спросил Сергей.

— Был...

— Ну и что? Как там?

— Это, Серега, страшно! Это ужас какой-то! Разруха полная... Пацаны голодные! Смотрят вот такими глазами, а в глазах страх и тоска... Смертная... Одежды нет, обуви тоже, книжки все старые... В российской тюрьме, наверное, и то лучше!

— Что ты там делал? Как тебя, Пашка, занесло в Абхазию?

— Приехал по делам. Думаю, дай заскачу! Пару дней свободных выдалось, и я из Пицунды заехал в Гудауту... Приехал, глазам не верю. Все вроде бы как тогда — и крыши такого же цвета, и рамы на окнах синей краской выкрашены, но все в запустении... Я когда к городу подъезжал, с горы крыши увидел, из меня слезы как хлынули! Еду и плачу! Ты даже представить себе не можешь!

— Я там тридцать лет не был, — произнес Дорогин.

— Как там хорошо было! Помнишь? Мандарины! Магнолии цвели... Красота! Рай земной!

— Помню, — произнес Сергей немного срывающимся голосом: так он говорил в детстве, когда волновался.

— Смотри, Серега, — Павел Матюхов запустил руку во внутренний карман полотняной куртки, извлек кожаное портмоне, величиной с книгу средних размеров. Он раскрыл бумажник и вытащил из него запаянную в пластик фотографию.

— На, смотри, — держа фотографию на ладони, протянул он ее Дорогину.

Дорогин взял снимок, и на его глазах заблестели слезы.

— Господи боже мой! — выдохнув, сказал он.

На фотографии стояли два мальчика в белых рубашках и в пионерских галстуках. В руке одного из парнишек поблескивала губная гармошка.

— Это ведь мы с тобой, Паша!

— Конечно мы! А то кто же? Помнишь эту фотографию?

— Нет, — покачал головой Дорогин, — у меня ни одного снимка не сохранилось, — он смотрел на свое изображение, на изображение друга, покусывая губы и нервно куря.

— Поверни, Серега, посмотри на обратную сторону.

Дорогин перевернул карточку.

Детским почерком, крупными круглыми буквами на обратной стороне снимка по желтоватой бумаге были выведены слова: «Никто нас не разлучит, лишь мать сыра земля!».

— Как ты смог сохранить снимок?

— Я его берег, Сергей! Ведь кроме воспоминаний у меня ничего не осталось... Там сейчас страшно! Голод после войны. Они говорят, что так плохо не было никогда... Даже когда воевали в Абхазии, и то с продуктами было получше. Там много сирот: и абхазы, и русские, и грузины... Как тогда... когда мы в детском доме жили. Он же нам как родной... как родина...

— Да, ты прав, Паша... Как родина...

Дорогин отдал снимок, нежно проведя по нему кончиками пальцев.

— Паша, поехали ко мне! — Дорогин обнял за плечи друга, прижал к себе. — Поехали!

— У меня дела в Москве, я пацанам хочу вещей накупить: пару компьютеров, кроссовки, кеды... У них ничего там нет, учебников и тех не хватает.

— Я тебе помогу, — не раздумывая, произнес Дорогин.

Через двадцать минут друзья уже сидели в машине, которая мчалась по Москве к кольцевой. Они говорили без остановки, перебивая друг друга и смеясь. Иногда смолкали, глядя на бегущую под колеса дорогу.

— С кем ты живешь? Где? Куда мы едем?

— Скоро все увидишь.

Мужчины так расчувствовались, что иногда вдруг ни с того ни с сего начинали петь — Дорогин баритоном, а Павел грустным тенором.

— Ты до сих пор умеешь играть на губной гармошке, не забыл...

— Такое не забывается. Это для меня как дышать... Я, Серега, сентиментальным становлюсь. Увидел пацанов в детском доме, у меня душа кверху дном перевернулась, себя вспомнил, тебя... всех наших... Показалось, зря я последние тридцать лет прожил, вернее, не зря, а неправильно.

— А жил-то ты как, Паша, все это время?

— По-разному, Серега. Пришлось повоевать в Афгане, ранили меня душманы. Сейчас я инвалид, свое дело завел... Небольшой бизнес. Семьи

11

у меня нет, как-то не сложилось, ты знаешь, случается и так... Обжегся раз, больше не тянет. Была жена, а потом мы разошлись.

— Кто был виноват? — спросил Дорогин.

— Кто же тебе скажет, кто виноват! Она думает, что я. Мне кажется, что она... Слава Богу, детей не успели нажить!

— У меня тоже детей нет, — и Дорогин вкратце пересказал свою жизнь.

— Значит, точно, я тебя видел, в кино, название фильма только забыл. Я, когда тебя увидел, не поверил... Потом в титрах фамилию прочитал. Загордился, что знаком с тобой. Что когда-то дружили, из одной миски кашу ели. Но до сегодняшнего дня сомневался, ты ли это.

Дорога к Клину пролетела незаметно.

Просторный дом, обширный участок, живописное место поразили Пашку Разлуку.

— Красота у тебя здесь! Неужели это все твое?

— Можно и так сказать, хотя я этот дом своим не считаю.

— Хозяйка где?

— На работе. Она медик. Причем хороший, в хирургии работает, — пояснил Дорогин отсутствие Тамары Солодкиной.

Мужчины, даже не разувшись, уселись за стол в гостиной и с ходу принялись пить водку. Так бывает, когда встречаются два человека, слишком много пережившие вместе и очень долго не видевшиеся. Они пили, не пьянея, курили, иногда выходили на крыльцо освежиться. Прохаживались по двору с рюмками в руках, продолжая курить и разговаривать.

— А помнишь, — восклицал Пашка Разлука, — как мы с тобой в четвертом классе у старого абхаза со стола лепешку украли?

— Помню, — говорил Дорогин. — А ты помнишь, как мы из детского дома на выходные убежали и со скалы в море прыгали? И как ты тонул?

— Помню, — улыбался Павел. — И если бы не ты, Серега, наверное, сейчас бы мы не встретились, не сидели, не разговаривали, водку не пили бы... Это ты меня вытащил с самого дна морского.

— Да ладно тебе, ты меня тоже не один раз выручал...

Когда вернулась с работы Тамара, а это случилось поздним вечером, мужчины все еще сидели за столом, разделенные початой бутылкой водки. Две пепельницы были полны окурков, в гостиной стелился синеватый дым.

— Господи, что тут у вас такое?! — воскликнула Тамара.

— Погоди, не шуми, — вставая, произнес Дорогин, — посмотри на этого человека. Я тебе о нем рассказывал раньше. Узнаешь?

Тамара пристально посмотрела на Павла. Тот смутился, опустил голову.

— Не опускай голову, смотри на нее! Она обязана тебя узнать.

— Сергей, ты выпил лишнего...

Мужчина представился:

— Павел!

— Я — Тамара.

— Это Пашка Разлука! Тома, я должен был сегодня напиться вдрызг.

— Это вы — Павел Разлука?

— Он, он! Кто же еще?! Садись к нам, составь компанию, Тамара!

— Погодите, дайте я вам хоть еды приготовлю! Нельзя же пить, не закусывая.

— Мы не виделись с ним, — торжественно заявил Павел, — тридцать один год! Вот сидим, вспоминаем всю нашу жизнь…

Два дня провел Павел Матюхов в доме, когда-то принадлежавшем доктору Рычагову. Солодкина успела сфотографировать друзей, проявить пленку и сделать фотографии.

Два дня воспоминания лились рекой. Тамара уходила на работу, возвращалась, а мужчины продолжали сидеть за столом, словно время для них остановилось. Смотрели в глаза друг другу. Иногда Пашка Разлука брал в руки губную гармошку и играл, а Дорогин опускал голову, упирался лбом в кулаки, и желваки бегали по его щекам, а губы горестно кривились.

Как-то ночью Павел сказал:

— Знаешь, Серега, я собрался туда поехать, в наш дом, в Гудауту… Там из старых остался лишь дядя Федор. Ему уже лет восемьдесят. Он и сторож, и воспитатель, и директор, живет при доме, свою пенсию на детей тратит… Он совсем старый. На нем все держится. Если дядя Федор помрет, все пацаны разбегутся…

— Когда ехать собрался?

— Наверное, завтра.

— Меня с собой возьмешь, Паша?

— О чем ты спрашиваешь! Только мне надо водителя найти, один в дальней дороге не сдюжу. Я с кем не разговаривал, большие деньги просят! А я лучше на эти деньги подарки детям куплю.

— Зачем тебе водитель, я могу машину вести.

— Здорово! — воскликнул Пашка. — Ты представляешь, Серега, сколько всего купить можно на те пятьсот долларов, которые водилы заряжают за доставку груза. Мы всю машину запакуем!

— Кстати, где она?

— В Твери, где же ей еще быть!

— Едем в Тверь, возьмем машину и подадимся в Гудауту!

Сказано — сделано! Мужчины засобирались. Тамара понимала, перечить Дорогину бессмысленно, если уж решил, то обязательно сделает.

Пашка за эти дни словом не обмолвился о том, что Дорогин сам может что-нибудь прикупить сиротам из детского дома. Хотя видел, Сергей живет не бедно, особо не шикует, но так уж сложился его характер, лишнего не надо, но и свое не отдаст. Так его воспитал детский дом, потом выученное закрепила зона.

Когда Пашка и Сергей решили ехать в Тверь, Дорогин хитро подмигнул Солодкиной:

— Слушай, Тома, я хотел бы и от себя... — сказал он, затем осекся, — от нас что-нибудь детям купить.

Пашка делал вид, что не слышит этих слов, рассматривал доски потолка, не находя в них ни единого изъяна.

— Конечно, — тут же спохватилась Тамара. — Я сама хотела тебе предложить.

«Деньги, наверное, принадлежат ему, — подумал Пашка Разлука о Дорогине, — у женщины он

15

спрашивает лишь для проформы. Даже не могу понять, кто она ему? Называет женой, но отношения у них странные... Какая мне разница! Друг детства, он и есть друг детства! А остальное меня не касается! Сколько же отвалит Дорогин на подарки?»

И Пашка в самых смелых мечтах придумал цифру — 3000 долларов. А Дорогин еще раз подмигнул Солодкиной, и та склонилась к нему. Муму прошептал ей несколько слов на ухо, и та радостно и согласно кивнула.

— Подожди, Пашка, двадцать минут ничего не решат, а детям будет приятно.

Мужчины молча курили, ожидая, когда вернется Солодкина. Тамара вошла и положила перед Пашкой пачку стодолларовых банкнот.

— Вот, это от нас!

«Десять тысяч! — ахнул в душе Пашка Разлука. — За эти деньги, по абхазским меркам, можно весь детский дом отремонтировать. Там, если доллар покажешь, за тобой целый день ходить станут, даже без особой надежды получить этот доллар на руки.»

— С такими деньгами и ехать страшно, — сказал Пашка, не притрагиваясь к пачке.

— Часть мы в товар переведем, — усмехнулся Дорогин. — Сколько в машину войдет, по завязку забьем. Остальное наличными отдадим директору.

— Одно название, что директор, — рассмеялся Пашка Разлука. — Дядя Федор, наверное, последнюю зарплату года три тому назад получал.

— Берите, Паша, вы сами знаете, чего им там

не хватает, — Тамара ненавязчиво пододвинула пачку поближе к Паше.

Тот хмыкнул, но деньги взял, засунул в карман куртки. Задумался, извлек деньги и вложил их в портмоне между фотографией, на которой были изображены он и Дорогин в пионерских галстуках под цветущей магнолией, и удостоверением инвалида вооруженных сил.

— Так оно надежнее будет! Эта фотография у меня как икона! Она меня тридцать лет хранит.

— Я-то думал, это ты ее хранишь, — хлопнул по плечу приятеля Дорогин.

— Так всегда в жизни и получается: что ты хранишь — то и тебя хранит! Когда хреново, вытаскиваю фотографию, смотрю на наши рожи и говорю себе: «Пашка, мы же с Серегой и не такое пережили! Переживем и худшее!». Ты даже не знал, жив ли я!

— И ты не знал! А я верил, не мог такой парень, как ты, бесследно пропасть!

— Конечно не мог.

— Парни, — обрадовалась Тамара, — я фотографии сделала, на одной из них вы вместе стоите, точно, как в детстве, и выражения лиц те же. Вы о дяде Федоре говорили. Надо послать снимок ему, фотография раньше вас в Гудауту прибудет экспресс-почтой. Обрадуется старик.

— Конечно, надо, — Муму толкнул в бок Пашку, — давай адрес. Мы еще пару фраз на обратной стороне черканем.

— Отошлю, вы не волнуйтесь, снимок раньше вас придет, — Солодкина грустно улыбнулась и предложила: — Посидим на дорожку.

Она присела на подлокотник кресла рядом с Муму, обняла его за плечи, чувствуя, что расстается с ним надолго. Она не сомневалась в Сергее, знала: тот вернется во что бы то ни стало.

— Вы хоть звоните мне, мужики, держите в курсе.

Пашка захихикал:

— Оттуда даже толковой связи с внешним миром нет. Если бы спутниковый телефон у нас был с раскладной антенной, мы бы дозвонились. Но там, как на Северном полюсе, только через спутник можно связь держать, да через пограничников и, как ни странно, через почту. Она одна после распада Союза там действует.

— Кстати, как потранцы служат? — спросил Дорогин.

— Пограничники живут, вернее, доживают, плавают на ржавых катерах, когда горючку найдут, а большей частью по берегу ходят, словно ищут, что́ море им подкинет. Молодцы они, иногда, когда в детском доме совсем невмоготу, кое-что подкидывают. Мешок муки, тушенки с десяток банок, макароны... хотя самим жрать нечего.

— Помолчим... — предложила Тамара.

С минуту все сидели в молчании, каждый думал о своем. Дорогин — о том, что вновь увидит места, где прошло его и Пашкино детство. Он даже не знал, что всколыхнется в душе в момент, когда он вновь увидит крыши детского дома: то ли тоска по утраченному, то ли припомнится что-нибудь светлое и доброе, но позабытое.

Тамара сдерживала себя, чтобы не попросить Дорогина остаться, и придумывала оправдание своему молчанию. Пашка же думал о том, что дети обрадуются, даже просто увидев машину, въезжающую в ворота детского дома. И уж тем более завопят от восторга, когда узнают, что им привезли подарки. Он вертел в руках губную гармошку, еле сдерживаясь, чтобы не заиграть.

— Сыграй, Павел, что-нибудь напоследок, — предложила Тамара.

— Хотите, вальс сбацаю, а вы станцуйте на прощание.

Паша взял гармошку двумя руками, поднес к губам так, как подносят ломоть арбуза, и с чувством принялся играть простецкий вальс, отбивая такт ногой. Дорогин пригласил Тамару.

— Ты же никогда со мной вальс не танцевал, даже не знаю, умеешь ли.

— С тобой — нет, а в детском доме я был большой мастак.

— За тобой, наверное, там все девчонки увивались?

— Не стану врать, я им нравился, — Дорогин закружил Тамару и прошептал ей на ухо: — Ни одна девчонка мне по-настоящему не нравилась, я был влюблен в училку русского языка.

— Если ты называешь ее училкой, то вряд ли ты ее любил.

— В детском доме свои понятия, своя лексика… Я ее в самом деле любил. Она на тебя была похожа. Я только сейчас это понял.

— Такая же красивая? — игриво спросила Тамара.

— Красивая и хорошая.

Пашка старался. Он играл самозабвенно, полуприкрыв глаза, забыв обо всем на свете, выпав из потока времени. Он сам не знал, где он теперь: в детском доме на танцах или в доме покойного доктора Рычагова.

— Ты сказал об этом своей училке? Признался ей в любви?

— Я писал ей записки, но не подписывался... Напишу — и в журнал засуну... жду, сам не знаю чего.

— Она по почерку не разгадала автора любовных посланий?

— Я писал левой рукой, печатными буквами.

Женщина прижалась к мужчине, и они уже не кружились, а стояли посреди большой светлой гостиной. Музыка резко оборвалась. Пашка носовым платком бережно протер губную гармошку и спрятал ее в кожаный футляр.

— Давненько я так, от души, не играл, некому было слушать. Ценителя настоящего не находилось. Для меня эта гармошка как для виртуоза скрипка Страдивари.

— Ты не рассказал, Павел, куда подевалась та губная трофейная гармошка, которую тебе дядя Федор подарил, он ее из Германии привез.

— Ту я в Афгане потерял... меня ранило, когда очнулся, первое, что сделал, — не к пистолету потянулся, а к инструменту... А ее нет... Может, теперь душман какой на ней играет... А может, лежит она между камнями, рассохшаяся... Лучше бы душман играл, инструмент жить должен. Когда скрипка не играет, она мертва, она — мебель, украшение, она не живая. Так и гармонь. Губная гармошка чем хороша? На ней душа играет, дух из тебя в нее уходит, ты через нее дышишь, своим дыханием согревая и оживляя...

— Красиво ты, Павел, говоришь...

— Вы хоть вещи с собой возьмите, — сказала Тамара, — куртки теплые захватите, смену белья, одеяло.

— Если есть деньги, никаких вещей в дорогу брать не надо! — Дорогин хлопнул себя по карману, в котором лежало портмоне. — Вся дорога, Паша, за мой счет: бензин, еда, ночлег!

— У меня дизельная тачка, так что солярка дешевле бензина обойдется.

Дорогин не стал говорить, что ему без разницы: соткой долларов больше, соткой меньше, погоды это не сделает.

Тамара проводила их до самых ворот и еще долго глядела вслед удаляющейся машине, пока она совсем не затерялась среди других автомобилей на оживленном шоссе.

— Часто из дому уезжаешь? — спросил Разлука.

— Случается...

— Спокойно она это воспринимает?

— Она у меня всегда спокойная. Нервы у нее железные. Знает, что ничего мне не докажет...

— Хорошо тебе, а мне в личной жизни не везет. Вроде и руки при мне, и голова на плечах, и деньги кое-какие водятся, а нормальной жены так и не нашел... Я тебя не спрашиваю, Сергей, откуда ты такими деньгами разжился, если просто так можешь десять штук бросить, значит, запас у тебя хороший остался.

— Я ими, Паша, не бросаюсь, я их на доброе дело использую. Случайно мне деньги достались... Я их не заработал, но и не украл, они мне именно достались.

— А дом, машина?

— Это все — ее.

— Заработала?

— Они ей тоже достались.

— Везет же некоторым. Ты всегда, Серега, счастливчиком был! Самая большая рыба тебе на крючок попадалась, и самое большое яблоко, и самые красивые девчонки с тобой дружить хотели, а я вроде всегда при тебе...

— Нет, Паша, когда ты на губной гармошке играл, это я при тебе был...

И мужчины, не сговариваясь, громко и весело запели. Хотя песня была грустная, им было хорошо; так хорошо бывает в жизни редко, лишь когда встретишь старинного друга после долгой разлуки и поймешь, что он совсем не изменился, во всяком случае по отношению к тебе, и голос его, хоть теперь и прокуренный, но такой же искренний и звонкий, как прежде, как в далекие небогатые, но счастливые годы.

— Ну ты и гонишь, — вдруг сказал Пашка, взглянув на спидометр.

— Я всегда так езжу. Я же каскадером был, а на гаишников у меня нюх. Я их за версту чувствую, за каким кустом прячутся, знаю.

— Мне же и с гаишниками не везет. Только выеду, тут же остановят и обязательно к чему-нибудь придерутся: то номера грязные, то дворники не работают, то выхлоп сильно грязный, то еще чего-нибудь. Не люблю я их.

— Кто ж их любит? Если человек не своим трудом живет, то его никто не любит! Грош ему цена! Хотя за ним огромные деньги могут стоять. Деньги могут любить, а человека нет.

До Твери за разговорами, за воспоминаниями доехали почти незаметно для Пашки. Ему казалось, что дорога пуста, и единственное, что он запомнил, так это то, что их не обогнала ни одна машина.

— Вот и стоянка наша, — Пашка помахал рукой сторожу, и тот беспрепятственно пропустил легковую машину. — Вот мой фургон, места в нем для подарков хоть отбавляй.

Дорогин выбрался из машины, с сомнением осмотрел добитый фургон:

— Слушай, Пашка, а это колесо до Гудауты докатит?

— Ты какое колесо имеешь в виду? Если переднее, то резина на нем относительно свежая.

— Ага, как у формулы 1, — ударив ногой по колесу, сказал Дорогин, — такое же лысое и гладкое, как на болиде у Шумахера. За две секунды, Паша, это колесо на трассе не сменишь. Не меньше часа провозишься. Давай договоримся так. Ты займись вещами, покупками, а я займусь твоей машиной. Где тут у вас автосервис?

— Я никогда в сервис не обращаюсь, все сам делаю, там дорого. Последнюю рубашку снимут.

— Оно и видно, — глядя на цветные провода, торчащие из-под приборной панели, тихо произнес Дорогин.

— Машина в порядке, техосмотр прошла.

— Наверное, коньяк проставить пришлось?

— У меня хороший друг, сосед по подъезду. Он

все и устроил. Я ее даже на площадку не гонял. Приехал с документами на авто, он взял их у меня, все проштамповал и вечером принес. Мы с ним бутылочку уговорили. Все чин-чинарем. Я ему потом на дачу старый холодильник отвез.

Два дня Дорогин приводил машину в порядок, за всеми работами следил сам, словно собирался отправиться на добитом «фольксвагене» в кругосветное путешествие. Все, что можно заменить в старом микроавтобусе, было заменено. Дорогин его даже покрасил.

Пашка с трудом узнал собственный автомобиль.

— Сейчас бы его на авторынок, это ж такие деньги поднять можно! Он выглядит как новенький! Может, ты и двигатель заменил, Серега?

— Движок не трогал, механики сказали, что он в порядке. А вот коробку передач и тормозную систему пришлось заменить. По горным дорогам лучше ездить с исправными тормозами на хорошей резине.

— Я смотрю, колеса новенькие. И почему я тебя раньше не встретил!

— Не волнуйся, съездим в Абхазию и назад, машина опять в прежнее состояние вернется, особенно с твоей манерой езды. А у тебя как обстоят дела?

— Все лежит в гараже. И кроссовки, и кеды, и мячи... чего я им только не накупил!

Пашка Матюхов вытащил из кармана несколько сложенных вчетверо листков, исписанных убористым почерком.

— Все предусмотрел, и все, что вычеркнуто, закуплено!

— Да, тяжелое у нас было детство, многого не хватало! То, чем тебя судьба обделила, ты и закупил: и щетки зубные, и пасту, а мыло-то зачем?

— Мыться дети чем будут? Здесь, в центре, возле Москвы, ты многих вещей не замечаешь, они для тебя данность, а в Абхазии и мыло в дефиците. Я еще масла растительного четыре ящика по случаю прикупил...

— Ладно, Паша, поехали загружаться.

Спора, кому садиться за руль, не возникло. Сел Дорогин.

— Надеюсь, мою машину со стоянки не упрут, — с сомнением сказал Дорогин.

— Что ты?! Не упрут! Побоятся, больно она хорошая. Подумают, наверное, бандит какой-нибудь из Москвы прикатил. У нас в Твери на крутых тачках только мужики с полиграфкомбината ездят. У них денег немерено.

Фургон подогнали к гаражу и принялись загружать. Дорогин все складывал сам. Аккуратно, вещь к вещи, умело распределяя все по фургону. Весь груз стал как монолит, не шелохнется.

— Ну ты и мастер! Грузчиком, что ли, работал?

— И грузчиком пришлось, Паша, и пильщиком, и каменщиком... Я любую работу привык делать обстоятельно. Дорога нас ждет не простая, представляю, в каком она сейчас состоянии. Даже при советской власти по ней проехать можно было с трудом, за каждым поворотом выбоина.

— Теперь — за каждым поворотом по две

выбоины, но, я думаю, на нашей машине мы обязательно пробьемся!

— Я еще лебедку купил, — сказал Дорогин, — дай бог, чтобы не понадобилась. Выспимся, а на рассвете выедем. Пить сегодня будем? — без всякого энтузиазма поинтересовался Дорогин.

— Нет, — отрезал Пашка.

— Я просто так спрашиваю, вдруг тебе хочется.

— Хочется, но не будем. Дело важное предстоит, дело нужное.

К Пашкиной квартире Дорогин уже привык. Как у каждого холостяка, квартира Пашки выглядела нежилой.

— Ты бы хоть цветы завел, если собаку или кота держать ленишься.

— Так ведь и цветы тоже сдохнут, меня неделями дома не бывает. Не польешь — завянут.

— Кактусы заведи, их по полгода можно не поливать.

— Некогда.

— Сильно ты занятой человек, должен кучу денег зарабатывать.

— По мелочевке все. Одно копеечное дело день отъест, второе — пару дней. Смотришь — и месяц пролетел. Хорошо, если раза три дома переночуешь. Кажется — разгребу дела и приведу квартиру в порядок. А руки так и не доходят. Выдастся свободный день, я его на диване, возле телевизора пролежу, ящик пива в ногах поставлю и посасываю.

И все-таки признаки того, что Пашка бизнесмен, в квартире имелись. На захламленной трехногой тумбочке гордо стоял новенький факс, а на письменном столе — компьютер с почерневшим от табачного дыма монитором. Клавиатура и мышка были черными, словно ими во время перекуров пользовался слесарь по ремонту грузовых автомобилей. Картинка на коврике не просматривалась.

— Живешь, как свинья в норе, — пошутил Дорогин.

Пашка не понял юмора и обиделся.

— Я тебе не свинья.

— Ну тогда орел!

— Орлы в норах не живут, впрочем, как и свиньи.

Дорогин улегся поверх покрывала на тахту и закинул руки за голову, посмотрел на компьютер.

— Что ты на этой машине делаешь? Деньги считаешь? Ты мне, Пашка, объяснить можешь, на хрена она тебе сдалась?

— Дела делаю, — гордо сообщил Разлука и сел в кресло на колесиках. Откидная спинка была прикручена к подлокотникам электрическим кабелем. — Это не машина, это настоящее чудо, на ней можно пасьянс раскладывать.

— Пасьянс можно раскладывать и с натуральной колодой карт, — заметил Дорогин.

— Можно в дурака поиграть, можно в тысячу, в преферанс.

— У тебя карточные интересы в бизнесе?

— Я человек азартный, — признался Пашка. — А с компьютером играть неопасно, денег ему не проиграешь. Я себе зарок дал: ни с кем в карты, кроме компьютера, не играть. С тех пор у меня дела и пошли в гору.

— Полезное приобретение.

— В Абхазии сейчас, — мечтательно произнес Пашка, — тепло-тепло, море голубое-голубое, и на магнолиях цветы вот такие, — Разлука соединил руки и развел ладони, растопырив пальцы, — а запахи какие в воздухе витают, ароматы! Там же рай земной! Ты, Серега, как туда приедешь, как вдохнешь воздух, все враз вспомнишь и все, что с тобой сейчас происходит плохого, забудешь.

— Хочу в рай, ты меня уговорил.

— Там лучше, чем в раю. В раю наверняка пить не позволяют, даже вина. А в Гудауте…

Пашка говорил, говорил и лишь минут через десять заметил, что Дорогин крепко спит со сладкой улыбкой на губах, словно он уже ощущает запахи цветущих садов, слышит плеск морских волн и шуршание гальки.

— Счастливый он, — проговорил Пашка, глядя на Дорогина. — Только счастливый человек может так спокойно спать и улыбаться во сне. Никаких у него проблем нет, ни налоговая его не мучает, ни компаньоны, ни бандиты. Интересно, какое у меня выражение лица, когда я сплю? Наверное, гнусное, потому как сны снятся страшные. И нет бы мистика снилась: призраки, мертвецы ходячие, скелеты с окровавленными зубами, так снится дамочка из налоговой инспекции, к которой как ни подкатывайся, куда ни приглашай, она тебя и не слышит, постукивает перстнем по столу и ласково воркует:

«У вас, гражданин Матюхов, цифра в отчете не бьет».

«Какой же я гражданин?» — спрашиваю.

«Самый настоящий. Вы разве не гражданин своей страны? Вы налоги платить не хотите?»

«Как так? Цифра не бьет? — изумляюсь я. — Я ее двадцать раз пробивал, все сходилось.»

А она крашеный ноготок тыц в сточку — и точно, смотрю во сне — цифра не бьет. Вместо пятерки семерка. Я говорю:

«Я же, дамочка моя любезная, себе во вред ошибся, государству на пользу».

«Непорядок, — она мне во сне отвечает, — меня не волнует, в какую сторону кто ошибается. Ошибок быть не должно. Профессия такая. Распишитесь, что нарушили налоговое законодательство, и штраф заплатите.»

Просыпаюсь я в холодном поту. И так каждый день. Штраф-то платить нечем. Одна радость, когда детство снится.

И Пашка улегся в надежде, что приснится ему не дамочка из налоговой инспекции, а то, как он сам и Дорогин идут рука об руку по сверкающему берегу моря.

Глава 2

После хорошо запомнившегося всей России знаменитого дефолта 1998 года многие банки прекратили свое существование. На плаву остались единицы. То, что выжили крупные банки, понятно. Они «завязаны» на государственные деньги, там министерства свои средства размещают, не станет же государство резать кур, несущих золотые яйца. Мелких же банков осталось совсем немного. Кто успел, влился в большие, превратившись в их филиалы. Но некоторые мелкие банки — сущая загадка для обывателя, не искушенного в экономике: они выживают при всех катаклизмах. То ли хозяева умные и расторопные, то ли вывеска «Банк» всего лишь вывеска, а под ней прячется что-то другое.

Так или иначе, банк с несколько вычурным названием «Золотой червонец», занимавший до дефолта небольшой двухэтажный особняк в центре Москвы, благополучно пережил общегосударственную встряску и, не сбавляя оборотов, но и не набирая, продолжал плыть в финансовом потоке. В год всеобщего кризиса руководство «Золотого червонца» умудрилось заменить кирпичную ограду на кованую, а штампованные хромированные ручки на дверях кабинетов — на литые бронзовые.

Любил Леонид Павлович Мельников — негласный владелец банка — окружать себя новыми дорогими вещами.

Машины Леонид Павлович тоже менял с завидной регулярностью, но делал это аккуратно, не вызывая раздражения менее удачливых коллег. Марка оставалась прежней, цвет тоже, и номера переходили с машины на машину, улучшалась лишь внутренняя отделка. Машины Леонид Павлович любил серебристые, впрочем как и костюмы. Обувь предпочитал английскую, на тонкой кожаной подошве. Он не рисковал протереть ее до дыр на асфальтированных тротуарах, не рисковал промочить насквозь в лужах.

Квартира — лестница — машина — крыльцо банка — ковровая дорожка — паркетный пол... При таком маршруте модельная обувь служит бесконечно долго. Тем не менее даже на работе у Мельникова в шкафу стояли три пары абсолютно одинаковых туфель. В обязанность уборщицы, молодой, смазливой девчонке с высшим образованием и со знанием немецкого языка, было вменено чистить их каждое утро до зеркального блеска вне зависимости от того, надевал их хозяин или нет.

В банке трудилось тридцать человек, не считая охраны и шоферов. Работа рутинная: проводки, составление отчетов... Посвященных же в тайные механизмы банка «Золотой червонец» было лишь двое — владелец и управляющий Олег Семенович Новицкий. В отличие от хозяина, любившего серебристые костюмы и белые рубашки, Новицкий был поклонником черных строгих костюмов и кобальтовых рубашек. Вольности управляющий позволял себе лишь при выборе цвета галстуков, они менялись каждый день в зависимости от настроения владельца. Если Новицкий приезжал на работу в фиолетовом галстуке, то сотрудники знали: проснулся он в сумрачном желании устроить персоналу нагоняй. Могло случиться, что во время обеда Новицкий заезжал домой и менял галстук на золотистый. Тогда все в банке улыбались: управляющий вернулся в хорошем настроении, примется шутить, рассказывать анекдоты и подтрунивать над подчиненными.

Банкиры умеют хранить профессиональные тайны, молча прятать их в потаенных уголках сознания. Мелкие тайны хранятся надежно, никто не догадывается, сколько их и какие они, но страшные тайны имеют свойство проступать на лице, в глазах. Поэтому и хозяин, и управляющий отличались от других сотрудников трудноуловимой грустью во взгляде. Они могли смеяться, шутить, ругаться, но грусть не уходила, словно они наперед знали: за совершенные грехи обязательно воздастся и остается лишь ждать момента расплаты. Но пока Бог их миловал. Все невзгоды, которые многих ломали и уничтожали, обходили «Золотой червонец» стороной. В здание не врывались омоновцы в масках, не изымали документацию, не забирали компьютеры, не ставили сотрудников лицами к стене и не обвиняли банк в финансовых махинациях. Бумаги «Золотого червонца» всегда пребывали в порядке, отчетность прекрасная. Захоти — не подкопаешься.

Серебристый «мерседес» Мельникова и черная «вольво» управляющего подъехали к крыльцу одновременно, соблюдая субординацию: «мерседес» впереди, «вольво» сзади, словно и управляющий и хозяин провели ночь вместе за игрой в преферанс.

Мельников продолжал сидеть в машине, лишь приоткрыл дверцу, намекая управляющему, что тому стоит подойти и поздороваться, а заодно получить указания. Новицкий приблизился к хозяину. Он никогда не подавал Леониду Павловичу руку первым: захочет босс — поздоровается, нет — удовольствуется лишь кивком. Мельников протянул руку и привлек Новицкого к себе. В салоне играла классическая музыка.

— Вивальди, теперь слышишь? — спросил Мельников.

— Слышу. «Времена года».

— Ты разбираешься не только в финансах. А стоя на улице ты музыку слышал?

— Нет.

— То-то, — Мельников поднял указательный палец. — Если машина дорогая, а не просто навороченная, то колонки и обивка сделаны так, что музыку слышно лишь внутри салона. Если же слышно, как из той машины, что стоит на перекрестке, знай, автомобиль — дешевка.

— Раньше я об этом не думал.

— Позавчера довелось мне за город выехать на встречу с депутатом. На его даче электричество отключили. Вина хорошего выпили, захотелось музыку хорошую послушать, машину к самому столу подогнали, до упора, но за пределами салона ни черта не слышно.

Новицкий подобострастно кивнул и решил подогреть самолюбие хозяина.

— Вы, Леонид Павлович, надо отдать вам должное, во многих вещах тонко разбираетесь.

— Это не я. Деньги меня учат в вещах разбираться. Если бы у тебя, Новицкий, денег было побольше, — хихикнул Мельников, — и ты бы себе многие навороты мог позволить. Машины наши с виду почти равноценные, но... только для профанов. В моей наворотов больше, чем она сама стоит. Это не машина, это космическая станция.

И, скрипнув кожаным сиденьем, сверкнув начищенными ботинками, Мельников выбрался на решетку возле крыльца банка. Он стоял широко расправив плечи и глядел на окна своего кабинета. Во всем здании лишь в них было вставлено зеркальное стекло, в котором отражались весенние облака, пушистые, легкие, быстро летящие.

— Красотища-то какая! Я такое только в Нью-Йорке видел, на Манхаттане, — не оборачиваясь, наперед зная, что Новицкий семенит за ним, говорил Мельников, поднимаясь по мраморному крыльцу.

Хозяин не сбавлял шаг, был уверен, что охранник не пропустит нужный момент, успеет вовремя распахнуть дверь. Благодарственный кивок и легкое похлопыванье по камуфляжному плечу привели охранника в трепет и умиление. Далеко не всегда хозяин замечал его присутствие.

«Значит, в хорошем настроении босс. Новицкий — в хреновом... раз галстук фиолетовый. Наверное, жена не дала», — мстительно подумал охранник.

Мягкий ковер глушил шаги. Леонид Павлович Мельников остановился у лестничного марша и небрежно бросил через плечо:

— Олег Семенович, загляни ко мне минут через пятнадцать, есть разговор, — и после паузы добавил: — Скоро начинаем.

Новицкий побледнел при этих словах и почувствовал, что ручка портфеля прилипла к мгновенно вспотевшей ладони.

В банке уже вовсю шла работа. На мониторах компьютеров бежали колонки цифр, пищали принтеры, складывались бумаги, потрескивали факсы. Мельникову нравился этот неясный гул, напоминающий гул настраивающегося перед спектаклем симфонического оркестра. Пройдет чуть времени, и оркестр зазвучит слаженно.

«Ручки на дверях какие-то не такие, — подумал Мельников, останавливаясь у двери собственного кабинета. — В Лондоне покупал, там казалось, что они круче, чем те, что в Кремле стоят. Поставил, а теперь понимаю, не то. Промахнулся я. И у меня в банке, и в Кремле все настоящее: и мрамор, и гранит, и золото, и дерево. Одни и те же материалы, а смотрится по-разному. Главного я не учел — власть там настоящая. Не сковырнешь, не купишь, не в том смысле, что она не продается, но денег у меня таких нет. Я выше уровня московского правительства не прыгну. Ну и не надо! Каждый сверчок знай свой шесток. Сунешься к волкам, загрызут. Вот и бегаю в собачьей стае.»

Мельников шагнул в кабинет, тот был совсем недавно проветрен: ни пылинки, ни соринки, на столе идеальный порядок, пепельница сверкала. Три кожаные папки лежали напротив кресла. На мониторе компьютера мерцали электронные звезды.

В кабинете имелось два входа: один тот, через который вошел Мельников, лишенный номера и таблички, второй — парадный, оснащенный двустворчатой дверью, ведущий через приемную. Секретарша уже знала (ей доложила охрана), что босс в здании. Заходить в кабинет она не спешила. Хозяин должен переобуться, привести себя в порядок, приложить волосок к волоску, выпить полстакана минеральной воды, и лишь затем он нажмет клавишу, на столе у секретарши замерцает зеленая лампочка, а из динамика раздастся медовый голос: «Лариса, зайдите». И тогда она неторопливо и важно понесет свое холеное тело в кабинет босса, а он посмотрит на ее бедра, сидя за столом, и чуть слышно причмокнет.

Иногда молодой женщине казалось, что кабинет у Мельникова такой большой именно потому, что босс любит разглядывать то, как она идет к столу, покачивая бедрами, высоко неся шикарный бюст. Хозяин с ней ни разу не переспал. Лариса была бы не против, не девочка, в конце концов, но Мельников не предлагал, даже не намекал. Предлагать же себя самой — против правил. Она была в курсе интимных дел хозяина, знала, как и что у него в семье, знала и о существовании нескольких любовниц.

— Доброе утро, Лариса.

— И вам доброе, Леонид Павлович.

— Что у нас срочного?

— Две бумаги. Все остальное может подождать.

— Новицкий их завизировал?

— Да, Леонид Павлович, еще вчера вечером.

— Замечательно.

— Они у вас на столе. В папке, что лежит слева.

— Мне, пожалуйста, мятный чай.

— Будет сделано, — Лариса медленно развернулась и, покачивая бедрами, уплыла в приемную.

Когда дверь бесшумно затворилась, Мельников взял папку, открыл и, увенчав идеально выбритое лицо очками в платиновой оправе, просмотрел бумаги. Он поставил две незамысловатые подписи и захлопнул папку. Секретарша подала чай на серебряном подносе.

— Меня не будет сегодня целый день. Сама решай, кого со мной связывать, а кому давать от ворот поворот, поняла?

— Да. Еще что-нибудь, Леонид Павлович?

— Все. Остальное неважно. Для текущих дел есть Новицкий.

Случилось как в театре, когда со сцены уходит один персонаж, тотчас же должен появиться другой, чтобы не образовалась пустота и зритель не начал скучать и шелестеть фольгой от шоколада. В кабинет вошел управляющий.

— Присаживайся, — предложил Мельников, кивнув на кожаное кресло у Т-образного отростка письменного стола.

Новицкий поддернул штанины, сел, закинул ногу на ногу.

«Носки у него в цвет с галстуком.»

— Слушай, Олег Семенович, мы с тобой работаем давно. Не один пуд соли сожрали вместе. Ответь мне на вопрос: почему ты всегда в черных костюмах ходишь? Как будто на похороны собрался.

Новицкого передернуло от подобного сравнения.

— Черный, он, как и белый, предполагает строгость и целеустремленность.

— Мне-то уж не задвигай. Зачем меня лечишь! Признайся лучше, что в детстве любил фильмы смотреть про буржуев, про графьев с князьями. Их эстетика у тебя и осталось в подкорке. А когда деньги завелись, ты себе прикупил дюжину черных костюмчиков и теперь их никак сносить не можешь. Прав я?

— Не совсем.

— Ты приготовил деньги?

— Вы имеете в виду — для Абхазии?

— Для нее, родимой. Рай земной, субтропики. Главное, дешевый рай. Ни в каком оффшоре таких операций не провернешь.

— Да, мы уже подготовили десять миллионов русскими рублями, мелкими купюрами.

— Вот и расплатимся мелкими за мандарины. Обеспечим москвичей свежими фруктами, — мелко засмеялся Мельников.

Новицкому тоже стало смешно, хотя вроде бы и не к месту. Что смешного в том, что в Абхазию на закупку фруктов посылаются наличные деньги, чтобы рассчитаться с заготовителями. «Безнал» в Абхазии не в почете. Русские деньги берут в Абхазии охотно. Но смех не стихал. Смешно было и хозяину, и управляющему. Десять миллионов по уже подписанному контракту — сущий пустяк, это уровень не управляющего и тем более не хозяина, такие операции проводят клерки средней руки.

— Я еще должен кое-что утрясти, детали. Расставить всех по местам, определиться в ситуации. Тогда и получишь сигнал.

— Охрана наша, самолет в Москве и броневик в Сочи уже заказаны, мне осталось только отмашку дать. Если что-нибудь сорвется, то откажемся, неустойка небольшая.

— Молодец, — похвалил управляющего Мельников, сделав глоток чая. — С чего это вдруг у тебя руки дрожат? Не в первый раз мандарины в Абхазии покупаем. Пора бы уж и привыкнуть.

— Не могу как-то. Ночь сегодня не спал.

— Что делал?

— Не спал — и все! Таблетку выпил, но глаза не закрываются.

— Это называется профнепригодностью. Смотри, Новицкий, отчислю, спишу по инвалидности и даже пенсию платить не стану. Будешь излишне нервничать, вылетишь из доли.

— Я уже спокоен, Леонид Павлович. Вас увидел, и сразу от сердца отлегло.

— Если успокоился, молодец. Моей заслуги в этом нет. Я экстрасенсом не был и становиться им не собираюсь. Я бы на твоем месте визит в мэрию через неделю запланировал, надо будет ребятам их долю по строящимся объектам завезти. Так что готовь портфель и десяток улыбок, а от меня поклон передашь. Ну все, я поехал. Забери бумаги, я их подписал.

— Спасибо, — произнес Новицкий, вскакивая с кресла, словно ему страшно было остаться в одиночестве в огромном кабинете босса.

Новицкий исчез. Леонид Павлович осмотрел свеженачищенные ботинки — ни единой пылинки, ни одной царапины. Он с трудом вывернул ногу и посмотрел на подошву. Чистая, словно туфлю только достали из коробки. «Именно в таких покойников кладут в гроб, — мрачно подумал он. Желваки выступили на гладко выбритых щеках. — Что-то настроение у меня портится.» Он ударом пальца опустил клавишу и крикнул:

— Машину к подъезду!

И тотчас, не дожидаясь ответа, отключил связь.

Он шел, сжимая в огромной ладони мобильный телефон. По-женски миниатюрный отросток антенны черной фигой торчал из кулака. Мельников двигался по коридору быстро и бесшумно, как потревоженный медведь. Девушка с бумагами прижалась к стене, испуганно глядя на босса. Леонид Павлович прошел мимо нее со стеклянным взглядом. Охранник распахнул дверь. Мельников сбежал по мраморным ступеням и ввалился в просторный салон серебристого «мерседеса». Автомобиль качнуло.

Охранник уже сидел на переднем сиденье, рядом с водителем. Двигатель урчал мягко и мощно. Нога водителя замерла на педали газа, но он ждал указания, понимая, что, если тронется без приказа, получит нагоняй.

Мельников тяжело вздохнул и произнес адрес. Адрес водителю был известен. Ездил туда хозяин нечасто. Раз в три-четыре месяца. И всегда нервный. Машина бесшумно тронулась, зашипел асфальт под шипованными протекторами, и через полчаса Мельников уже выходил из автомобиля в старом московском дворе в районе Лаврушинского переулка.

На железной двери подъезда, грязной и оцарапанной, виднелся щиток домофона в антивандальном исполнении.

Брезгливо Мельников ткнул мизинец в кнопку напротив цифры 25.

— Кто там? — раздалось из динамика.

— В окно посмотри.

— Вижу. Заходи.

Мельников открыл дверь и оказался в подъезде, на удивление чистом и ухоженном.

«Словно границу переехал», — подумал хозяин банка.

Леонид Павлович поднялся на второй этаж. Дверь квартиры уже была открыта, на пороге его ждал высокий мужчина в белой рубашке под галстуком, в брюках от костюма и каракулевой шапке.

— Асалям алейкум, Аслан.

Легкая улыбка появилась на губах чечена.

— Заходи.

В квартире находился еще один чеченец: без шапки, лысый, с короткой бородой, очень похожий на добродушного пирата, какими их рисуют не по годам развитые дети. Не хватало лишь кожаной полоски через глаз да шрама от виска до губы.

— И тебе асалям алейкум, — сказал Мельников.

Мужчина ответил на приветствие. Поздоровался с Мельниковым за руку. Вели чечены себя как равные с равным, без подобострастия.

— Коньяк, виски, водка?

— Стакан воды, — сказал Мельников.

Лысый чечен наполнил стакан минералкой. Леонид Павлович махом выпил воду, поставил стакан на круглый стол.

— У нас все готово, — сказал Аслан. — Наши люди готовы вылететь в Абхазию в любой день.

— У меня тоже почти все готово, но немного изменились условия. Меня сильно прижимают.

— Скажи кто, мы с ними разберемся.

— Я сам решаю, кого привлекать к улаживанию конфликта. Меня хоть и прижали, заставляют работать по новым ставкам, но договоренность между нами остается в силе. Расценки изменим в следующий раз. Последний раз работаю по старой схеме, себе в убыток.

— Мы подумаем. Подготовимся к разговору. Сегодня не будем пороть горячку, — Аслан сцепил длинные узловатые пальцы, хрустнул суставами, посмотрел на золотые часы. — Что ребятам передать? Они ждут.

— Скажи, через три дня. В крайнем случае, через четыре. Мои люди все доставят в Гудауту, как и договаривались.

— Десять? — уточнил Аслан.

— Да, десять в обмен на два с половиной настоящих.

— Устраивает.

Лысый чеченец с короткой седой бородой пристально смотрел на Мельникова.

— Что ты на меня так смотришь, словно в первый раз видишь?

— Наверное, в последний, — сказал чеченец, — я через неделю из Москвы уезжаю. Меня ждут в Лондоне. Один документ сделаю — и вперед. Надоело, что каждый мент поганый документы у меня на улице требует, а потом деньги вымогает. Мне денег не жалко, но я гордый... Он мальчишка, я седой... он жизни не видел, а я все прошел... все попробовал.

— Дураков везде хватает. Что на них равняться? Внимание обращать!

— Дурак дураку рознь, — рассудительно произнес чеченец, — если дурак с уважением к седине относится, он хороший дурак.

— А кто руководить в Москве будет?

— Пока Аслан, а там увидим.

— Домой не собираешься?

— В горы, что ли? Сейчас в горах хорошо... Все цветет... Это вы, русские, весну зеленкой называете, а для меня она как воздух для птиц... Нет, пока в Ичкерию не собираюсь. Есть дела в Лондоне. Может быть, я тебя, Леонид, оттуда разыщу. Есть пара интересных мыслей, есть нужные связи, нужные люди. Если договорюсь, закрутим дело, и тогда не надо будет тебе мандарины у абхазов покупать, — лысый чеченец рассмеялся, показывая крепкие, белые зубы и ярко-красный язык. — Ты пей, угощайся, только курить не надо. У меня последнее время аллергия на дым. Не выношу его!

Мельников посидел с чеченами еще полчаса. Водитель с охранником успели выкурить по две сигареты. К кому ходил хозяин, они не знали, кнопку какой квартиры нажимал на домофоне, им было неизвестно. Сколько охранник не поглядывал на окна, ни за одним из них Мельников не мелькнул. «Хитер шеф», — подумал он.

Вернулся Мельников к машине уже более спокойным, чем выходил из нее. Сел, закурил, жадно затянулся, посмотрел на часы.

— Давай в контору, к Баранову.

Герман Баранов, как все мужчины маленького роста, любил вещи объемные, масштабные. Это проявлялось во многом. И жена, и любовница у владельца обойной фабрики были на голову выше его. Машина у Германа Баранова происходила из того же салона, что и у Мельникова: с виду одна в одну, тютелька в тютельку, отличались они лишь внутренней отделкой. Как шоколадные конфеты из одной коробки: с виду одинаковые, а начинка разная. В одной шоколад, а в другой сливочная помадка с лимонной эссенцией. В одной дорогой коньяк, а в другой дешевая водка. Баранов за качеством не гонялся. Его привлекал лишь размер. Если дом, так уж в три этажа над землей и на два вниз, с бильярдом, бассейном, спортзалом и прочей хренью. Если уж спутниковая антенна, то никак не меньше трех метров в диаметре. Поэтому его загородный дом издалека напоминал обсерваторию или центр космической связи. Если забор, то в два человеческих роста, если собака, то непременно леон-бергер весом в сто килограммов.

Контора обойной фабрики располагалась в двухэтажном здании красного кирпича, вросшем в землю до подоконников. При взгляде на него само собой в голове всплывало слово «лабаз». Полуарочные окна, толщенные стены, фигурные кирпичные дымоходы и старинные жестяные водосливы с просеченными узорами.

Пропуск для въезда на территорию обойной фабрики «мерседесу» Мельникова не потребовался. То ли сторож спутал его с хозяйской машиной, то ли был предупрежден о прибытии гостя. Шлагбаум взметнулся молниеносно: так рука солдата первогодка взмывает к козырьку при виде прапорщика, так украинский гаишник вскидывает полосатый жезл при виде московских номеров.

Охранник выскочил из машины и распахнул дверцу. Мельников важно выбрался, посмотрел на туфли, еще не успевшие запылиться, и поднялся на сварное крыльцо, выкрашенное ярко-красной пожарной краской. Охраннику показалось, что сейчас Мельников извлечет из кармана белый носовой платок, проведет по поручню, скривится, а затем, как капитан на корабле, устроит нерадивым матросам нагоняй.

В левой руке Леонида Павловича был небольшой, но очень дорогой портфель.

Длинный, темный коридор, хранящий запахи прошлого столетия, разнокалиберные двери. Проводка оплела стены, выкрашенные масляной краской, густо, как лианы. Казалось, время на обойной фабрике остановилось. Зато приемная и кабинет Германа Баранова поражали воображение даже видавших виды людей. Приемная размером в школьный класс, на стенах в пышных багетных рамах портреты русских царей дома Романовых, исполненных художником обойной фабрики, бородатых фабрикантов, владевших производством до революции и во времена нэпа. Не хватало лишь портрета самого Баранова. Но место для него имелось — под российским двуглавым орлом, отделанным настоящим сусальным золотом. Орел поблескивал двумя головами, когтистыми лапами, маслянисто отливал, как курица, натертая перед отправкой в духовку умелой хозяйкой.

«Безобразие, — подумал Мельников, обладающий тонким художественным вкусом. — Это подпадает под статью «надругательство над государственными символами». Еще бы текст советского гимна повесили, исполненный славянской вязью.»

Секретарша при виде Мельникова вскочила,

словно сиденье стула внезапно оказалось под электрическим напряжением.

— Здравствуйте, — воскликнула она невероятно звонким голосом и тут же вдавила клавишу, предупреждая хозяина о появлении важного гостя.

— Не беспокойтесь, я сам пройду, Герман меня ждет.

Кабинет Баранова занимал чуть меньше половины этажа. Окна прикрывали театральные маркизы. Стены отделаны карельской березой. Портрет президента располагался прямо над столом хозяина. Герман Баранов в широченных полосатых подтяжках, с болтающимся на груди пестрым галстуком поспешил навстречу гостю.

— Какие люди в провинцию пожаловали! — его круглое лицо блестело, глаза же оставались холодными, неподвижными. Он взглядом, как иголкой, проткнул Мельникова.

Тот с досадой махнул рукой, мол, возвращайся за стол, не надо церемоний.

— Чай, кофе, водка, коньяк... — сыпал Баранов. — Есть тыкила, виски шести сортов.

Мельников решил придумать чего-нибудь такое, чего Баранов не отыщет.

— От нарзанчика не откажусь.

Герман на секунду опешил, а затем нашелся, вызвал секретаршу и серьезно приказал:

— Гостю стаканчик нарзана, — при этом два раза хлопнул бесцветными ресницами.

— Сейчас принесу, — без тени смущения произнесла женщина, но на всякий случай уточнила: — Он стоит в холодильнике, на второй полке?

— Да, да, в холодильнике, где всегда.

Секретарша уединилась в приемной, открыла холодильник, где на второй полке в одиночестве лежала пластиковая бутылка минеральной воды «Святой источник». Секретарша, чтобы никто не раскусил ее уловку, нацедила до половины стакана «Святого источника», долила боржоми, перемешала жидкость одноразовой вилкой и понесла шипящую воду в кабинет шефа.

— Пожалуйста, — сказал Баранов. — На обойной фабрике, как в Греции, дорогой ты мой приятель, есть все. Зря ты от тыкилы отказываешься.

— Если пить при каждой встрече, то до цирроза печени — один шаг.

— Скептик ты, Леня.

Мельников уселся, сделал два глотка, отставил стакан в сторону.

— Нарзанчик у тебя, знаешь ли, Герман, такой же настоящий, как наша совместная продукция.

— Но пить можно, жажду утоляет.

— Утолять-то утоляет, но знающего человека не проведешь.

— Я тебе вот что скажу, Леня, а лучше покажу. Ступай за мной, — Баранов нажал ладонью на одну из панелей карельской березы. За ней оказалась комната для отдыха с огромным диваном. В аквариуме, литров на двести, резвились хищные рыбки. — Смотри.

На столе лежал журнал, самый обыкновенный, дешевая «Лиза» с дважды разгаданными кроссвордами. Как фокусник, Герман Баранов взял журнал, свернул в трубочку, затем резко развернул, и на столе оказались две стодолларовые банкноты.

— Смотри и удивляйся. Ты говорил, Леня, что мы зря деньги в станки вбили. Высокая печать, она и есть печать высокая... Хотя ты в полиграфии не рубишь. Тебе что глубокая, что офсет, что меловка, что газета, что плотная бумага, что рыхлая. Смотри, сличай, все совпадает.

Мельников уселся у журнального столика, включил настольную лампу, положил перед собой купюры и принялся их рассматривать.

— Ты лупу возьми.

В руках Мельникова появилась тяжелая лупа с деревянной ручкой из карельской березы, в латунной оправе. Минут семь владелец «Золотого червонца» изучал доллары.

— Только номера купюр...

— Если ты, Леня, не нашел, ты — человек, который деньги нюхом берет, верхним чутьем, то кавказцы пустят их в оборот с чистой совестью. Они обе новые, я-то могу различить. Долголетний опыт сказывается. Я с полиграфией на «ты». Кстати, одна из них настоящая.

— Вот эта? — спросил Мельников, потрогав купюру мизинцем.

— Ошибся, другая.

— Ты сам как их различаешь, Герман?

— Научить?

— Научи. Буду благодарен.

— По номеру. Я-то знаю, какие серии отпечатал. Вот и весь секрет. А рукой и глазом их никогда не различишь, если ты, конечно, не экстрасенс и не обладаешь сверхъестественными способностями.

— Не обладаю. Ты уверен, Герман, что наши

48

деньги в Москве не всплывут через твоих людей?

Герман перекрестился.

— Все под контролем, Леня. Сам слежу. Лично.

— Где вся партия?

— В надежном месте, — сказал Баранов. — Даже тебе не скажу. В самый последний момент сообщу, куда заехать и кто отдаст. Но сейчас их там нет.

— Я встречался с нашими друзьями-горцами. Они уже готовы, но есть плохая новость.

Герман насторожился.

— Лысый в Лондон уезжает, документ ждет.

— Как уезжает? Насовсем, что ли? Или на время, по делам?

— Думаю, насовсем. Если и вернется сюда, то не скоро.

— Кто же с нами работать будет?

— Это моя проблема. Со следующей партией мы цену поднимем. Они мне поверили.

— Ты, наверное, сказал, что я тебя душить начал?

— Как в воду глядишь.

— Я даже могу сказать, что эти уроды тебе ответили... Сказали — назови имена, разберемся...

— Именно так.

— Не рискуй, Леня, по лезвию ножа ходим.

— А нож чеченский.

— Я бы цену не поднимал, Леня, ты же меня знаешь. Мы с тобой вместе дефолт пережили. Благодаря схеме. Но без настоящей бумаги наше оборудование лишь для обоев годится. А бумага достается ох как тяжело! Как ее добывают! Сколько денег я в нее вбухал...

— Надеюсь, хранишь надежно?

— Храню и оберегаю лучше, чем грудного ребенка. На ночную смену в обрез пускаю, к утру даже стружку уничтожаю. Мне доложили, Леня, что с бумагой могут перебои возникнуть. Поэтому возьму впрок, мне нужны деньги, настоящие, а не такие... Не будет бумаги — не будет производства, не будет производства — станет схема. Тогда останется тебе, Леня, лишь мандарины в Абхазии покупать. Как говорил товарищ Бендер, грузите их бочками. А с них не проживешь, для мандарин не твой банк нужен, а плодоовощная база. Мне же придется обои в цветочки печатать да продавать их на базарах.

— Сколько надо? — вытерев вспотевшее лицо, спросил Мельников.

— Один, — показал указательный палец Герман.

— Круто. Где ж его взять?

— От своих отпилишь половину, а я от своей половинушки половину. Это называется инвестицией в реальный сектор. В средства производства, без них мы как сапожник без кожи.

— Можно на память бумажку взять?

— Бери, — сказал Герман. — Только не ходи с ней в сдачку. В Москве они — мусор. Лоха нагреть можно, а аппаратуру не обманешь. Она насквозь видит.

— Я как сувенир беру...

— Может, лучше не надо. Я ее ради тебя на фабрику притащил, тебе хотел похвалиться. Думал, ты обрадуешься. А ты мрачный, словно селедкой обожрался, да воды не нашел.

— Я бы радовался, Герман, если бы бабки на бумагу не предстояло отстегивать.

— Это процесс, — маленький Герман раскинул в стороны руки. — У нас, печатников, как? Не вложишь деньги в вагоны с бумагой, в бочки с краской — фабрика стоит, пролетариату платить нечем. Это у тебя клиенты интеллигентные, им спокойно объяснить можно, они газеты читают, толстые журналы, для них дефолт не ругательство, а всего лишь термин. А для моих работяг макроэкономика — пустой звук. Реальные деньги им нужны. Если бы бумага не такой дорогой ценой доставалась, американские деньги для меня по стоимости с русскими сравнялись бы, стали бы дешевыми.

Вдруг в кармане Мельникова завибрировал телефон.

— Извини, что-то важное.

Он вытащил трубку, прижал к уху, долго слушал, не произнося ни слова, затем спрятал телефон.

— Плохие новости? — поинтересовался Герман.

— Новости не бывают ни плохими, ни хорошими. Бывают правдивые и лживые. Сейчас я услышал правдивую новость: на следующей неделе поменяют министра финансов, а новая метла всегда по-новому метет.

— По-новому? — засмеялся Баранов. — Каждая метла под себя грести начинает.

— Это ты правильно говоришь, Герман, вот и получается, что из новой партии для нас в сухом остатке еще меньше останется.

— Я оптимист, — раздув щеки, произнес Баранов. — Пусть забирают, но ведь и нам что-то останется. Немного, но это тоже деньги. Другим и такие не снились.

Мельников спрятал фальшивую сотенную бумажку в пустое отделение портмоне и пристально посмотрел в глаза Баранову.

— Тебе не приходила мысль бросить все к чертовой матери и свинтить отсюда?

— Честно сказать?

— Я не верю в честность, — мягко произнес Мельников.

— Хотелось, и сейчас хочется, но свинчиваться — это то же самое, что с поезда на полном ходу прыгать. Вроде бы вот она, земля твердая, близко, на ней спокойно, трава растет, лес. Живи — не хочу! А в поезде надоело, тряска. Одно знаю твердо, прыгнешь — голову свернешь. Уж лучше в душном купе трястись, зато в тепле, при деньгах, при харчах.

— Сидишь, но при этом мчишься к конечному пункту?

— Как конечный пункт называется?

— Этого никто не знает, даже машинист. Ты, Герман, не боишься, что весь поезд под откос уйдет? И может быть, спасется только тот, кто не побоялся на ходу прыгнуть?

— Скопом и помирать легче, — Баранов подошел к аквариуму и принялся разглядывать рыбок. — Вот божьи твари! — любовно произнес он. — Люблю за ними наблюдать, жрут друг друга, точно так же, как люди, и совесть их не мучает.

— Откуда ты знаешь?

— Наблюдал. Сожрет одна рыба другую — и не прячется, плавает, как плавала, словно ничего не произошло. Они высокими материями не обеспокоены, убивают сами, других для этого не

нанимают. Милые рыбешки! — Баранов постучал ногтем по стеклу аквариума, но никто на его
призывный стук не подплыл.

Мельников задумался, усмехнулся.

— Про рыбок анекдот знаешь?

Баранов пожал плечами:

— Знаю только про золотую рыбку.

— Нет, про аквариумных. Плавают две рыбки
в аквариуме и рассуждают: есть Бог или нет. Одна говорит — есть, другая пузыри пускает, дока-
зывает, что его не существует. Тогда та рыбка, которая в Бога верит, и говорит: а кто же тогда, по-
твоему, нам воду меняет?

— Не смешно, — Баранов вышел из маленькой комнаты отдыха в кабинет.

И тут Мельников обомлел. Не предупреждая,
не хорохорясь, Баранов вдруг встал посреди кабинета на руки и пошел прямо по ковровой до-
рожке к двери в приемную.

«Уж не спятил ли?» — похолодело в душе
Мельникова.

Не дойдя до двери пару метров, Баранов лихо
развернулся и вернулся к гостю.

— Ну что ж, Леонид Павлович, прощевай-
те, — и Баранов подал руку, продолжая баланси-
ровать на одной.

— Клоун ты! Однако здоров, черт! Я так не
умею.

— Если б за это еще и деньги платили, —
засмеялся Баранов, ловко становясь на ноги и
отряхивая ладони. — Я в отличие от тебя, Леня,
ежедневно не только пью, но и спортом занимаюсь.

— Надеешься дольше прожить?

— Нет, если б я не тренировался, давно бы сдох. Ты не представляешь себе, что значит ночью смену контролировать! Нельзя даже моргнуть! Потому как эти сволочи обязательно упрут... Искушение большое... Сколько им ни плати, все равно натура такая — украсть...

— Сочувствую.

Баранов обнял Мельникова за плечи и доверительно зашептал на ухо:

— Не нравится мне твой управляющий, Новицкий, он на пиявку похож.

— Чем?

— Черный такой же, рыхлый, и извивается. Боюсь, когда прижмут, сдаст он всех с потрохами.

— Он не многое знает. Плачу я ему прилично, денег не жалею.

Баранов с сомнением покачал головой:

— Нутром чую, ненадежный он человек. Сколько ни плати... не в деньгах дело, а в человеке. Ты, Мельников, надежный. Я надежный. Мы друг друга никогда сдавать не станем, потому как я смысла в этом никакого не вижу. Меня и тебя только деньги интересуют.

— Его тоже, — с сомнением в голосе произнес Мельников.

— Сомневаюсь. С амбициями твой управляющий, он спит и видит, что когда-нибудь по Москве в твоем «мерседесе» проедется и твою любовницу трахнет. Он из той породы, кто ничего своего придумать не может. Завистливый — вот слово, которое его определяет, — обрадовался Баранов, найдя точную характеристику для Новицкого.

54

— Знаешь, Герман, я с Новицким уже десять лет работаю, и он меня ни разу не подставил.

— Случая не представилось. Никто больше не предложил, вот и работает, а как только деньгами запахнет, он тебя и кинет.

— Поздно уже что-нибудь менять. Если схема работает, значит, она правильная. Я надеюсь, скоро нам Лысый из Британии позвонит, чистым делом займемся, с Европой станем работать. Он найдет, как деньги отмыть. Они, чеченцы, за границей только этим и занимаются.

— Не люблю я чеченцев, не люблю мусульман. И евреев не люблю, хотя работать можно только с ними, с русскими приходится неделю водку глушить, в бане до одурения париться да по бабам ездить. В результате сделка срывается. А «черные» люди конкретные: сказал «да» — значит, «да»; сказал «нет» — значит, лучше разговор не продолжать. Пойдем, провожу тебя.

Герман, оттянув полосатые подтяжки, ударил ими себя по груди и даже не скривился. Он подошел к машине Мельникова, заглянул в салон.

— Дрянь дело, у тебя машина лучше.

— Не все то золото, что блестит.

Глава 3

Кавказские горы — явление особенное. Кавказские пейзажи разительно отличаются от русских, и не только равнинных. Даже Крымские горы навевают на путешественников совсем другие мысли, они смотрятся иначе. Если в Крыму каждая гора прямо-таки просится в кадр, отлично получается на фотокарточках, то на Кавказе посредственному фотографу делать нечего.

Можно сколько угодно смотреть, восхищаться зелеными громадами гор, над которыми возвышаются белые снежные макушки, но запечатлеть эту красоту на фотоснимке невозможно. Ее дано лишь почувствовать, увидеть собственными глазами, но нельзя унести с собой, механически законсервировать на фотопленке. И жители этих мест так же разительно отличаются от славян.

В Абхазии собрались многие народы: абхазы, армяне, грузины, русские. Война сделала свое черное дело: кто мог уехать — уехал, покинул земной рай на берегу Черного моря, остались лишь те, кому некуда бежать, кого нигде не ждут.

Меньше всего осталось грузин: попробуй проживи в республике, которая воюет с твоей исторической родиной, нужно быть или уж совсем одержимым патриотом, чтобы остаться, или настолько же уважаемым в местных краях человеком, чтобы ни у кого не повернулся язык обвинить тебя в предательстве. Можно писать сколько угодно законов, конституций, проповедующих равенство, но, если существует право обычая, все рукотворные нормы бессильны против него. Если у славян измена жены — драма, которую можно пережить, выпив пару бутылок водки, то для кавказца это немыслимая ситуация, позор на всю жизнь, который можно смыть лишь кровью. Никто не осудит мужчину, убившего неверную жену и ее любовника.

Километрах в восьмидесяти от российско-абхазской границы есть древний город — Новый Афон, получивший свое название от своего старшего брата — греческого Афона. Когда-то давно, еще во времена Византии, здесь находилась столица древней Абхазии — Анакопия. Одна за другой на город обрушивались войны, приходили и растворялись во мгле времен захватчики, исчезали империи, государства, а люди продолжали жить в древней Анакопии.

Еще во времена Советского Союза Новый Афон выглядел как благополучный город, но после войны Абхазии с Грузией он опустел, остались лишь те, кто работал на земле, кто мог прокормить себя, выращивая что-нибудь в огороде и саду. Еще тогда, когда жизнь здесь бурлила, когда летом город наполнялся легкомысленно относящимися к любви отдыхающими, хозяева показывали им темной ночью маленький трепещущий огонек на одной из гор в глубине ущелья:

— Огонек горит!

— Ну и что?

— Там нет электричества! Это горит свечка или керосиновая лампа. Знаете, кто там живет?

— Откуда? Мы же не местные.

— Там в гордом одиночестве живет уважаемый всеми человек.

— Какая может быть в горах жизнь? Скукота одна!»

И хозяева из сезона в сезон рассказывали курортникам историю, случившуюся пятнадцать лет назад.

Жили в Новом Афоне пятеро братьев — грузины. Отец их умер еще в 70-х годах, оставив сыновьям домик высоко в горах. Сами же братья еще раньше переселились поближе к морю — туда, где можно делать деньги. Как и положено, самый большой дом, расположенный в самом удобном месте, между шоссе и морем, принадлежал старшему брату — Отару. Работал он шофером, иногда неделями не бывал дома, отправляясь с грузом в российские города. За домом оставалась присматривать жена, красивая и, как водится в таких случаях, немного стервозная.

Однажды Отар вернулся из командировки на день раньше назначенного срока. Было это зимней ночью. Машину Отар оставил в гараже на базе и уже издали заприметил слабый огонек ночной лампы на втором этаже дома, там, где была его и жены спальня. Он уже представлял себе, как войдет в дом: тихо, неслышно для жены, поднимется по резной деревянной лестнице и нырнет под теплое одеяло, чтобы утолить желание, накопившееся за неделю. Однако жизнь устроена так, что ожидание счастья обычно оборачивается трагедией.

Отар вошел в дом и остолбенел. Сверху из спальни доносились сдавленные стоны жены, привычные уху мужа, разве что более страстные, чем бывало с ним. На вешалке висел плащ — мужской, незнакомый. Отар долго не раздумывал, открыл дверь в кладовку, снял со стены охотничье ружье, зарядил оба ствола.

Он распахнул дверь в спальню ударом ноги, сорвав ее с петель, и тут же вскинул ружье.

Мужчина, лежавший на женщине, тут же обернулся, его глаза встретились с глазами Отара. Что-нибудь объяснять было бесполезно. Все и так ясно.

Любовник перевел взгляд с глаз Отара на черные отверстия стволов, из которых в любой момент могло полыхнуть пламя. Если бы женщина просила его, умоляла, Отар, возможно, и не нажал бы на курок, но жена смотрела на него холодно и с укором, словно говорила: «Почему ты не пришел раньше или позже, почему тебе потребовалось прийти именно в эту минуту?!».

Он чувствовал в ее взгляде неутоленное желание, которое даже страх не мог в ней победить. И тут любовник бросился к двери, ведущей на балкон. Отар окликнул его и выстрелил. Любовник замертво упал на пол. Вторая пуля попала в женщину. Она даже не пыталась прикрыться руками.

Муж не спеша отложил ружье, вернулся в спальню с ножом, отрезал мертвым любовникам головы, бросил их в сумку и вышел на берег моря.

Пустынный пляж, огромные зимние волны... Он прошел по хрустящей гальке в другой конец города, разбудил младшего брата Давида и вручил ему сумку. Спокойно, без дрожи в голосе объяснил, что произошло и бесстрастно добавил:

— Спрячь головы и высуши их. Отдашь, когда я вернусь.

И пошел сдаваться в милицию.

Сколько следователи ни допытывались, куда он подевал головы, Отар молчал, молчали и братья. В городе никто из кавказцев не осуждал Отара. Он поступил так, как должен поступать обманутый мужчина: кровью смыл позор.

Отар получил на суде максимальный срок — пятнадцать лет, отсидел их от звонка до звонка, приехал в Новый Афон на электричке. Внешне он был похож на себя прежнего, но стал абсолютно другим человеком. Лицо его словно окаменело. Волосы стали седыми, но ни одной новой морщинки не появилось на лбу. Он даже не стал заходить к себе домой и прямиком направился к младшему брату.

— Ты все сделал, как я велел? — спросил он.

— Да.

— Тогда идем.

Головы любовников младший брат прятал в лесу, в дупле старого сухого дерева, в километре от маленького домика, построенного покойным отцом пятерых братьев. Головы высохли, потемневшая кожа туго обтягивала черепа. Голова жены стала чуть больше кулака Отара.

— Я буду жить здесь, — сказал Отар брату, — в горах, чтобы меня никто не беспокоил. За моим домом в Афоне присматривай ты, можешь сдавать его курортникам, а можешь жить в нем сам, но не продавай. Принесешь мне ружье, патроны, нож и кое-что из посуды.

И стал Отар жить в домике в горах. Он поставил головы жены и ее любовника на грубую деревянную полку так, чтобы пламя, горевшее в очаге, освещало их по вечерам.

Он сидел и долгими вечерами разговаривал с высушенной головой жены. Ни милиция, ни знакомые, ни бывшие сослуживцы не беспокоили его. Он впускал в дом лишь братьев. Некоторые в Новом Афоне даже стали забывать, как выглядит Отар. Он превратился в местную легенду, такую же далекую и неправдоподобную, как появление иконы Матери Божией Иверской на Святой горе.

Так бы и тянулась спокойная и размеренная жизнь четырех братьев от сезона к сезону, не начнись война. Один из братьев перебрался в Сочи, второй — в Ростов, младшие, разжившись оружием, ушли в партизаны.

В то время и пролегла непреодолимая граница между абхазами и грузинами. Год-два в партизанском отряде еще надеялись, что грузинские войска вернутся, но потом стало ясно — если это и случится, то не скоро. Люди разбегались, осталось лишь шесть человек, воюющих скорее по привычке, чем из убеждений. Единственным местом, где они могли чувствовать себя в относительной безопасности, был дом Отара, куда не рисковал заходить никто из абхазов.

— А, это вы? — не оборачиваясь, проронил Отар, когда дверь в доме скрипнула и появились два его брата-партизана с приятелями. Все пришельцы, кроме одного, бородатые, грязные, уставшие. Лишь младший брат Отара, Давид, был выбрит, он пришел к брату в чистых черных штанах, модельных ботинках и в белой рубашке.

Покосившись на засушенные головы, Давид присел к столу, автомат с пристегнутым рожком поставил у стены.

— Как живешь, Отар?

— Все так же. Для меня ничего не меняется, — глядя в огонь, отвечал старший брат.

По невеселому виду пришедших Отар понял: дела у них идут ни к черту.

— Как война?

— Никак! — Давид зло ударил ладонью по столу.

— Если никак, то и воевать не надо.

— Как ты можешь такое говорить?! В моем доме в Новом Афоне живут чужие люди!

— А в моем? — спокойно напомнил Отар.

— Твой дом стоит пустым, все его обходят стороной.

— Вы уже не воины, если враги не боятся занимать ваши дома, — сказал Отар.

— А кто же?

— Вы разбойники! — и он усмехнулся. — Корову убить, свинью украсть — это вы можете, но не способны на большее!

— Наши еще вернутся!

— Не знаю, — покачал головой Отар.

— Я думаю, средние братья правильно сделали, что уехали отсюда.

— Ты их давно видел?!

— Я собираюсь в Сочи.

— Навсегда?

— Нет, повидать Тосо.

— Что ж, я думаю, он подыщет тебе работу.

Давид опустил голову:

— Брат, я бы уехал отсюда, но для этого нужны деньги, здесь их не найдешь.

— Деньги... — задумчиво проговорил Отар. — Я бы тебе дал денег, но их у меня нет. Мне они уже давно не нужны.

— Я не хочу оставлять тебя, — тихо проговорил Давид.

— Я не гоню, можешь — оставайся! Нет — уезжай! Я привык жить один!

— Мне нужен совет старшего.

Отар нагнулся и подбросил в пылающий очаг еще несколько выбеленных дождями коряг. Огонь вспыхнул сильнее, тени заплясали на высушенных человеческих головах.

— Жены у меня нет, — почти беззвучно произнес старший брат, — поэтому есть готовьте себе сами. Это и ваш дом.

Пока мужчины ели, Отар вышел во двор. С топором в руке он поправлял изгородь, которую подрыли дикие свиньи.

Давид вышел из дома, в руке он держал кусок холодного бараньего мяса и ломоть черствого хлеба. Он многое хотел сказать брату, но боялся признаться в своей слабости. Воевать ему было уже невмоготу. Он чувствовал, что Отар прав, из воина он превратился в разбойника, и произошло это незаметно. Чтобы добывать оружие и патроны, пришлось связаться с сочинскими бандитами. Сначала еще водились деньги, но потом и они перестали поступать из Тбилиси, расплачиваться приходилось услугами. Давид понимал, что погряз окончательно. Единственное, что могло спасти его, это деньги на отъезд.

— Наверное, все же я уеду, — сказал он.

— Правильно сделаешь, — постукивая топором по ржавому согнутому гвоздю, выпрямляя его на камне, отвечал Отар.

— Но это произойдет не сейчас, позже, я обязательно зайду к тебе перед отъездом.

— И это правильно, — отвечал старший брат.

Он выпрямился и посмотрел вдаль. Между

двумя поросшими лесом горами виднелись город, море.

— Ты знаешь, сколько я уже не был там?! Давно. С того самого дня, как вернулся из заключения. Когда побудешь в тюрьме, на зоне, поймешь, что лучше жить одному и не видеть людей. Передай от меня привет Тосо.

— Я если получится...

— Не возвращайся, здесь для нас все кончено! И друзьям своим скажи... Ты помоложе, у тебя получится начать жизнь заново.

«Деньги, — подумал Давид, — для этого мне нужны деньги.»

В душе младший брат позавидовал старшему. Тот мог позволить себе жить независимо, жить своей, не чужой жизнью.

— Вина у меня нет, — усмехнулся Отар. — На этой стороне горы солнце бывает только вечером, виноград не вызревает... Раньше хоть вы вино приносили. Теперь уже и этого нет... Ты-то сам давно был в Новом Афоне?

— Месяц тому назад, ночью. Стоял возле своего дома, смотрел на чужую жизнь.

— Земля не может стоять пустой, — проговорил Отар, вбивая в жердь выровненный гвоздь, — ты ее бросил, пришли другие люди.

Давид оставил друзей в доме, а сам ушел, когда солнце уже коснулось моря.

Назавтра к полудню он объявился по ту сторону реки Псоу, отделяющей Россию от Абхазии. В кармане у него лежал российский паспорт, самый что ни на есть настоящий, купленный за 400 долларов. Милиция в Сочи и Адлере, в отличие от московской, умела отличать грузин от чеченов.

Поэтому Давида никто не останавливал, он спокойно добрался до аэропорта, где работал автодиспетчером его брат Тосо, и позвонил из автомата. Ответил сам Тосо.

— Давненько ты не объявлялся, Давид!

— Привет тебе от братьев. Найдешь время посидеть со мной?

— Конечно, ты где?

— Возле заправки, у телефона-автомата.

— Жди, скоро подойду.

Давид стал возле проходной, смотрел на здание из белого силикатного кирпича, в котором располагался кабинет Тосо.

«Чего он медлит? — думал Давид, — дела наверное.»

Дверь не открывалась. Никто не спешил по летному полю к проходной. Давид хотел уже позвонить еще раз, узнать, что же задержало брата, как услышал у себя за спиной:

— Давид! — Тосо стоял у него за спиной.

— Откуда ты появился?

— Догадайся.

— Я же только что говорил с тобой.

— Техника! — Тосо улыбнулся немного надменной улыбкой. — Жить надо уметь, брат, — и он вытащил из кармана трубку радиотелефона. — Зачем в кабинете сидеть? Купил за 200 долларов, аппарат поставил у себя на столе, а трубку в карман бросил, и ходи, где хочешь. На расстоянии шести километров сигнал принимает. Начальство звонит, а я вроде бы на месте.

— А если в кабинет зайдут? — поинтересовался Давид.

— Я с утра пиджак на спинку кресла повешу и очки на бумаги положу. Кто зайдет, увидит — Тосо на месте. Куда человек без очков пойдет? Значит, на минуточку выскочил. Солдат спит, а служба идет. Пошли, угощаю! — Тосо обнял брата за плечи и повел к ближайшей шашлычной.

Аккуратный беленький заборчик, низкие фонари-торшеры, пестрые зонтики, пластиковые столы и стулья. Дурманящий запах исходил от дымящегося мангала. В дневное время народу в шашлычной было немного, братья уселись за крайний столик, возле которого вился виноград.

Давид выглядел немного одичавшим в отличие от Тосо, привыкшего к шумной городской жизни.

— Говорил я тебе, — убеждал Тосо брата, — нечего делать тебе в горах, жить надо, деньги зарабатывать, — при этом Тосо демонстративно держал руку перед лицом, на пальцах поблескивал огромный золотой перстень-печатка. — Думаешь, дутый? — усмехнулся диспетчер автопарка. — Литой, цельный!

— Я и не говорил, что он дутый.

— Но подумал! — Тосо схватил Давида за руку. — Ты мне в глаза смотри, надоело тебе в горах без толку бегать?

— Надоело, — честно признался Давид.

— Ну вот, теперь можно и по душам поговорить!

Тосо, не глядя, махнул рукой, и шашлычник, хорошо знавший диспетчера, подошел к столику.

— Угости брата от души, — сделал он странный заказ.

Тосо не знал, что брат давно был связан с сочинскими бандитами. Он до сих пор считал Давида молодым глупцом, который без всякой корысти для себя бегает по горам с автоматом.

— Перебирайся к нам, я тебе работу найду какую хочешь! Золотых гор не обещаю, но сыт будешь. Девочки, вино — все к твоим услугам. В сезон здесь какую хочешь бабу найти можно: и дорогую, и дешевую, и ту, которая тебе еще сверху приплатит. Они голодные сюда со всей России съезжаются.

Зазвенел телефон, лежавший на краю стола. Тосо откашлялся и взял трубку.

— Слушаю. Да, конечно, автобус будет, как и договаривались, батона. Ровно в четыре он ждет тебя у крыльца, — Тосо отложил трубку и рассмеялся. — Теперь мой офис — где угодно. Людям что надо? Чтобы я им ответил. А где я сижу, дело десятое.

Шашлычник поставил перед братьями две тарелки с нарезанной зеленью и блюдо с четырьмя только что снятыми с огня шампурами.

— Умеешь ты жить, — вздохнул Давид.

— И тебе никто не запрещает.

«Таких денег, каких мне надо, у него нет, — подумал Давид, — а если бы и были, он мне их не дал бы. Неужели мне придется идти работать? Нет, — тут же подумал он, — бандиты не позволят. А я им должен столько, что уже и не сосчитать.»

Вновь зазвенел телефон.

— Прямо телефонная станция какая-то! — возмутился Тосо, но все же ответил официальным бодрым тоном: — Слушаю. Да-да, понял, конечно обеспечу проезд броневика, какие вопросы? Прямо к трапу! У нас никогда ничего не случалось. Как же, спасибо, не откажусь! — Тосо положил трубку и гордо сообщил Давиду: — Видишь, как дела делаются.

— Какой еще броневик? — у Давида мысли работали лишь в одну сторону: автомат, боеприпасы, броневик, танк.

— Банковский броневик, — пояснил Тосо. — Через аэропорт чего только не проходит, все везут! Иногда посмотришь: какой смысл обыкновенные гайки в ящиках перевозить по воздуху, они же золотыми становятся, а вот пересылают, черт их поймешь! А вот этот груз по-другому в Абхазию и не переправишь — деньги. Наличку самолетом пересылают. Потом ее в банковский броневик и — в Абхазию. У вас же там с банками — беда, с «безналом» лучше не связываться, только наличка действует. Вот умные люди и пристроились. За гроши у вас мандарины скупают, а потом их в Москве, в десять раз цену накрутив, продают.

— Абхазы и в моем саду мандарины собирают и русским продают, — мрачно сказал Давид.

— Это уж кому как повезло: кто продаст, а у кого даром заберут. Я и решил для себя, — сообщил Тосо, — забыть о Новом Афоне. Все, что было, прошло! Пусть им мои мандарины и деньги за них поперек горла станут! Водитель, который в броневике деньги возит, мой знакомый, ему хорошо платят. Мало того что от сочинского банка зарплату получает, так еще московский клиент ему сверху наличными приплачивает за каждый рейс. А рейсы такие часто случаются —

раз в два-три месяца. Ты водить машину не разучился?

— Зачем ему еще и сверху приплачивают? — нервно жуя шашлык, спросил Давид.

— Человеку, который деньги возит, нужно хорошо платить, искушение большое. Ты бы на какой сумме сломался?

— Чего? — не понял Давид.

— Я говорю, что для каждого человека есть критическая сумма. До этого он и муж хороший, и друг верный, и гражданин порядочный. А покажи ему сто штук баксов — и что куда подевалось? Друга предаст, жену бросит, родину продаст. Я живу и Бога молю, чтобы мне он таких денег не подсунул.

— И сколько же в броневике везут?

— Точно не знаю, но обычно миллионов пятьдесят российскими мелкими купюрами, чтобы за мандарины расплатиться.

— Даже не знаю, — задумался Давид, — соблазнили бы меня эти деньги?

— А мне парень инкассатор рассказывал, что он уже приучил себя не деньги видеть, а просто мешок и представлять себе, что в нем сухари или картошка. И поэтому спокойно везет. И мне за этот рейс кое-что обломится, так, чисто символически. Владелец банка — человек умный, знает: сделай один презент, второй, в следующий раз я для него в лепешку разобьюсь. Я бы мог запретить въезд банковского броневика на территорию аэропорта. Не положено — и все! Тащите мешки на себе до самых ворот! Но деньги, они любые ворота открывают, любые замки. Что мне, жалко, что ли? Хочешь,

69

тебя устрою деньги возить? — рассмеялся Тосо.

— Не хочу, — поморщился Давид.

— А делов-то всего — сел в броневик, ружье между ног зажал и едь себе до самой Гудауты, анекдоты трави, а приехал, выгрузил и назад вернулся. Тишь да благодать.

— Почему до Гудауты?

— Они туда наличку возят. За один рейс столько же срубают, сколько зарплата за месяц. Поди, хреново?

Давид на какое-то время сделался задумчивым, а затем широко улыбнулся.

— Не о том, брат, говорим. Я пока жизнь свою круто менять не собираюсь. Есть ты у меня, есть к кому в гости приехать.

— Зато я к тебе приехать не могу, — засмеялся Тосо.

Вновь зазвонил телефон.

— Слушаю, — лицо Тосо сделалось серьезным, он лишь несколько раз коротко сказал «да», бросил трубку в карман пиджака и поднялся. — Извини, Давид, начальство вызывает, нервировать его нельзя. Если задержишься в городе, заходи еще. Лучше всего в субботу, потому как в пятницу мне броневик принять надо и отправить. Не волнуйся, все уже заплачено, — предупредил Давида Тосо, уловив его испуганный взгляд, брошенный на шашлычника. — Видишь, и он подтверждает, платить никому не надо. Вот так-то.

Тосо торопливо пошел к будке охранника у ворот аэропорта.

На пластиковом столике подрагивал стеклянный полуторалитровый кувшин с красным вином, а шашлыки хоть и успели остыть, но еще источали аромат пряного мяса, смешанный с дымом. Этот запах напоминал Давиду детство, когда он вместе со старшими братьями прибегал во двор домика в горах к ужину.

Сочные куски хорошо приготовленного мяса исчезали один за одним. И Давид, задумавшийся о своем будущем, изумился, что сумел съесть все четыре шампура шашлыков, выпил добрую половину кувшина вина, не почувствовав при этом ни особой сытости, ни головокружения. Он промокнул губы салфеткой и встал из-за стола. Шашлычник помахал ему рукой, мол, все в порядке.

Давид шел по набережной, прикидывая в уме, как жить дальше.

«Ничего случайного не бывает, — думал он, — и звонок в шашлычной прозвучал не случайно. Если чего-то долго хотеть, судьба даст шанс. И уж мое дело — воспользоваться им или нет. Я не разбойник, не бандит, не грабитель, — убеждал себя Давид, — я просто хочу нормальной жизни. А мандарины из моего сада рвут мои враги и продают русским, значит, деньги за мандарины — мои деньги. Их уводят у меня из-под носа. Судьба не зря напомнила мне о них, дала в руки шанс. Пятница... броневик... деньги, — не шло из головы Давида. — Это тебе не коров красть и свиней... С такими деньгами можно начать новую жизнь. Риск не велик. Абхазия — место, где законы не действуют, где никто толком не станет искать ограбивших броневик. Если бы деньги везли крупными купюрами, как обычно, тогда я бы не стал к ним прикасаться. Вычислили бы по номерам, по сериям. А везут мелкие, их где угодно потратить можно. Никто на номера смотреть не станет. Но один я дело не потяну. Сколько их в броневике? — задумался Давид. — Вроде бы Тосо говорил трое: водитель и двое инкассаторов. Нет, ничего он не говорил, но вряд ли их будет больше. Пусть — четыре. Остановить машину на горной дороге — пару пустяков. Я даже место знаю, — и он усмехнулся, вспомнив крутой поворот на подъезде к Гудауте: с одной стороны — пропасть, с другой — высокая скала, ни развернуться толком, ни убежать. И все же он еще сомневался. Он решился, но понимал, что отважиться на ограбление — значит навсегда стать другим человеком. — Это деньги моих врагов, украденные у меня, — убедил себя наконец Давид. — Часть позже отдам ребятам, пусть воюют. Остальное возьму себе. А без сочинских мне не обойтись. Они не менты, они быстро сообразят, в чем дело, и потом прижмут. Уж лучше поделиться с ними сразу и не рисковать. Они и помогут.»

У бандитов в любом городе существует что-то вроде диспетчерской. Это может быть ресторан, где постоянно сидит пара крепких парней с сотовыми телефонами, может быть зал с игральными автоматами или холл большой гостиницы.

Пару подобных мест Давид знал. Он зашел в открытый ресторан, неподалеку от автобусной станции, знакомых лиц ему не попалось, телефонов сочинских партнеров он не знал, те не рисковали доверять ему подобную информацию. Но Давид безошибочно определил, кто ему нужен. За столиком возле колонны сидели парни в ко-

72

ротких кожаных куртках. На столике покоились два мобильника. Парни играли в карты, не на деньги, в примитивного дурака. Они вели себя достаточно тихо.

Давид подошел, поприветствовал игравших кивком головы.

— Чего надо? — оторвался от карт крепко сбитый блондин, стриженный ежиком, взгляд его колючих глаз не предвещал ничего хорошего всякому, зря потревожившему его.

— Шпита ищу, — сказал Давид, — очень нужен.

— Шпита многие ищут, — бесстрастно отвечал блондин, выкладывая на стол карту.

— Скажи ему, Давид из Нового Афона спрашивает.

— Новый Афон, — усмехнулся блондин, — это вроде как заграница.

— Мы с ним не первый раз встречаемся.

Блондин испытывал к людям, ходящим без мобильных телефонов, легкое презрение. Но то, что грузин был из Абхазии, изменило его отношение к Давиду. Оттуда грузины в Сочи зря не приезжали.

— Погодите, я сейчас звон сделаю, — блондин отложил веер карт рубашками кверху и взял трубку. Набирал номер, прикрывая панель ладонью. — Шпит, слушай, тут тебя какой-то Давид из Нового Афона спрашивает. Ты долго здесь будешь? — блондин вскинул голову.

— Если он сейчас приедет, подожду.

— Слышь, Шпит, говорит, ждать будет. Через полчаса тебя устроит?

— Конечно.

— Вот и порешили, — блондин уже с уважением смотрел на Давида. Мало бы нашлось в Сочи людей, ради которых Шпит приехал бы в течение получаса, наплевав на дела. — Садись, угощайся, — предложил блондин, указывая на свободный стул у круглого столика.

— Я на работе не пью.

— А если минералку, колу, фанту? Одни детские напитки.

Давид сидел, потягивая минералку, следил за игрой парней, те играли вяло, без азарта, какой случается при игре на деньги. Если играют не на интерес, то и проиграть не страшно. Пару раз к столику подходили странные посетители, передавали газетные свертки, получали пакеты, ни о чем не говорилось в открытую, лишь намеками.

«Толстый мужик, — подумал Давид об очередном визитере, — с лицом бывшего парторга дома отдыха, скорее всего владелец маленькой забегаловки, принес откупные. За «крышу». Немного русскими, баксов на сто. На доверии работают, не пересчитывают, в бандитском бизнесе доверия к партнерам больше, чем в официальном. Тут если один раз обманешь, то придется втридорога платить, и потом к тебе до конца жизни доверия не будет. А этот, наверное, сутенер. У него и сверток потолще, и смотрит он повеселее. Если братве отстегнул пачку толщиной со спичечный коробок, значит, себе раза в два больше оставил. Система у них отлаженная. Действует как часы, попробуй кто-нибудь не заплати вовремя, в миг на счетчик поставят. Если срок выйдет и не заплатишь, отвезут в горы, постращают для первого раза, а если и это не поможет, вспыхнет ночью кафешка или киоск синим пламенем.

Шпит, как и обещал, явился через полчаса. К открытому ресторану, расположившемуся на террасе старого, еще сталинских времен, здания подкатил «мерседес» с открытым верхом. Старый, стильный, с кожаными сиденьями, покрашенными в ярко-зеленый цвет. Национальность Шпита определить было сложно. То ли кавказец, то ли русский, то ли еврей, то ли смесь всех возможных национальностей.

Машину Шпит остановил прямо под знаком, запрещавшим стоянку. При этом гаишник, стоявший у крыльца, даже не шелохнулся.

— Я уж, Давид, думал, ты кинуть нас решил.

— Как можно? — возмутился Давид, обмениваясь со Шпитом рукопожатием. — Я вроде бы и не особо задолжал, случалось, бо́льшие суммы зависали.

— Твои долги у меня на особом счету. Другого бы в миг поставил на счетчик. А в твое положение я вхожу, ты не для себя стараешься. Что-нибудь еще понадобилось? Или деньги отдать решил?

— На этот раз помощь твоя нужна, Шпит.

— В чем?

— Прибыльное дельце появилось, — шепотом произнес Давид.

Шпит покосился на игравших в карты парней.

— Я бы хотел с глазу на глаз... — пояснил Давид.

— Что ж, пошли.

75

Мужчины устроились у самой балюстрады. Ничего не заказывали. Пустой столик с одинокой пепельницей. Щелкнула зажигалка, дорогая, бензиновая. Давид прикурил сигарету, предложенную Шпитом.

— Я хочу предложить тебе взять много денег, — слегка заикаясь от волнения, сказал Давид.

Шпит изумленно посмотрел на грузина. Сперва сквозь темные очки, затем сдвинул их на лоб.

— Я не ослышался? Ты предлагаешь мне что-то ограбить? — и тут же вскинул ладонь, останавливая Давида. — Здесь, в Адлере, в Сочи, вся территория, весь бизнес давно распилены, поделены. Здесь брать деньги нельзя. Здесь их можно только зарабатывать. Так что ты меня зря дернул.

— Нет, — торопливо принялся объяснять Давид. — Диспозиция другая. Я сейчас расскажу. Деньги можно взять в Абхазии, абхазские деньги…

— В Абхазии? — рассмеялся Шпит. — Какие там могут быть деньги?! Вроде бы погода еще стоит прохладная, на солнце ты не перегрелся.

— Десять лимонов российскими, мелкими купюрами. Их будут везти на броневике, по горной дороге.

— Откуда ты знаешь?

— Неважно… Знаю это точно.

— Банковский броневик откуда родом? — тут же спросил Шпит.

— Из Абхазии.

Шпит сидел задумавшись, тер указательным пальцем висок.

— Я предлагаю, если все получится, деньги поделить пополам. И считать, что я закрыл все свои долги.

— Давай по порядку. Кто и что везет?

Давид, как сумел, объяснил Шпиту ситуацию.

— По-моему, ты попал прямо в отверстие, — усмехнулся Шпит. — Подожди меня здесь еще полчаса. Я пробью информацию по своим каналам.

На этот раз ожидание затянулось на целый час. Давид уже подумал, что зря связался со Шпитом, что тот «бросит» его. Но тот все же вернулся.

— Ты правильно рассчитал, Давид. Самое странное, все сходится. Почему до тебя никто не додумался до этого? Просто, как грабли. И так, и так — все спишут на грузинских партизан. Чужая территория, случайные деньги, — и нехорошая улыбка появилась на губах бандита. — Почему ты решил брать броневик с моими людьми, а не со своими?

Давид замялся.

— Если хочешь, не отвечай. Мне, в общем-то, и без твоего ответа ясно.

— Я устал, — признался Давид.

— Я это давно чувствую. Молодец, что обратился ко мне. Возможно, это единственный шанс вернуть тебя к нормальной жизни. А провернем все тихо, — шептал Шпит, — моих людей встретишь возле Пицунды, там, где мы прошлый раз передали вам оружие.

— Сколько их будет?

— Трое. Думаю, хватит. Все оружие, Давид,

за тобой. Транспорт — за мной. Перегородить дорогу найдем чем, — Шпит усмехнулся: — Джипа я не обещаю, хватит и УАЗика. Главное, чтобы по горам проскакать смог. Только из уважения к тебе, Давид, я согласен поделить с тобой деньги, засчитав их в счет долга. После этого мы разбегаемся. Идет, а? — Шпит протянул руку.

Давид торопливо пожал ее.

— Все, назад дороги нет, — усмехнулся он.

— Выглядишь ты грустно, будто похоронил кого-то.

— Возможно, себя, — с грустной улыбкой ответил грузин.

— Завтра возвращайся в Абхазию, готовься к делу. Сегодня же я предлагаю тебе немного поразвлечься. Кто знает, может, в последний раз веселишься.

Мужчины спустились к открытому автомобилю.

— Садись, прокачу с ветерком.

— Не бережешься ты, Шпит, не боишься в открытой машине ездить.

— Я свое уже отбоялся. В Сочи и в Адлере все повязаны. Кто-то должен мне. Я должен кому-то... Ты даже представить себе не можешь, сколько денег я должен... Поэтому меня убивать невыгодно. Убивают, Давид, не тех, кто должен, а тех, кому должны. Запомни это, пригодится, когда разбогатеешь.

«Мерседес» остановился у гостиницы. Шпит передал ключи швейцару:

— Найдешь водилу, чтобы нас вечером домой отвез. Забудь сейчас обо всем, — посоветовал Шпит, — развлекайся. Я сам долго не мог привыкнуть к тому, что нельзя все время о деле думать. А потом понял, что так и с ума сойти недолго, у меня теперь в мозгу тумблер есть. Щелкнул им — и только о приятном думаю. Деньги, они зачем нужны? Чтобы можно было на них отдохнуть, кайф получить. Тебе сейчас чего больше хочется? Выпить? Поесть? Девочек? Поиграть с азартными людьми?

— Даже не знаю, — задумался Давид.

— Если не знаешь, сиди и думай, будем пить потихоньку, отдыхать.

Шпит чувствовал себя в гостиничном ресторане как у себя дома. Официанты знали его в лицо, метрдотель подобострастно улыбался, готовый исполнить любой каприз клиента.

«Боже мой, — думал Давид, — как близко Сочи от Абхазии и как далеко. Здесь уже другой мир. Вот что делают деньги. Те же горы, та же земля, те же люди... Но по ту сторону реки нищета, темные, лишенные электричества поселки. Здесь жизнь бурлит, южная столица России. Я свое почти отвоевал. Последний рывок, последнее дело — и на покой... Теперь я понимаю Отара. Он совершил поступок, когда убил жену и ее любовника. После этого он как бы ушел на пенсию. И ничего ему больше не надо.»

— Откуда ты про деньги узнал? — внезапно спросил Шпит.

— Разве это так важно?

— Понимаю, брата-диспетчера заложить не хочешь. Но я уже проследил за ним, он в шашлычной с мобилой сидит в рабочее время.

— Не с мобилой, а с радиотелефоном, — поправил Шпита Давид.

— Главное, что сидит.

Давид прикрыл глаза и прикоснулся губами к рюмке с коньяком. Крепкое спиртное обожгло язык. Давид пил мелкими глотками, но жадно. Ему казалось, коньяк, не достигая желудка, всасывается в нёбо, язык, гортань. Алкоголь тут же ударил в голову. По телу прокатилась горячая волна, как всегда бывает у слабых мужчин в минуты душевного волнения. Давид запьянел, выпив не так уж много. Ему хотелось провалиться в пьяный дурман, чтобы не думать о том, как он поступает: правильно или ошибается. Давид знал — обратной дороги нет. Шпит не простит, если он решит дать отбой.

* * *

Шпит свое дело знал туго. Одной наводки Давида ему было мало. Он доверял информации лишь в том случае, если получал ее одновременно из двух независимых источников. Шпит умел слушать и из рассказанного Давидом выудил очень важную для себя информацию, на которую сам Давид почти не обратил внимания.

На следующий день, с утра, в шашлычной возле аэропорта появился новый посетитель. Он заказал шашлык, бутылку колы и развалился в пластиковом кресле, в тени зонтика. Шашлычник, привычно разгоняя фанеркой жар в угольях, косился на посетителя. «Любитель музыки, наверное, — подумал шашлычник, — сидит, прикрыв глаза, и в ушах наушники.»

Тонкий провод уходил в карман куртки. Молодой парень бандитского вида иногда оживлялся, прикладывал ракушкой ладонь к уху и вслушивался в то, что шептал ему на ухо наушник. В кармане куртки лежал не плейер, не сиди-проигрыватель, а прошедший руки подпольного мастера радиотелефон, точно настроенный на волну трубки старшего брата Давида Тосо. Теперь все разговоры, которые вел диспетчер автопарка, перестали быть только его тайной.

В обед молодой парень доложил обо всем услышанном Шпиту. Теперь тому стали известны точное время прибытия борта с деньгами и даже номер банковского фургона, который пропустят на летное поле.

— Ты надолго не отходи, — сказал Шпит. — Мне все его разговоры важны.

И парень вновь отправился в шашлычную, чтобы продолжить подслушивание.

Глава 4

Управляющий банком «Золотой червонец» Олег Семенович Новицкий каждый раз перед операцией волновался, как школьник перед экзаменом. Фальшивые доллары, напечатанные на обойной фабрике, он накануне получил от Баранова, они были аккуратно порезаны, упакованы в пачки, сложены в мешки и опечатаны банковским способом.

Спрятанные в гараже на окраине города доллары ждали своего времени. Точно такие же мешки с мелкими российскими рублями уже находились в хранилище банка. Все детали были утрясены, договорено с аэропортом, как в Москве, так и в Адлере. Уже звонили из Абхазии чеченские партнеры.

«Утром все произойдет. Ну чего я так волнуюсь», — думал Новицкий, лежа в постели рядом с посапывающей во сне женой.

Он вздрагивал от каждого шороха на лестнице. Ему казалось, что всем известно о том, что он занимается переправкой фальшивых денег, и с минуты на минуту нагрянет, или милиция, или ФСБ, или, того хуже, — бандиты.

Утром, с покрасневшими от бессонницы глазами, он молча выпил кофе. Жена косилась на мужа, не понимая, что именно его мучает. Лишь когда Олег Семенович, стоя у зеркала, повязывал галстук, она подошла к нему сзади, обняла за плечи.

— Ты неважно себя чувствуешь? — как можно мягче спросила она.

— Да.

Жена приложила ухо к спине мужа.

— У тебя сердце часто бьется.

— Волнуюсь. Дела важные.

— У тебя каждый день важные дела.

Женщина уже знала, что муж вернется домой поздно, злой, сядет к столу и будет пить в одиночестве коньяк, рюмку за рюмкой. Будет пить, не пьянея. Затем с каменным лицом ляжет в постель и примется смотреть в потолок неподвижным взглядом. Так уже случалось не раз. Женщина чувствовала, что то, чем занимается муж, если не преступно, то уж, во всяком случае, аморально. Иногда ей казалось, что у Олега появилась любовница. Но с любовницей не встречаются лишь раз в месяц. В другие же дни Новицкий был приветлив с женой, ласков, всегда находил общий язык.

«Это пройдет, — подумала женщина. — Олег сам знает, что делает. Даже если он мне расскажет, я все равно ничего не пойму в его сложных банковских делах.»

— Пока, — бросил Новицкий, боясь, что жена начнет его расспрашивать.

В банк он не поехал. Банковский броневик ждал его на стоянке в соседнем квартале. Олег Семенович сделал над собой усилие: негоже выглядеть в глазах подчиненных нерешительным и растерянным. Напустив на себя деловой вид, он сел рядом с водителем.

— Привет, как спалось?

— Отлично! Как мертвецу, — хохотнул толстый мужик с крепкими волосатыми руками.

Новицкий завидовал таким типам. Их не беспокоили ни угрызения совести, ни житейские проблемы. Такие люди умеют расслабляться после работы.

— Ребята уже в машине?

— Да, в карты играют, — водитель, не глядя, указал пальцем на небольшое зарешеченное окошечко в стенке кабины.

Бросив в него быстрый взгляд, Новицкий сумел разглядеть лишь радостные улыбки банковских инкассаторов.

«Да, умеют люди жить без забот. Мне этого Богом не дано.»

— Трогай, — тихо сказал Новицкий и даже

сам не услышал собственного голоса. Откашлялся и уже решительно проговорил: — Трогай!

Машина покатила по улице. Шофер ехал с таким выражением лица, будто вел не банковский броневик, а колхозную машину, груженную картошкой.

«Чего у меня руки дрожат? — подумал Новицкий. — Машина еще пустая, денег в ней нет, пока еще нечего беспокоиться.»

Приехали в банк. Леонид Мельников, владелец банка, даже не вышел встретить своего управляющего. Словно проходила заурядная банковская операция по получению налички.

«Сумма довольно большая, но не запредельная, и он умеет держать себя в руках», — со злостью подумал Новицкий.

Он попытался напустить на себя беззаботный вид:

— Ребята, если возникнут проблемы при получении денег, я у себя в кабинете.

«И снова у меня не получилось держаться естественно», — злился Новицкий, топая по мягкому ковру, устилавшему коридор.

Инкассаторы прошли в хранилище. Старшим среди них был Борис Скачков, мужчина крепко сложенный, с большим животом, которого он абсолютно не стеснялся.

— Ого! — присвистнул он при виде тяжелого банковского мешка. — Лучше бы я грузчиком на складе работал. — Он одной рукой оторвал мешок от пола. — Килограммов тридцать весит.

— С цементом бы весил семьдесят, — подколол его Валерий Шишло.

Пока оформлялись бумаги, владелец банка зашел к управляющему и задал не очень тактичный вопрос:

— Как спалось?

— Прекрасно!

Новицкий понимал, что бессонница — это его проблема, и нечего посвящать в нее начальство. Шеф должен быть уверен, что передает деньги в надежные руки, человеку отдохнувшему, хорошо владеющему собой, уверенному в себе.

— Это хорошо, а я-то думал, что ты снова распереживаешься, — и Леонид Павлович пристально посмотрел в глаза Новицкому. — Врешь, вижу, что не спал, глаза покраснели.

Олег Семенович сладко потянулся, будто бы сидел не в служебном кабинете, а у себя дома в полном одиночестве.

— Я не из-за волнения не спал, я сексом занимался.

— Опять врешь. У человека удовлетворенного взгляд спокойный. Хочешь, развеселю? Анекдотик расскажу.

Мельников всегда умел найти анекдот в тему и вовремя его рассказать. Он никогда не рассказывал анекдотов просто так.

— Про тебя, — усмехнулся владелец. — Почти про тебя. Едет на мотоцикле вконец обкуренный наркоман. Глазища красные, страшные, и думает: остановит меня гаишник и спросит: чего глаза красные, обкурился небось? Что ответить? Скажу — ветром надуло, потому и красные. Обрадовался, что нашел правильное решение. За поворотом и впрямь гаишник палочкой машет, показывает — к бордюру. Остановился наркоман, затаился, глазища вытаращил. «Чего глаза красные, ветром, что ли, надуло?» — спрашивает гаишник. «Нет, обкурился», — выпаливает наркоман.

Сам Мельников никогда не смеялся собственным шуткам. Он лишь широко улыбнулся и похлопал подобострастно рассмеявшегося Новицкого по спине.

— Никогда, мой друг, не полагайся на готовые ответы: подведут. Жизнь сложнее, чем любые твои умозаключения. Всегда получится по-другому. Лучше полагаться на интуицию, она никогда не подводит. Меня, во всяком случае.

— А если интуиции нет? — осторожно поинтересовался Новицкий.

— У тебя она есть.

— Почему вы так думаете?

— Иначе бы ты не боялся. Мой тебе совет, Олег Семенович, никогда не умирай до расстрела. А когда тебя уже к стенке поставят, то бояться тоже нечего, все равно ничего не сделаешь, живем один раз. Успехов тебе. До аэропорта за деньги головой отвечаешь.

Раздался звонок телефона. Мельников вытащил из кармана трубку мобильника, прикрыл микрофон холеной ладонью.

— Ну все, Олег Семенович, дела ждут, — и вышел из кабинета управляющего.

Тем временем в хранилище инкассаторы получили патроны, оружие, деньги. Охранник, работавший в хранилище, завистливо подмигнул Борису Скачкову:

— Счастливые вы, ребята. Море увидите, а может, искупаетесь. Я уже десять лет на море не был. Последний раз при Советском Союзе в Крым с женой ездил.

— Это было, когда ты в ментовке работал? — подколол Скачков.

— Было и такое в моей биографии, — недовольно поморщился охранник, — тогда ментам хоть деньги приличные платили. Теперь же, если взятки не брать, с голоду сдохнешь. Потому и подался в частное агентство.

— Кто знает, может, и искупаемся. Во всяком случае, вина красного с шашлыками откушаем. Когда я на работе, о развлечениях стараюсь не думать. И мне по хрену, какие пейзажи за окном проплывают: море с пальмами или девки голые. Я о мешках с деньгами думаю. Но уж потом, когда их в руки клиенту отдам, расслаблюсь по полной программе.

Борис наверняка знал, что расслабиться ему не придется. Он и его коллеги были частично посвящены в тайну Мельникова. Знали, что назад придется везти запечатанный банковским способом мешок. А это значит, из машины без крайней нужды выходить будет запрещено.

— Эх, мне бы такую командировку, — мечтательно проговорил охранник, прощаясь с инкассаторами.

Новицкий нервно прохаживался возле броневика. Мешки загрузили в сейф. Ключи Новицкий положил себе в карман.

— Трогай, — он взглянул на часы.

Все шло по расписанию. Всего десять минут отводилось на подмену мешков с деньгами. Никто в банке не должен был заподозрить, что произойдет с грузом.

— Жаль, что на броневиках мигалки не стоят, — досадовал шофер, медленно двигаясь в потоке машин. — Мигалки дают тем, кому они не нужны: депутатам, министрам. Если они на работу опоздают, беды большой не случится.

— Наоборот, вреда меньше, — вставил Новицкий.

— А мы, если к самолету не успеем, штраф заплатим.

— Из своих, что ли, денег? — усмехнулся Олег Семенович.

— Деньги, конечно, банковские, но я же не тупой, понимаю, откуда мне и ребятам зарплата и премии идут.

Броневик перебрался в правый ряд и свернул на безжизненную улицу. Тут не было жилых домов, тянулись заборы промышленной зоны, пустыри, заваленные черт знает чем, массивы частных гаражей. К одному из них и свернул фургон.

— Быстро! — скомандовал Новицкий, выпрыгивая на пыльный асфальт.

Своим ключом он открыл металлические ворота гаража, фургон ловко сдал задом и исчез в полумраке. Новицкий сам сбросил с полки деревянные ящики, за которыми виднелись два мешка с тугими пачками — абсолютно идентичными тем, что стояли в сейфе фургона. Управляющий забрался в машину, отомкнул сейф. Теперь он не спускал глаз с мешков. Ошибиться было легко: те же номера, те же надписи, такие же печати. Не вскрыв, не разберешь, где какой.

Скачков и Шишло привычно подхватили тяжелые мешки, забросили их на верхнюю полку стеллажа, накрыли тряпьем. В сейф поставили мешки с фальшивыми долларами. Лишь когда дверца сейфа закрылась, Новицкий выглянул на улицу. Пустынный проезд между гаражами. Нигде ни души. Только лай собаки у будки сторожа напоминал о том, что жизнь продолжается.

«Какого черта лает? — подумал Олег Семенович. — Небось, когда настоящие воры приедут, тихо сидеть будет, хвост поджав и засунув его себе в задницу. На перегрузку потеряли меньше запланированного. Пять минут.»

Кто приедет забрать русские деньги, как это произойдет, Новицкий не знал. Не его это дело, об этом позаботится Мельников. Позаботится не хуже, чем об охране гаража. Охраны не видно, но в том, что она есть, управляющий не сомневался. От волнения тряслись руки, постукивали зубы.

Фургон медленно двигался мимо поста ГАИ. У шлагбаума стояли омоновцы в камуфляже, с короткими десантными автоматами. Новицкому казалось, что они злобно смотрят на него из-под касок. Вспомнился совет Мельникова: «Никогда не надейся на готовый ответ, полагайся на интуицию», и он, сделав над собой усилие, заставил себя не прокручивать в мыслях возможный разговор с вооруженными омоновцами. На посту фургон не остановили. Новицкий облегченно вздохнул и нервно закурил. «Совсем немного потерпеть, и скоро я избавлюсь от денег», — подумал управляющий банком.

— Вы бы, Олег Семенович, в кабине не курили, — пробурчал водитель, недолюбливавший управляющего. — Все-таки это не «Жигули», окошка не откроешь, вентилятор дым выгребать не успевает.

— Включи «кондишен», — посоветовал Новицкий.

— Фреон кончился, а механик не спешит заливать, — мстительно проговорил водитель.

Новицкий, хоть уже и не получал от курения удовольствия, из принципа докурил сигарету до самого фильтра, сбрасывая пепел в крышечку от пачки.

— Скажи механику, — бросил он водителю, — что я распорядился фреон залить.

— Распорядиться-то распорядились, а вот есть ли он у него?

— Деньги все сделают.

— Деньги тоже разные бывают, — ухмыльнулся водитель, почесывая волосатую грудь. — Те, что на счетах в банках, безналичные, для меня и не деньги вовсе. Я по-другому жить привык, чем вы, банкиры. Достал бумажку, сунул кому надо, и не надо мне никаких чеков, налогов, накладных, вот это деньги, а все остальное — одна видимость.

— Ничего ты в этом не понимаешь.

На территорию аэропорта броневик пропустили беспрепятственно, даже не стали досматривать, хотя другие машины проверяли тщательно, как рабочих, выходящих после смены с мясокомбината.

— И тут с автоматами стоят, — бурчал недовольный водитель, — прямо сумасшествие какое-то, все на террористах помешались. Скоро в городской сортир пойдешь, тебя тоже досматривать станут, не подложил ли в унитаз бомбу. Который тут наш? — водитель осмотрелся, не зная, к какому самолету подъезжать.

— Покажут, не суетись.

Перед броневиком возник УАЗик с погашенной над крышей надписью: «Следуйте за мной».

— Вот за ним и едь.

Две машины проследовали мимо стоявших на стоянке самолетов, остановились у крайнего. Небольшой транспортный «АН-24» с опущенной погрузочной рампой. Командир корабля пожал руку Новицкому. Инкассаторы из машины пока не выходили.

— Олег Семенович, весь груз уже на борту, не хватает только вашего. Как и договаривались, сейф на борту есть. Странные вы люди, банкиры. Сейф-то мы поставили, но толку в нем я не вижу. Самолет по дороге никто не стопорнет. Лишний человек в нем не появится. А если и гробанемся, то мне, честно говоря, все равно, останутся целы деньги или нет. Тогда их и сейф не спасет.

— Так положено, — произнес Новицкий.

— Зачем?

— Искушения меньше, — Олег Семенович постучал костяшками пальцев в небольшое окошечко фургона.

Открылась задняя дверца, и трое инкассаторов спрыгнули на бетон летного поля.

— Перегружайте, ребята.

«Интересно получается, — думал Новицкий, глядя на то, как инкассаторы несут мешки с деньгами. — За сотню баксов каждый из них готов морды бить, с женами ругаться, с детьми. А тут миллионы тягают, как дрова или картошку, только что ноги о мешки не вытирают.»

— Все, порядок, — доложил Борис, показывая Новицкому лежащие на ладони ключи от бортового сейфа.

— Смотрите, в Турцию самолет не угоните.

— Нам берег турецкий не нужен, — рассмеялся Борис.

Он был рад, что расстается с Новицким, хотя бы на несколько дней. Он ощущал, что управляющий трусит, а трусы и нерешительные люди, когда дело касается денег, — спутники нежелательные.

— Счастливо долететь, — бросил Новицкий, вновь забираясь в броневик и доставая сигарету. — Постоим с открытой дверцей, покурю, тогда и поедем, — сказал он шоферу, тот уже и не возражал против курения в кабине.

Инкассаторы разлеглись на тюках, ящиках, затянутых сверху крупной веревочной сеткой. Погрузочная рампа медленно поднималась, возле самолета колдовали механики.

Новицкий дождался, пока «АН-24» вырулит на дорожку. Сквозь шум ветра и гудение разгоняемых двигателей донеслось жужжание пропеллеров.

— Пошел... — сказал водитель. Подавшись вперед, он высматривал на далекой взлетной полосе знакомый самолет.

Новицкий увидел «АН-24», когда тот оторвался от земли и круто взмыл в небо.

— Не завидую я ребятам, — пробормотал водитель. — Пассажирские самолеты ровненько, плавно идут, как автобус, а летчики-транспортники любят покуражиться, особенно если груза немного.

— Все, — сказал Новицкий, приподняв руку, будто прощался с самолетом.

«Приехать, получить подтверждение, что самолет сел, деньги перегружены в броневик и отправлены в Абхазию, а после этого можно напиться. Все равно от меня уже ничего не зависит.»

Прорвав облака, «АН-24» лег на курс. Солнце нещадно палило в иллюминаторы, не давая инкассаторам спать.

— Часа четыре лететь будем, — проговорил Борис, доставая из кармана куртки новенькую колоду игральных карт.

— Зачем новую достаешь? — спросил Валерий Шишло.

— Вчера купил. Обновим. — ответил Скачков.

— Я к старым рисункам привык, — Валера поджал под себя ноги по-турецки и устроился на самом верху мягкого тюка, обтянутого брезентом.

— Слезь, — потребовал Скачков.

— Почему?

— Сверху тебе мои карты видны, а новую колоду я достал, потому что на деньги играть будем. В дурака можно и старыми перекинуться. Ты их рубашки запомнил, потому и выигрывал.

— Ни хрена я не запомнил, просто играть умею и везет мне немножко, — неуверенно оправдывался Валерий. — Значит, на деньги играем?

— Иначе неинтересно. В азарт войдем, дорога короткой покажется.

— Черт с вами, — согласился Шишло и толкнул в бок третьего инкассатора, Володю Высоцкого, немного стеснявшегося своих имени и фамилии. — Только договоримся: ставки не удваивать, не утраивать и повышать не больше чем на три рубля за один раз.

— Идет, — Борис Скачков был готов согласиться на любые условия. Знал, что, войдя в раж, мужики сами откажутся от первоначальных условий и, когда самолет приземлится в Адлере, все деньги перекочуют в карман одного из играющих. Это и не беда, потому как тратить их придется так или иначе на всех.

За иллюминаторами совсем близко проплывали облака, ярко светило солнце, но инкассаторов уже не интересовали эти красоты. Они шлепали картами по тюкам, бросали в миску, используемую как банк, деньги, нещадно матерились и смеялись. Нешуточные страсти разгорались из-за мелочей. Из-за трехсот рублей Шишло чуть не набросился с кулаками на начальника, хотя заранее знал, что не прав.

— Как я тебя взял? — хохотал Скачков, рассовывая мелкие купюры по карманам. — Карты у меня были дрянь, но я блефанул, а ты побоялся выше лезть. Трех рублей пожалел.

Высоцкий, оставшийся не у дел, потому что сразу проиграл все деньги, посмотрел на часы и искренне изумился:

— Мужики, всего час осталось лететь. Пожалуй, я вздремну немного.

— Ты молодой, тебе можно, — отозвался Скачков. — Небось жена каждый раз, когда в командировку уезжаешь, сильно тебя обхаживает.

— Не жалуюсь, — осторожно ответил Высоцкий, не любивший в мужской компании разговоров о женщинах, и особенно о собственной жене.

Он отполз в сторону и устроился на тюках.

— Молодо-зелено, — вздохнул Скачков. — В его годы я тоже засыпал где угодно и как угодно, а теперь уже не то. Разучился я, брат, без женщины спать. И не в сексе дело, живая душа рядом нужна, старею я.

— Вы-то стареете? — глядя на крепко сложенного бригадира, возразил Шишло.

— С виду я еще крепкий, а внутри гнильца появилась. Раньше никогда не думал, сколько выпью, сколько выкурю, а теперь — все уже, лишнего не принимаю. Ни сигарет, ни спирта.

Скачков засунул колоду в футляр и разложил на веревочной сетке газету с закуской. Пить на работе не полагалось, поэтому мужчины ели без особого аппетита.

— Ешь траву, — посоветовал Скачков, — это витамины, — и, подцепив скрюченными пальцами целую охапку петрушки, засунул ее в рот и звучно принялся чавкать.

— Что вы в ней находите? — изумлялся Шишло, пожевывая зеленую веточку. — Трава, она и есть трава, мясо — дело другое.

— Абхазы почему так долго живут? Траву едят, кинзу, петрушку, зелень потребляют.

— По мне, зелень только одна существует, она и жизнь, если надо, удлинит, — усмехнулся Шишло, показав пальцем на запертый сейф.

— Переменился мир, — вздохнул Скачков, — некоторых слов раньше и не знали. В прежние

95

времена скажешь «капуста» — и все ясно: качан имеется в виду или бочка с квашением. Теперь первым делом о деньгах подумаешь. Или слово «голубой»... Раньше на него никто не обижался, а теперь и про небо страшно сказать, что оно голубое, непременно про пидора все подумают.

— Мир меняется, меняются и слова, меняемся и мы сами. Раньше по телевизору тишь да гладь была, теперь, как ни включишь, — трупы да кровь, и в кино, и в новостях. Сядешь поужинать, включишь телевизор, как увидишь голову очередного банкира, выстрелом развороченную, тут же кусок мяса поперек горла становится.

— Ты о банкирах не очень-то... Не к ночи будет сказано, — напомнил Скачков и трижды сплюнул через левое плечо.

— Нашим хозяевам пока везет, никто на них не наезжает.

— Откуда ты знаешь?

— По мордам вижу. Они живут и никого не боятся, значит, крыша у них надежная.

— И мы под этой крышей свой кусочек от их пирога отгрызаем.

— Какой там кусочек, — махнул рукой Шишло, — одни крохи нам перепадают.

— А ты, в отличие от них, почти ничем не рискуешь. Они могут и разориться, и под прицел киллера попасть. А мы что? Люди простые, на своем участке несложную работу делаем.

— Я когда в инкассаторы шел, — задумчиво произнес Шишло, — думал, опасная работа, бандитов боялся. Поработал два года и понял, что не закоренелых уголовников опасаться надо.

— Кого же? — хитро прищурившись, спросил

Скачков, уже заранее зная ответ. Каждый инкассатор приходил к нему самостоятельно.

— Людей надо опасаться, которые с тобой в одной машине едут.

— Правильно, — согласился Скачков. — Коллег опасаться приходится. Редко такие ограбления случаются, но все же бывают.

— Ездит человек, деньги возит, а потом у него шарики за ролики зайдут, он своих приятелей перестреляет и...

Скачков вздохнул:

— Мы бригада сплоченная...

— Признайся, Борис, — положил руку на плечо коллеге Валерий Шишло, — тебе никогда в голову не приходила мысль банковскими деньгами завладеть? Я вот думаю, можно же взять ружье, на пилота наставить и скомандовать: «В Турцию летим!».

— И мне такое в голову приходит. Но одно дело подумать, другое — на преступление пойти.

— По-моему, все-таки, — Шишло посмотрел в иллюминатор, преступниками не становятся, ими рождаются.

— Кто его знает. Пока на своей шкуре не испытаешь, точно знать не будешь. — И тут Борис ни с того ни с сего произнес: — Выпить бы сейчас по стаканчику. Почему это, когда пить нельзя, так сильно спиртного хочется, не знаешь?

— Знаю, — с готовностью отозвался Шишло.

— Научи старика.

— Потому что и любви хочется, когда женщины рядом нет.

Самолет дрогнул и осторожно пошел на снижение.

— Скоро мы с тобой море увидим, но искупаться нам не придется.

Самолет нырнул в облака, иллюминаторы затянула белая пелена, и вскоре из-под облаков появилась земля.

— Никак не могу понять, как мы заходим в аэропорт, — Скачков подобрался поближе к иллюминатору и посмотрел на открывавшийся пейзаж. «Море, линия берега, волны, корабли, — комментировал он. — Когда сверху смотришь, все такое спокойное, мирное, красивое. И лишь когда на земле окажешься, видишь, сколько вокруг проблем. Каждому хочется иметь больше, чем у него есть, каждый другому завидует. Всегда кажется, что у другого и конфета слаще, и жена темпераментнее».

* * *

Если бы молодой человек бандитского вида с наушником в правом ухе не знал номер банковского броневика, он бы и не подумал, что обыкновенный зеленый УАЗ, подъехавший к воротам адлерского аэропорта, приспособлен перевозить деньги. Броневиком он назывался условно. Броневую защиту имел только сейф в салоне.

Парень нервно отпил несколько глотков кокаколы и перевел взгляд на небо. Где-то среди облаков кружил, ожидая разрешения на посадку, «АН-24» с деньгами на борту. Парень догадывался, что произойдет с машиной и людьми, которые вскоре окажутся в ней, но предпочитал об этом не думать. У него задание прослушивать телефонные разговоры, следить за теми, кто въезжает и выезжает из ворот, а потом докладывать по «мобиле» хозяину. Где сейчас Шпит, парень не знал. Вполне могло оказаться, что его хозяин в квартале отсюда, а может, и в Америке.

«АН-24» зашел на посадку со стороны моря, серебристой громадой проплыв над шашлычной. Скачков, Шишло и Высоцкий собирали свои нехитрые пожитки, в ушах еще отдавался рев моторов, хотя двигатели уже были заглушены.

— Ты на морду свою посмотри, — посоветовал Высоцкому Шишло.

— Что такое? — забеспокоился Владимир, проводя пальцами по щеке. Зеркала в транспортном самолете, конечно же, не нашлось. На щеке у Высоцкого четко отпечатался узел и крестом расходящиеся от него веревки.

— Я когда учился и на лекции опаздывал, всякую хрень придумывал, но однажды попался, — сказал Шишло. — Лектору наплел, будто меня в военкомат вызывали. Вся аудитория хохочет. Почему? Понять не могу. Оказывается, на щеке у меня пуговица от наволочки отпечаталась. В общаге после пьянки дрых.

Внутри самолета стало светлее. Рампа медленно поползла вниз. Темно-зеленый, выкрашенный в военную краску УАЗ подъехал к самому самолету. В машине был только водитель.

— Здорово, Яков, — Скачков спрыгнул с не до конца опустившейся рампы и пожал водителю руку, — соскучился ты, наверное, без нас.

— Мне скучать некогда, мотаюсь как черт, — пожаловался водитель. — Если начальство слушать, то выходит, что каждое дело срочное и важнее его ничего в жизни нет.

— С тобой я люблю ездить, но сменщик твой совсем водить не умеет, — польстил Якову Скачков, — пока довезет, всю душу вымотает, ни одной ямы не пропустит.

— Наверное, ему ты то же самое обо мне говоришь.

— Мужики, грузите, — Скачков бросил ключи Валерию.

Тот ловко словил их и пошел открывать сейф.

— Воздух у вас чудесный, — Борис дышал глубоко, наслаждаясь ароматом цветов, смешанным с йодистым запахом моря.

— Когда ветер с запада, дышать в городе можно, а если штиль полный, с ума сойдешь, — сказал водитель.

— Ты в Москве не был, там машин столько, что дышать невозможно, хоть прищепку на нос вешай, как в рекламе...

— Когда вы уже сейф нормальный в машину поставите? — возмутился Шишло, пытаясь провернуть ключ в замке. — Когда-нибудь закроете его, а открыть не сумеете.

— Вопросы не ко мне, а к начальству, я свое хозяйство в полном ажуре содержу, машина еще ни разу в дороге не ломалась.

— Сплюнь трижды, — посоветовал Скачков.

— Мне и плевать не надо, — Яков поставил ногу на приборную панель. — Мне моя машина нравится. Не люблю навороченных, когда приборов как в пассажирском лайнере и лампочек как на пульте управления электрической станцией. Здесь все просто, ничего лишнего, полный комфорт ощущаешь, плюй куда хочешь, старья не жалко.

Абсолютно буднично машина, груженная фальшивыми долларами, покинула территорию аэропорта. Парень, сидевший в шашлычной, проводил ее взглядом, затем достал телефон и связался со Шпитом.

— Все, они поехали. Я даже видел, как они загружались.

— Спасибо, молодец. Теперь можешь отдыхать, у тебя есть два выходных дня.

— Отдыхать не придется, теща просила на даче помочь огород копать.

— Это уже твои проблемы, — оборвал парня Шпит.

«И чего он такой злой? — подумал слухач, — обычно пошутит, подколет, а тут слова ему лишнего не скажи.»

* * *

Шпиту было от чего нервничать: еще вчера узнав точное время вылета «АН-24» из Москвы, он уже ни на шаг не отпускал от себя Давида. Во-первых, боялся, что тот передумает, а во-вторых, не любил разыскивать людей в городе. Давид — единственный из всей компании, у кого не было с собой мобильной связи. К обеду, за день до прилета самолета, Шпит, Давид и еще два сочинских бандита собрались на окраине города в доме Шпита.

— Лебедь, — представился коротко стриженный, с идеально круглой головой парень лет двадцати пяти и протянул Давиду руку.

— А я — Садко, — назвался второй.

— Это ничего, что кличками друг друга называть станем?

— Нормально.

Настоящих имен и фамилий бандитов Давид не хотел знать.

— Присядем на дорожку, — предложил Шпит, широким жестом указывая на деревянную скамейку, над которой густо вился виноград.

— Значит, так, — негромко проговорил он, нарушая правило сидеть на дорожку в полном молчании, — с собой никакого оружия не брать, абсолютно ничего. Границу мы должны проехать чистыми. Проверьте, документы все с собой взяли?

Шпит дождался, пока на стол перед ним легли три паспорта, собственноручно пролистал страницы, убедился, что все штампы в порядке, а фотографии соответствуют оригиналам.

— Карманы проверять не стану, — улыбнулся он.

— Шпит, обижаешь, — пробасил Лебедь.

— Едем, — Шпит легко поднялся и повел компанию к гаражу.

Давид уже привык к тому, что Шпит ездит на открытой машине, но за воротами обнаружился обыкновенный военный УАЗ, который еще называют командирским. Не очень новый, но видно, что досмотренный.

— Нам светиться не надо, — пояснил Шпит, поймав удивленный взгляд Давида.

Из Адлера до Абхазии рукой подать. УАЗ с бандитами переехал длинный мост, под которым по каменистому дну катилась река, и уперся в очередь машин на абхазской границе. Рядом с машинами растянулась другая очередь — людская. Тележки, велосипеды. Женщин было значительно больше, чем мужчин. Стояли и подростки с мрачными, сосредоточенными лицами.

— Ускорить никак нельзя? — проворчал Шпит, оборачиваясь к Садко.

— Не знаю, посмотрим, какая сегодня смена.

Бандит пробирался сквозь людей, как сквозь овечье стадо, не извиняясь. Люди, чувствуя силу бандита, сами уступали ему дорогу. Знакомых в смене не оказалось, но Садко легко решил проблему. Положив в свой паспорт 20 долларов, он протянул его пограничнику.

— У нас машина и еще трое людей, — сказал он.

— Сейчас посмотрим, — пограничник развернул паспорт.

Обычно двадцатки хватало, но острый взгляд стража границы задержался на дорогих часах Садко, золотой цепи на шее, мобильнике, прикрепленном к толстому поясу джинсов.

— Еще трое, говорите?

Садко понял: не хватает еще одной двадцатки.

— Не вопрос, командир, — и деньги перешли к пограничнику.

— Теперь порядок.

Пограничникам обычно приходилось расчищать проезд для машины, пропускаемой вне очереди. Садко легко справился с этим сам. Он шел впереди УАЗа и только покрикивал:

— Берегись!

Лишь один водитель попробовал возмутиться, вылез из добитых ржавых «Жигулей» и встал на дороге у Садко.

— Мужик, ты чего без очереди прешь, мы тут с самого утра торчим!

— Заплатил бы, как я, и уехал бы уже, — Садко легко отодвинул мужика одной рукой.

Тот проворчал:

— Козел, — но так тихо, чтобы его никто не услышал: за такие слова бандит мог бы и мордой по асфальту потереть.

Взметнулся шлагбаум, УАЗ проследовал к абхазским пограничникам. Они были куда менее разборчивы, чем их русские коллеги. Удовольствовались десяткой, и, если бы Садко не напомнил им, что следует проштамповать паспорта, не сделали бы даже этого.

Шоссе шло вдоль самого берега моря. От пляжа его отделяла узкая полоса земли, и море то исчезало за густо росшими деревьями, то вновь появлялось, когда шоссе забирало вверх. Недостроенные коробки санаториев, заброшенные дома отдыха, пустынные пляжи навевали тоску, напоминали о начавшейся, но так и не закончившейся прочным миром войне.

— Раньше побережье было самым красивым местом во всей Абхазии, — вздохнул Давид, — теперь даже смотреть на него не хочется.

— Скоро ты забудешь обо всем, не жалей о прошлом, им жить нельзя, — отозвался Шпит. — Ты правильно решил, нужно вовремя спрыгнуть с паровоза, пока он не пошел под откос. Я всегда говорил, что ты самый умный их всех братьев.

Не доезжая Пицунды, свернули в сторону гор. Дорога петляла так, что было невозможно понять, в какую сторону едешь. Солнце то светило в лобовое стекло, то жарило слева, то пекло

104

в затылок. Наконец подъем кончился, и Давид показал на небольшую стоянку у ржавого остова летнего кафе.

— Здесь.

Солнце уже клонилось к западу, нужно было спешить. Ночь на Кавказе наступает мгновенно: не успеешь оглянуться, как обвалится кромешная мгла.

— Останься здесь, — распорядился Шпит, когда Лебедь попытался выбраться из-за руля, — чуть что, трижды посигналишь.

Давид шел по тропинке первым, за ним следовали не привыкшие к горным тропам Шпит и Садко. Давид ступал бесшумно, но камни то и дело срывались с тропинки из-под ног бандитов. Давид добрался до низкого старого дуба с дуплом и повернул в чащу. Спускаться по откосу, не держась за ветки деревьев, было невозможно, таким он был крутым. Где-то внизу, за густой растительностью, журчал ручей, чирикали птицы. Среди этого почти эдемского спокойствия звучал злобный мат сочинских бандитов.

— Тут недалеко, — подбодрил их Давид.

Он выбрался на каменную площадку, постоял несколько секунд, чтобы сориентироваться, а затем исчез в кустах.

— Эй, не так быстро, — крикнул Шпит. Ему показалось, что Давид завел их в ловушку, бросил и больше никогда не вернется.

— Здесь. Все в порядке, — послышался голос Давида из кустов, и заскрежетали камни. — Один отвалить не смогу, помогите.

Казавшиеся непроходимыми кусты наконец были преодолены бандитами. Они оказались на небольшой полянке среди густых зарослей. С трудом вчетвером отвалили каменную глыбу, разгребли хворост, под ним оказался деревянный настил. Ломая ногти, Давид вынул доски и отвернул края прорезиненной ткани. Он привел бандитов к одному из тайников с оружием.

— Все на месте, как и обещал, — тихо проговорил Давид.

— Столько нам и не надо, — хищно усмехнулся Шпит, разворачивая брезент, в котором был упакован автомат с подствольным гранатометом, новенький, еще в заводской смазке.

— Что-то я не припомню, как тебе эту партию оружия продавал.

— Если бы я был связан только с тобой, — усмехнулся Давид, — нас бы давно абхазы перестреляли.

— Хоть раз я подсунул тебе партию некондиционного оружия?

— Нет, но с тобой тяжело договориться: то автоматы есть, но старые АК и патронов к ним не отыскать, то наоборот. В последний раз, когда ты мне продал ящик гранат без запалов, меня мои же ребята чуть на дереве не вздернули. Уж лучше камнями бросаться, чем гранатами, которые не взрываются.

— Оставим обиды, — Шпит сидел на камне и любовно белой тряпкой протирал подствольный гранатомет от заводской смазки. — Как я понимаю, — прошептал он Давиду, — ты собрался повоевать последний раз в жизни. Так что оружие тебе больше не понадобится.

Давид неохотно кивнул.

— Шпит, какой у них банковский броневик?

— Самый примитивный. Консервная банка, внутри установлен сейф. С ним и придется повозиться. Лишь бы времени у нас на это хватило. В Абхазии дороги не то что в России, тут десять машин за сутки от силы проедет.

Давид вытащил из тайника пластид, завернутый в тряпку, и извлек из самого дальнего угла ящика коробку с детонаторами.

— Эта штука любой замок откроет. Называется «универсальная отмычка взрывного действия».

— Смотри не перестарайся, не то деньги в клочья разорвет. Не пойдешь же потом в банк менять обрывки на целые банкноты.

— Я, между прочим, сапер по образованию, — нахмурился Давид. — В институте на военной кафедре чего только не изучал, думал, никогда не пригодится, а потом оказалось, что еще мало меня учили.

Садко и Лебедь в разговор Шпита с Давидом не вмешивались. Оба бандита знали свое место. Их взяли с собой на дело, чтобы стрелять и убивать, а не лясы точить.

— Я вам самое лучшее отдал, — тихо произнес Давид, глядя на вооруженных бандитов, — таких автоматов даже в действующей российской армии — раз два и обчелся.

— Зачем новые автоматы в армии? — ухмыльнулся Шпит, — русским воевать не с кем, разве что с чеченами.

При упоминании о чеченах на лице Давида появилась гримаса неудовольствия. Те были заодно с абхазами. В свое время даже воевали на их стороне.

— Время, — сказал Шпит, — думаю, что они еще до заката солнца хотят проехать горный участок дороги. Что, Давид, невесело смотришь?

— Я никогда раньше разбоем не занимался.

— Не хочешь, оставь автомат, иди в свой отряд, — спокойно ответил Шпит, — я тебя не кину, свой процент получишь, как и положено, за наводку. Но подумай, стоит ли отказываться. Это твои деньги, деньги твоих братьев. Ты их не возьмешь — возьмут абхазы. Неужели твой дом, в котором они сейчас живут, меньше стоил?

Давид не отвечал, он упрямо взбирался в гору. Воздух уже сделался по-вечернему прохладным, прозрачным. В такую бы погоду сидеть на террасе собственного дома, увитой виноградом, курить хорошую сигарету, попивать молодое вино и смотреть на море, долго и бездумно. Есть вещи, которые завораживают всех: бегущая вода, танцующее пламя и накатывающие на берег волны.

— Ты скольких людей убил в своей жизни? — с грустной улыбкой поинтересовался Шпит, когда машина тронулась.

Давид задумчиво смотрел в стекло и не отвечал.

— Считаешь?

— Даже не знаю, что сказать. Человек пять, наверное. Но ни один... ни одно из них не было убийством. Я воевал.

— Брось, убийство — всегда убийство. Отнимаешь у человека жизнь, и всякий раз лишь за то, что он мешает тебе жить. То ли своим богатством, то ли бедностью, то ли агрессивностью. Не суть важно. Ты в глаза своим жертвам смотрел?

— Это на войне было... странно и страшно, — пробормотал Давид, — еще вчера человек моим соседом был, а через пару дней я в него целился, а он в меня. Весь вопрос в том, кто раньше на спусковой крючок нажмет.

— Я понимаю, ты нажал первым.

— Да, я лишь потом, когда к трупу подошел, понял, что он мой сосед, через два дома от меня на набережной жил. Никогда дружны мы не были, в гости друг к другу не ходили, иногда мои племянники с его детьми вместе играли. Его глаза я на всю жизнь запомнил, стеклянные, остановившиеся, ни мысли в них, ни страдания, ни злобы, просто удивился человек, когда понял, что умирает.

— Надеюсь, в банковской машине твоих соседей не окажется.

— Кто знает? — отвечал Давид.

— Не нравишься ты мне. Я тебе серьезно предлагаю: посидишь в машине, стрелять не будешь. Деньги поделим, как и договаривались.

— С чего это ты такой добрый?!

— Я не добрый. Я расчетливый. Ты с оружием в руках и тараканами в голове лишь навредить можешь.

— Брось, Шпит, я готов ко всему, — Давид встрепенулся и принялся набивать патронами рожок автомата. — В бою, как в драке: если уж замахнулся, то бей, иначе проиграешь.

Садко с легким презрением покосился на вспотевшего Давида. Как грузин не старался скрыть волнение, оно все равно проявлялось в резких движениях, в срывающемся голосе.

— Ни одна душа не узнает, что это сделал

ты, — подбодрил компаньона Шпит. — И запомни, если получишь деньги, сразу не исчезай из виду, иначе на тебя подумают. Главное, переждать, чтобы забылась причина, по которой человек мог исчезнуть. Придумаешь что-нибудь. Скажешь, что жениться собрался.

— Я женатый.

— Извини, друг, забыл. Как, наверное, забыл и ты сам. Жены своей ты небось года четыре не видел.

— Не учи, — раздраженно сказал Давид. — Сам знаю, что делать.

— Раз знаешь, то я молчу.

Справа от дороги возвышалась почти отвесная скалистая стена, слева пролег глубокий обрыв, известковые скалы густо поросли диким шиповником, орешником. Деревья находили любую щель, любое углубление, чтобы пустить корни.

— Здесь, — резко произнес Давид и тронул Лебедя, сидевшего за рулем, за плечо.

Тот сбросил скорость и только теперь приметил маленькую площадку на одну-две машины. Под каменным козырьком, словно специально, было сделано место для того, чтобы укрываться от дождя.

— Когда они здесь появятся? — спросил Давид.

Шпит неопределенно пожал плечами:

— Мой телефон тут уже не работает, но границу они проехали через пять часов после нас. Часа три мы потеряли. Значит, скоро появятся.

Давиду показалось, что в мире больше не осталось людей, только он сам, Шпит, Садко да Лебедь.

Пустынное шоссе, безлюдный пейзаж. Шпит повесил автомат на шею и, придерживая его руками, побрел вдоль высокого железобетонного парапета, отгораживающего обочину от пропасти, присел на корточки, повернулся к спуску лицом.

— Отличное место. Если хочешь, Давид, я тебе его уступлю.

С другой стороны бордюра располагалась маленькая площадка. На ней мог разместиться один человек.

— Словно специально для нас делали, — согласился Давид, — но у меня есть лучшее место, так что располагайся здесь сам.

— Я останавливаю машину, — с хищной улыбкой на губах произнес Шпит. — Вы добиваете охрану, если они, конечно, окажут сопротивление.

— Я бы отпустил их, — предложил Давид.

— Нельзя, — оборвал его Шпит. — Я человек в Сочи известный, и мне не к чему портить себе жизнь. Гранаты использовать в крайнем случае, — предупредил Шпит. — Главное для нас — не повредить сейф, не дать машине взорваться. Убить всех до единого. Ты понял меня, Давид?

— Не знаю, — ответил грузин.

— Нужно знать точно, на что идешь. Если не собираешься убивать, положи автомат в машину.

Давид и Шпит с минуту смотрели друг другу в глаза.

— Ты понял?!

— Понял, — согласился Давид.

— Думаешь, я убиваю ради собственного удовольствия? Я же не садист, — развел руками

Шпит. — Это как охота: они дичь, мы охотники. Мы убиваем, чтобы есть. Они знали, на какую работу соглашались. Они ездят с оружием, и мы просто вынуждены взять в руки автоматы.

Мужчины разошлись, заняли позиции: Шпит, Садко и Лебедь — со стороны пропасти, спрятавшись за высоким железобетонным бордюром. Их практически не было видно с дороги. Давид устроился по другую сторону шоссе — за выступом скалы. Его укрытие было не столь надежным.

«Если машина не остановится после выстрела Шпита и доедет до моего укрытия, мне придется туго, отступать некуда. Ну и черт с ним, — зло подумал Давид, плавно переводя затвор автомата, досылая патрон в патронник. — Или пан, или пропал! — решил он.»

Он вслушался в звуки. Шум деревьев, щебетание птиц, гудение ветра, обтекающего высокую скалу. Давид ждал и в то же время боялся услышать урчание двигателя. «Шпит прав, — подумал он, — всех нужно убить. С каким удовольствием я убил бы самого Шпита и его подручных! Они не воины, они бандиты, — и тут же горько усмехнулся: — И я теперь тоже!»

Глава 5

Россию Сергей Дорогин и Паша Матюхов проехали, как выразился сам Пашка Разлука, на одном дыхании. Менялись за рулем, делали остановки лишь для того, чтобы перекусить или размять ноги.

— С тобой отлично грузы возить, — смеялся Пашка. — Тебе, Сергей, все равно, когда спать: днем ли, ночью ли, по часу или по восемь. Давай вместе бизнесом заниматься.

— Мне это ни к чему, — хитро ухмыльнулся Дорогин.

— Конечно, ты богатый. Но сколько денег не копи, рано или поздно они кончатся.

— У меня — нет.

— Это только кажется. Никогда бы про тебя, Серега, не подумал, что ты круто поднимешься. У тебя руки такие, что к ним деньги не липнут. Ты их не любишь.

— А ты любишь деньги?

— Конечно, они ко мне идут.

— Не сильно ты их любишь, — заметил Дорогин.

— Вот он чисто русский пейзаж, — Муму бросил руль и воздел над головой руки. С двух сторон дорогу окаймляли пальмы, чахлые, пожелтевшие после холодной зимы.

— Тебе не нравится?

— Я как-то больше к березкам привык.

— По мне и субтропики — российский пейзаж, и торосы с айсбергами.

— Странная мы все-таки нация, — вздохнул Дорогин. — Ты, Пашка, в детском доме воспитывался, даже толком не знаешь, кто твои родители, не знаешь, какой ты национальности, а туда же, русским себя считаешь.

— Национальность, она в голове и в сердце, — Пашка Разлука картинно приложил ладонь к груди, вытащил из кармана губную гармошку. — Хорошее мы с тобой дело затеяли. Я, если б тебя не встретил, наверное, до сих пор из Подмосковья не выбрался бы. Каждый бы день на завтра поездку откладывал.

— Если что-то решил, надо делать.

— У меня так не получается. А ты человек счастливый. Наверное, и с Тамарой у тебя так случилось. Увидел ее и решил — твоя женщина.

— Ей просто деваться некуда было.

— Ты сильный, берешь за руку и ведешь ее за собой.

— Нет, это она меня из-за порога смерти вытащила. Я уже жить не хотел.

— Врешь, ты жизнь любишь!

— Теперь люблю.

— Она тебя научила?

— Она меня к жизни вернула.

Микроавтобус уже ехал по Сочи.

— Не настоящее здесь все, а какое-то... — скривился Дорогин. — Чувствуется, что люди не работают, а прислуживают. Сколько ни пытался себя убедить, что официант профессия полезная, нужная, не могу.

— Все мы на кого-то работаем, — заметил Пашка. — Абсолютно свободных людей не бывает. Думаешь, президент свободен? Кукиш! Самый подневольный человек! Ему даже в носу безнаказанно поковыряться нельзя, вдруг ушлый фотокорреспондент снимок сделает, газеты его напечатают. Пьяным на людях не появись, с приглянувшейся девушкой не познакомься. Вроде и власть над всеми имеешь, а собой распоряжаться не можешь.

— Мне это пока удается, — хмуро заметил Сергей. — За президентов ты не переживай. Они всю жизнь спали и видели, чтобы свои кресла занять. Каждый находит счастье по-своему. Не прощу себе, если не искупаюсь.

Пашка высунул голову в окно и посмотрел на море, по которому бежали спокойные темно-зеленые волны. Внезапно он рассмеялся.

— Ты чего?

— Вспомнил, когда последний раз на море был, то монетку бросил. Вот и сбылось, вернулся.

Дорогин поставил машину на первой же стоянке.

— Пошли, мечты сбываются.

— Машину не обкрадут?

— Пусть только попробуют!

— У меня плавок с собой нет.

— Кто тебя здесь увидит?

— Если и увидит, то кто меня здесь знает? — рассмеялся Разлука. — Я же не президент.

Хрустела под ногами галька. Мужчины раздевались на ходу.

— Издалека за плавки сойдут, — Пашка щелкнул резинкой темно-синих трикотажных трусов.

— В Сочи публика ко всему привыкла, ты можешь среди бела дня на городском пляже даже голым купаться, никто и голову в твою сторону не повернет, — сказав это, Дорогин тем не менее свои трусы снимать не стал.

Он разбежался и, сложив руки над головой, нырнул в набежавшую волну. А Пашка Разлука медлил, стоя по колено в бурлящей холодной воде, ждал, когда вынырнет друг. Сергей показался совсем не там, где ожидал Пашка. Разлука думал, что увидит Дорогина далеко от берега, а тот выплыл метрах в пятидесяти слева.

— Как водичка?

— Бодрит. По-моему, это не я, а ты мечтал искупаться.

— Что-то расхотелось, — Пашка поежился от холода.

— Главное — окунуться, — крикнул Дорогин и вновь исчез под водой.

Пашка зашел поглубже. На него двигалась волна. Он с ужасом почувствовал, как кто-то схватил его за ноги и поволок в море. Пашка вскрикнул от неожиданности, и его голова исчезла под волной.

— Ты что, очумел?! — закричал Разлука, когда вместе с Дорогиным оказался на поверхности. — Я чуть воды не наглотался.

— Моя наука тебе пойдет на пользу, никогда не расслабляйся, особенно когда получаешь удовольствие. Поплыли быстрей!

И, не дожидаясь согласия, Дорогин резко рванул в сторону горизонта. Он плыл баттерфляем, поднимая фонтан брызг, фыркая и отплевываясь.

«Он сильный, как зверь!» — Пашка, как ни старался, не мог поспеть за другом. Ему казалось, что сам он остается на месте.

— Слабак! — кричал Дорогин, подзадоривая приятеля. — Ты же раньше лучше, чем я, плавал!

— Расхотелось дурачиться, — Пашка Разлука перевернулся на спину и увидел над собой синее небо, усыпанное мелкими редкими облачками. Вода уже не казалась холодной.

«Какая разница, — подумал Пашка, — дети мы или взрослые? Когда рядом нет зеркала, не видишь морщин на лице, понимаешь, что ничего не изменилось с тех пор, все так же дурачимся, пытаемся что-то доказать друг другу. Странная легкость у меня в душе, когда рядом Сергей.»

Еще минут десять мужчины дурачились, прыгая в прибое. Наконец, обессиленные, выбрались на сухую, теплую гальку и разлеглись на ней.

— Ради таких моментов стоит жить, именно они остаются в памяти.

— Тебя тоже посещают такие мысли? — изумился Пашка.

— Я ко всему, что со мной происходит, подхожу с одной меркой: можно это будет вспомнить в самый последний момент жизни или нет.

— Никто не знает, — рассмеялся Разлука, — что и когда в голову придет, — и он принялся загибать пальцы. — Вспомню о том, как в первый раз поцеловался, как первые деньги заработал. Как в первый раз спал в постели с женщиной, вспоминать не хочется, — и Разлука не стал загибать палец. — Пьяный был, никакого удовольствия не получил. Зато когда второй раз, — он блаженно зажмурился, — тогда я уже любил. Когда впервые за границу выехал, когда квартиру получил, когда тебя встретил.

— Не много ли?

— Мгновение лишь одно будет — это я знаю. В жизни все не так случается, как загадываешь. Вспоминается, наверное, и какая-нибудь глупость.

— Типа? — поинтересовался Дорогин.

— Я, когда уезжал, все деньги, которые были, в трубочку свернул и в книжный корешок вставвил. У меня толстая томина дома стоит, «История древней русской книги» называется. И возможно, я подумаю, что зря об этом никому не сказал, деньги пропадут.

— Теперь уже мне сказал, — Дорогин легко отжался от гальки и вскочил на ноги. — Все, Пашка, теперь нам дорога предстоит до самой Гудауты. Последний рывок. Дети нас ждут.

— Это святое, — согласился Пашка Разлука. — Сам помню, как в детстве ждал, чтобы кто-нибудь за мной зашел. К другим приходили, а к нам нет.

— Штаны надень, — посоветовал Дорогин, — гаишники могут прицепиться, что в трусах едешь.

— Они же мокрые...

— Что штаны должны быть сухими, в правилах дорожного движения не написано. Я за руль сяду, — опередил Пашку Сергей.

— Почему? — обиделся Матюхов.

— На пустынной дороге за городом тебя за руль еще можно пускать, а если пляжи рядом — ни в коем случае. Ты быстро голову себе отвинтишь, на красивеньких девушек заглядываясь. Пойми, тебе уже сорок лет, и все они тебе в дочери годятся.

— Я только смотрю.

— Это и есть старость, нечего смотреть, если ты им ничего дать не можешь.

— Ты посмотри, какие бедра! — восхищался Паша.

Если бы он сидел за рулем, то не удержался бы и просигналил.

— Хочешь, высажу, познакомишься, — предложил Сергей.

— Нет, мне только посмотреть, — Пашка облизнулся и помахал девушке рукой.

Та легкомысленно махнула в ответ и приподняла черные очки.

— Нет, — поморщился Разлука, — глаза у нее злые, с ней бы у меня любви не получилось. С виду вкусная, привлекательная, а взгляд холодный. Такие только дразнятся, на самом деле лишь о себе и о деньгах думают.

— Ну и не трать на нее зря слюнку, — Дорогин прибавил скорость.

— Вот и кончилась Россия, — проговорил Паша Разлука, глядя на длинную очередь у контрольно-пропускного пункта. Торчать нам здесь до второго пришествия.

— Не бойся, прорвемся, — пообещал Дорогин и ловко пристроился в хвост зеленому УАЗу, который под прикрытием милицейского начальства пробирался к шлагбауму в обход очереди. Черный «мерседес» попробовал было пристроиться за ним, но Дорогин так плотно прижал свой «фольксваген» к УАЗу, что вклиниться между ними было уже невозможно. Милицейского начальника возмутил наглый маневр Дорогина, он решил сначала миновать очередь, а затем разобраться с нарушителем, иначе начнутся столпотворение, крики, выяснение отношений.

— Окно подыми, пока кто-нибудь тебе гнилым фруктом в голову не запустил.

У самого шлагбаума машины остановились. Майор милиции обежал темно-зеленый УАЗ и бросился к Дорогину.

— Ты куда прешь?! — закричал он.

Темно-зеленым УАЗом уже занялись пограничники.

— Границу переехать надо, — спокойно ответил Сергей.

— Всем надо, — кричал милиционер, показывая на автомобильную очередь.

— Он чем лучше? — спросил Муму, указывая на УАЗ.

— Раз пропускаем вне очереди, значит, у него на это есть право.

Сергей привычно потянулся к карману. Криков и скандалов он не любил. Но в последний момент передумал давать взятку. Принципы есть принципы. Если везешь гуманитарку детям, то почему ты еще должен приплачивать людям в форме? Как всякий человек, отсидевший в тюрьме, Дорогин милицию не любил, хотя и понимал, что среди них тоже попадаются пристойные люди.

— Послушай, майор, — Сергей попытался изобразить подобие улыбки. — У меня стоять в очереди времени нет.

— Это еще почему?!

— Груз у меня такой.

— Скоропортящийся, — усмехнулся майор, предчувствуя, что сейчас получит взятку.

— Подарки везу, ждут их сильно, к сроку успеть надо.

— Полная машина подарков? Бабе, что ли, гостинцы к дню рождения везешь?

— Детям. Дом есть сиротский в Гудауте. Мы с приятелем в нем выросли, теперь детям подарки везем. Не могу я тебе за это платить, лучше я эту двадцатку, — и Дорогин вытащил купюру, захрустев ею, — директору детского дома отдам, пусть он детям еды немного купит.

Майор, давно привыкший к тому, что никто не видит в нем человека, опешил, затем расплылся в улыбке.

— Не врешь?!

— Гадом буду, — и Дорогин потянулся за папкой с документами.

— Верю, такими вещами не шутят, — майор поднес ладонь к козырьку фуражки. — Святое дело, придется пропустить, — милиционер замешкался, порылся в карманах, вытащил мятую зеленую двадцатку. — И от меня детям деньги передай, пусть конфеты или что там еще им директор купит. Скажешь, от майора Зязюли.

— Они вас знают?

— Откуда им знать? Скажи, есть такой майор на границе.

— Зато теперь знать будут, что есть на свете щедрый милицейский майор.

— Эй, долго вы там? — закричал милиционер пограничникам. — И эту машину без очереди пропустить, долго не держать.

Паша Матюхов смотрел на Дорогина, как смотрят на фокусника.

— Чего таращишься?

— Первый раз вижу, чтобы мент деньги не брал, а давал.

— Не умеешь ты с людьми разговаривать.

— Наверное, и этот эпизод я перед смертью вспомню, — рассмеялся Паша Разлука. — Расскажу кому-нибудь — не поверят.

Банковский броневик Дорогин нагнал уже за поворотом. Тот шел довольно лихо.

— Шофер у них хороший, — похвалил Сергей, — я бы на его месте тут так быстро не мчался: яма на ямине, поворот за поворотом. Но я бы его и тут обогнал, — похвастался Дорогин.

— В чем же дело? — оживился Пашка, обрадованный тому, что они смогут утереть местным нос.

— Я же сказал, шофер у них хороший. Он в раж войдет, я заведусь, гонки на шоссе устроим, а это незачем.

— Тогда пропусти человека вперед, чего на хвосте у него висеть? — Пашка взглянул на часы. — Часа три-четыре — и будем в Гудауте. То-то ребята обрадуются. Наше с тобой подаяние — капля в море, — Пашка поднес руку к лицу и стер белое пятнышко, оставшееся от высохшей капли морской воды. — Море... запах, к которому привык с детства.

* * *

Московские инкассаторы, сидевшие в банковском УАЗе, на время прекратили игру в карты.

— Не нравится мне тот «фольксваген», на хвост сел и не отстает, — вздохнул Шишло.

Борис Скачков прильнул к стеклу, с минуту разглядывал Дорогина.

— Нет, не бандиты.

— У них это на лбу написано?

— Я по глазам вижу, даже если они в черных очках, — усмехнулся Борис.

— Чего же тогда за нами тащатся, словно на буксире?

— Скучно на пустой дороге, вот и тянет людей друг к другу.

— Скажи водиле, чтобы газ прибавил.

— Тише едешь — целее будешь, — напомнил Скачков.

* * *

После поворота Дорогин сбросил скорость и дал УАЗу уйти вперед. Он чувствовал, что водитель машины нервничает, правда, не знал почему. Банковский броневик выглядел самым обыкновенным автомобилем. И вскоре Паша уже мог созерцать УАЗ, проплывающий у них чуть ли не над самой головой по второму витку серпантина.

— У меня скоро голова закружится, — Пашка боязливо посматривал в окно, за которым простиралась пропасть. — Улетишь туда, и хрен тебя кто поднимет.

— И даже не увидит, — напомнил Дорогин.

На дне пропасти несколько раз блеснула небольшая речка.

— Засветло вряд ли приедем.

Поворот за поворотом, машина, натужно ревя двигателем, взбиралась в гору.

— Ты веришь в жизнь после смерти? — неожиданно спросил Пашка.

— Почему я должен в нее верить?

— Не должен, но все-таки...

— Иногда хочется думать, будто там что-то такое есть, — сквозь зубы проговорил Дорогин. — Я в коме лежал, отключенный, можно сказать, трупом был, и кое-что мне мерещилось...

— Свет в конце тоннеля? — поинтересовался Пашка.

123

— И это тоже, но самое странное, когда находишься на грани смерти, легкость приходит, ничего у тебя не болит, ничего тебе не надо, ни голода, ни холода, ни жажды не чувствуешь.

— Даже курить не хочется?

— Вот этого не помню, — признался Дорогин, — выпить мне точно не хотелось.

— Значит, ты еще больший кайф испытывал. Мне тоже, когда очень хорошо, ни пить не хочется, ни курить. Даже женщина тогда — лишнее. Почти не тянет.

— Совсем-совсем?

— Тянет, конечно, но, как бы это выразиться, не обязательно мне.

— Понимаю, — согласился Дорогин. — Мне тогда тоже не до женщины было, я не знал, день на дворе или ночь... Зато возвращение оказалось трудным. Из полного кайфа попадаешь в адскую боль. Если до этого мне казалось, что все мне подвластно, все под силу, то потом ноги приходилось руками переставлять. Бог меня миловал, — он на всякий случай сплюнул через левое плечо, — я иногда даже завидую, что у людей легкая смерть случается: инсульт или инфаркт. Здоровый был, ходил, смеялся. Мгновение боли — и ты на том свете. Это как затянувшееся прощание с друзьями. Решил уходить — значит, уходи.

* * *

Тем временем темно-зеленый УАЗ-автобус забрался на два витка выше, чем «фольксваген», и медленно полз в гору. Двигатель перегрелся, и водитель то и дело бросал взгляд на приборы: не остановиться ли, переждать, пока двигатель остынет. Но инструкция запрещала остановки в пути, они разрешались лишь в крайнем случае: если поломается машина.

«Если хочу засветло добраться, придется ехать», — решил водитель.

Горная дорога его не пугала, привык ездить по ним каждый день. Он знал здесь каждый поворот, каждый кустик, каждое опасное место, где были камнепады.

«Если бы дождь шел, — подумал водитель, — я бы тут не проехал», — и взглянул на еле приметную сейчас ложбину между двумя скалами. Во время ливня тут тек бурный поток и обрушивался на дорогу с высоты десяти метров. Вода, смешанная с грязью, несла в себе обломки деревьев, камни, иногда после сильного ливня здесь нельзя было проехать несколько дней. В прежние времена заносы расчищали техникой, теперь водителям самим приходилось прокапывать себе дорогу лопатами.

«Все-таки остановлюсь, — решил водитель, — накроется двигатель — придется ночевать на дороге. Дотяну до площадки.»

Инкассаторы, убаюканные монотонным ревом двигателя, лениво перебрасывались в карты. Даже денежные ставки не спасали от зевоты. Скачков немного оживился. Карта пришла лучше некуда, он старался скрыть это, сморщился и притворно пожаловался коллегам:

— Не везет в картах, значит, повезет в любви.

— Совсем не обязательно, — заметил Шишло. — Один раз я проиграл всю зарплату за один

125

вечер. Друзья, спасибо им, напоили меня на свои, иначе бы с ума сошел. Пришел домой, жена — в истерику. Ушла, вернулась лишь через два месяца.

— Сама вернулась?

— Нет, я на коленях к ней приполз, умолял.

— Я тебе про любовь, а ты мне про жену.

— Разве жену нельзя любить?

Скачков задумался.

— Это другая любовь.

— Так мы и не искупались, — вздохнул Высоцкий, понимая, что этот кон ему не выиграть.

* * *

Шпит со своего места первым заметил внизу на дороге банковский УАЗик, поднял руку, давая знак Садко и Лебедю, чтобы те приготовились. На Давида он особенно не рассчитывал. Тому могло взбрести в голову что угодно. С собой Шпит его взял лишь затем, чтобы повязать кровью, чтобы потом не было охоты болтать, откуда взялись деньги.

Лебедь кивнул и положил автомат на железобетонный бордюр, закурил. Затягивался жадно, глубоко, словно курил последний раз в жизни. Шпит погрозил ему кулаком. Лебедь показал на циферблат часов, мол, успею. Садко, отличавшийся флегматизмом, сидел, почесывая грудь через рубашку. Он даже что-то тихонько напевал себе под нос, успокаивая нервы. Наконец и Давид расслышал шум двигателя, выглянул из укрытия. Встретился взглядом со Шпитом, тот кивнул, мол, готовься, и ткнул пальцем себя в грудь.

— Я стреляю первым. Когда машина остановится, придет ваша очередь.

Давид нервно сглотнул слюну, внезапно наполнившую рот.

УАЗ выполз из-за поворота совсем медленно, на последнем издыхании. Шпит увидел напряженное лицо водителя, нервно сжатые губы, приподнял автомат, задержал дыхание, про себя сосчитал «раз, два, три», плавно нажал на спуск, и из подствольника с шумом вылетела граната. Шпит качнулся и обмер, почувствовав отдачу в грудь. Еще немного, и его сбросило бы со скалы.

Шпиту казалось, что граната летит медленно-медленно, как бывает в кино. Мир словно застыл в эти мгновения. Не шелохнутся деревья, не промелькнет птица...

Яркий сноп огня вспыхнул между фар УАЗа, посыпалось лобовое стекло, двигатель чихнул и замолк. Водитель упал окровавленным лицом на баранку. Клаксон коротко просигналил. Еще несколько метров машина по инерции шла в гору, затем замерла, качнулась и со скрежетом покатилась вниз. Водитель был мертв.

Такого поворота событий Шпит не предвидел. Автомобиль с деньгами мог снести ограждение и оказаться в пропасти.

— По колесам стреляй, по колесам, — кричал он Лебедю, выскакивая из укрытия.

Лебедь поднялся в полный рост и дал по задним колесам машины длинную очередь, выпустив половину рожка.

Борис Скачков, которого взрывом отбросило на пол машины, сумел подняться, схватил автомат и, выставив ствол в специально прорезанную бойницу, наугад выпустил очередь.

Воздух с шипением вырывался из покрышек, но машина продолжала катиться, задний бампер ударил в бетонный бордюр, УАЗ развернуло, и он замер.

Давид уже бежал по шоссе, абсолютно забыв о том, что вооружен. Садко, Лебедь, Шпит расстреливали УАЗ, пули пробивали жестяную обшивку.

— Выше бери, выше, — кричал Шпит, — не то бензобак зацепишь, взорвется.

Борис Скачков видел, как, обливаясь кровью, упал на сиденье Шишло, так и не успевший сделать ни единого выстрела, как Высоцкий, продолжая стрелять, осел, не выпуская из рук автомата. Борис, сообразив, что бандиты боятся стрелять низко, упал на пол и ждал, когда окончится пальба.

— Хватит, — скомандовал Шпит.

Наступила тишина. Давид стоял, направив автомат на дверцу автобуса. Пар валил из развороченного радиатора.

— Надо было ближе его подпустить, — проговорил Садко, глядя на искореженный автобус. Еще немного — и он бы в пропасть свалился.

— Умный ты теперь дело говорить, — Шпит осторожно шагнул к машине и остановился. — Иди, дверцу открой, — бросил он Лебедю.

— Думаю, она изнутри заперта.

— Окна разбиты, до ручки дотянешься.

Бандиты переглянулись, никому не хотелось

128

подставлять голову под пули. И тут, на удивление всем, Давид подошел к машине, высоко поднял автомат и сунул его в окно, затем заглянул в салон. Он успел увидеть искаженное злостью лицо Бориса Скачкова и несколько вспышек — пули, пробив жесть, унеслись в небо.

Давид, тяжело дыша, сидел на корточках у заднего колеса и боялся пошевелиться.

— Черт, — пробормотал Шпит и знаком показал Лебедю, чтобы тот обошел машину с другой стороны.

Когда бандит оказался между бордюром и УАЗом, Давид постучал в обшивку стволом автомата, держа его за приклад в вытянутой руке. Второй раз попадать под пули ему не хотелось. Борис резко направил на звук автомат. В этот момент Лебедь выпрямился и выпустил очередь ему в спину.

— Кажется, готов, — крикнул он Шпиту.

— Точно, готов, — подтвердил Давид.

И, не дожидаясь, пока Лебедь отойдет от машины, выпустил очередь в замок, дернул ручку, дверца открылась.

— Три трупа.

— Четыре, — напомнил Шпит.

Кровь из разбитой головы мертвого водителя капала на асфальт.

Садко уже сидел возле сейфа, пытаясь расковырять отмычкой замок.

— Ни хрена не удастся открыть, — скрипя зубами, прохрипел он.

— Попробуй еще, — посоветовал Шпит, которому не хотелось пускать в ход взрывчатку.

Давид забрался в броневик, оттолкнул Садко, быстро скатал из пластида колбаску длиной сантиметров 25, приклеил ее к сейфу по периметру замка, воткнул в мягкую взрывчатку детонатор с коротким отростком бикфордова шнура.

— Ты бы хоть с нами посоветовался, — пробурчал Шпит и торопливо отошел от машины.

Дважды Давид выронил зажигалку из трясущихся пальцев. Наконец дрожащий язычок пламени лизнул косо срезанный конец огнепроводного шнура. Из розовой оплетки посыпались искры. Давид сидел на корточках, словно завороженный глядя на искрящийся не хуже бенгальского огня шнур.

— Он что, с ума сошел?! — крикнул Лебедь. — Сейчас же рванет.

— Пусть делает что хочет, — сказал Садко, перемахивая через бетонный бордюр и ложась на камень.

Давид опомнился, когда шнур стал совсем коротким. Выпрыгивая из машины, он еще успел подумать, что прежде, чем взрывать сейф, стоило бы вытащить трупы, потому что после взрыва на полу будет кровавое месиво. Он успел пробежать метров десять и, бросившись лицом на асфальт, закрыл голову руками.

Громыхнуло. Из микроавтобуса вырвало заднюю дверцу. Когда дым рассеялся, первым к УАЗу подбежал Шпит, поднял с пола автомат Скачкова и, стволом сорвав дверцу с сейфа, с облегчением вздохнул. Мешки целые, но край одного из них дымился. Обжигая пальцы, руками он принялся тушить тлеющий джут. Нитки гасли, но тут же загорались от соседних. Ткань расползалась дырками. В одной из них Шпит уже видел обгоревший край денежной пачки.

— Воды, у кого есть вода?!

И как всегда в таких случаях, воды под руками не оказалось. Пока Садко бегал к УАЗу за минералкой, в мешке образовалась дырка размером с кулак.

— Держи бутылку!

Зашипела тлеющая мешковина. Шпит и Давид медленно повернулись друг к другу.

— Это же баксы, — прошептал Шпит, наклонился и вытащил из дырки чуть обгоревшую у самого края пачку стодолларовых банкнот. — Десять тысяч, Давид. Полный мешок баксов, — глаза Шпита полыхнули, он вытащил нож и разрезал мешок. Пачки долларов посыпались на мертвого Скачкова, на ботинки Шпита.

— В крови испачкаются, — сказал Садко, выуживая пачку из лужи крови.

— И во втором мешке тоже? — с надеждой прошептал Шпит.

— Не разрезай, потом разберемся, — проговорил Давид, не в силах оторвать взгляд от пачек с деньгами.

— Тут миллионы! — воскликнул Шпит.

В его глазах уже плясали искорки безумия, он вырвал пачку из рук Садко и запихнул в карман.

— Чего ты?
— Деньги в машину — и сматываемся.
— Что делать с УАЗом?
— Бросаем здесь.
— Может, лучше сбросить в пропасть?
— Некогда, уходим.

И тут из-за поворота показался белый «фольксваген».

Дорогин увидел изрешеченный выстрелами УАЗ, четырех вооруженных автоматами мужчин, один из них держал перед собой охапку окровавленных пачек с долларами, пачки сыпались на асфальт сквозь пальцы. Сергей резко нажал на тормоза, переключил рычаг скорости на задний ход. Пашка не успел сообразить, что происходит на дороге.

Давид растерялся. Первым опомнился Шпит, он вскинул автомат.

— Не стреляй, — крикнул Давид, — они и так уедут.

Но было уже поздно...

Хлопок — и граната из подствольника полетела в «фольксваген». Взрыв, сыплющееся стекло. Дорогин успел пригнуться и пытался наугад вывернуть руль, чтобы катившаяся задним ходом машина вписалась в поворот дороги.

— Пашка, пригнись.

Разлука не отвечал. Из-под решетки радиатора валил пар, и Дорогин не мог разглядеть что случилось с другом.

— У них нет оружия, — кричал Шпит, — не дайте им уйти, — он бежал вслед за автобусом и стрелял на ходу.

Садко стал на колено и, прижав приклад к плечу, сделал несколько выстрелов. Зашипели передние колеса, машину развернуло поперек дороги, дверца распахнулась.

Пашка выскочил на шоссе, побежал.

— Стой, — крикнул Дорогин, — убьют.

Пашка Разлука бежал, часто оборачиваясь, он видел нацеленные на него два автомата.

Садко целился аккуратно. Прозвучал выстрел. Пашка упал, схватившись за грудь. Пуля пробила его навылет. Он медленно перевернулся на спину, увидел скалу, голубое-голубое небо и парящую в нем птицу.

«Я умираю», — подумал он, чувствуя, как из тела уходит жизнь. И тут ему вспомнилось, как он вместе с Сергеем Дорогиным в детстве играл на базаре на губной гармошке, вспомнил девочку в легком ситцевом платье, которая слушала их нехитрое выступление, склонив голову к плечу. Он никогда раньше не вспоминал этот эпизод из своей жизни. Вспомнилось все, вплоть до запаха, до мягкого стука молотка, доносившегося из киоска по ремонту обуви.

Над Пашкой Разлукой склонился Шпит, заглянул ему в глаза, ствол автомата уперся Матюхову в простреленную грудь.

— Извини, парень, — проговорил Шпит, — но ты оказался в ненужное время в ненужном месте.

— Я знаю, — прошептал деревенеющими губами Разлука и улыбнулся. Не Шпиту и не Дорогину, а девочке из воспоминаний.

Шпит несколько секунд недоуменно смотрел на раненого Пашку, затем нажал на спуск. Разлука дернулся и замер, застыла улыбка на губах: мечтательная, трогательная, наивная. Так могут улыбаться лишь дети и очень счастливые люди.

— Урод, — пробормотал Шпит, вскидывая автомат и наводя его на микроавтобус.

Он бросил презрительный взгляд на Давида, и одного этого было достаточно, чтобы грузин пришел в себя. Давид пристегнул новый рожок и, двигаясь вдоль бордюра, стал приближаться к «фольксвагену», битое стекло хрустело под ногами.

«Дороги назад нет, — думал Давид, — баксы, баксы... — стучало у него в голове, — сколько же их там?»

Мысль о том, что сейчас он может умереть, уже не приходила ему в голову.

— Баксы, баксы, — закричал Давид, — прячьте баксы и уходим!

Дорогин медленно открыл глаза. Дым и пар, валившие из-под капота, душили легкие. Произошедшее казалось дурным сном. Только что Пашка Разлука был рядом, смеялся, предвкушая, как они вернутся в детский дом, как радостно встретят их дети и директор.

«Баксы, баксы!»

Сергей услышал душераздирающий крик и приподнял голову. Пашки рядом не было. Сквозь открытую дверцу он увидел Матюхова, распростертого на асфальте, огромное красное пятно расплывалось на белой майке.

«Сколько их было? — с трудом попытался вспомнить Дорогин. — Трое? Нет, четверо! И все вооружены, — ясность мысли вернулась внезапно. — Один я ничего против них не сделаю.»

Дорогин соскользнул на пол кабины и понял, что выпрыгивать сквозь дверцу со стороны, откуда Пашка Разлука покинул машину, — безумие. Дорога открытая, к ней подступает отвесная скала, расстреляют, как зайца, бегущего в свете фар.

Дорогина спасло то, что и Шпит и Давид двигались медленно, опасаясь выстрела. Если противник не убегает, а затаился, то, возможно, он вооружен. Дорогин потянул на себя ручку дверцы и ногой распахнул ее, высокий бордюр доходил до подножки автомобиля, за ним простиралась глубокая пропасть, дна которой Дорогин не видел, оно было скрыто кронами деревьев.

Тут же прозвучала автоматная очередь, пули прошли над головой, вспоров обивку сиденья. На раздумья времени не оставалось, вторая очередь настигнет цель. Сергей совершил головокружительный бросок, почти не поднимаясь с пола, выпрыгнул из машины и перевалился через высокий железобетонный бордюр-отбойник, не зная, что за ним — пропасть или площадка.

— Черт, — выругался Давид, понимая, что просчитался.

В момент, когда Дорогин выпрыгивал из машины, Давид испугался. Испугался выстрела. Лишь когда Муму исчез из виду, сообразил: тот не вооружен. Со злости Давид выпустил короткую очередь, пули черканули по бетону, высекая искры.

— Уйдет! — кричал Шпит.

Он подбежал к краю дороги, но пока еще не рисковал перегнуться и заглянуть за бордюр, наугад несколько раз выстрелил.

Дорогин лежал на узкой площадке, между отбойником и пропастью. Он понял, почему так ловко преодолел расстояние между кабиной и площадкой, вспомнил, что так уже однажды было в его жизни, когда он в качестве каскадера снимался в фильме. Машине предстояло свалиться в пропасть, а каскадер должен был незаметно для зрителя исчезнуть.

«Что же было дальше? Да, потом я спускался по скале... Эпизод снимался одним планом, без остановок. Машина пятнадцать секунд балансировала над обрывом. За это время я должен был спуститься по скале в нишу. Машина падала. Кинокамера подъезжала с краю пропасти и снимала падение, а я прятался, прижимаясь к скале, чтобы не попасть в кадр... Но тогда все действия были заранее расписаны, выверено каждое движение.»

Пять раз Дорогин проделывал этот трюк со страховкой, дважды поднимался по скале, исследуя каждый выступ, теперь же предстояло действовать наобум, надеясь лишь на везение и сноровку. В любой момент из-за отбойника мог показаться ствол автомата. Лишь страх бандитов предоставил Муму недолгую отсрочку. Сергей глянул вниз. Из-под скалы выступала площадка, а под ней рос кривой молодой дуб, чудом зацепившийся за доломитовую скалу и вросший в нее корнями.

«До него метров пять, — промелькнуло в голове, — если не выдержит, я пропал. Сергей подполз к краю площадки. — Шансов уцелеть при этом прыжке процентов десять, не больше. Но останься я здесь, и этих десяти процентов мне не видать.»

Дорогин почувствовал, как опора уходит из-под него. Он не отрывал взгляда от тонкого ствола дерева, стараясь не думать, что под ним пропасть. Перехватило дыхание, мелькнула перед глазами шероховатая поверхность скалы.

Сергей умудрился в падении ухватиться рукой за дерево. Корни, неглубоко проникшие в скалу, хрустнули, посыпались камни. Но дуб все-таки выдержал. Дорогину сорвало кожу на локтевом сгибе, но боли он не чувствовал, закинул ноги на ствол и быстро подобрался к самой скале, уперся подошвами в небольшой выступ, прижался спиной к камню и ухватился за тонкий корень. В ушах свистел ветер. Где-то далеко внизу, скрытая густой зеленью, журчала речушка.

Шпит еще раз наугад выстрелил и выглянул из-за бордюра. Увидел пустую площадку, под которой метрах в пяти на фоне пропасти мерно покачивался под ветром полузасохший редколистный дуб. Шпит осторожно перебрался с шоссе на площадку.

— Эй, Давид, — негромко позвал он, — посмотри сбоку, я отсюда ни хрена не вижу.

Дорогин, услышав это, еще плотнее прижался к скале. Он стоял в неглубокой нише, опираясь на выступ одной ногой, для второй не хватало места. Он огляделся. «Может, и не заметят, — подумал он, — во всяком случае, это место сверху не простреливается.»

Давид, придерживаясь рукой за бордюр, перегнулся, заглянул в пропасть.

— Думаю, он сорвался вниз, искать его там бесполезно. Там никто не ходит, труп сожрут дикие звери, склюют птицы, река унесет кости.

Шпит медлил, прислушиваясь. Его беспокоило одно обстоятельство: если шофер «фольксвагена» сорвался в пропасть, то почему никто не слышал крика. Наконец он решил, что крик, наверно, снесло ветром.

— Все, уходим, — он перебрался на дорогу.

Лебедь и Садко уже перегрузили баксы в командирский УАЗик.

— Ну что? — спросил Лебедь.

— Спустись на дно и посмотри, что от него осталось, — коротко хохотнул Шпит.

— Ты уверен, что он разбился?

— Разве можно пролететь больше сотни метров и мягко приземлиться на камни?

Садко пожал плечами:

— Что с машинами делать?

Идеальным выходом было бы сбросить их в пропасть, но мешал высокий бетонный отбойник.

— Хрен с ними, оставляем их здесь!

— Давай посмотрим, может, и в «фольксвагене» баксы везли, — ухмыльнулся Лебедь.

— Обычно дважды в один день мне не везет, — сказал Шпит, но все-таки отправился к микроавтобусу, распахнул задние дверцы. — Херня какая-то, — пробормотал он, — одеяла, простыни, ящики с консервами, пара компьютеров. Не поймешь, что они везли и куда?

— Он бы рассказал, — Садко кивнул на мертвого Матюхова.

Шпит взял из кабины папку с документами.

— Зачем они тебе? — поинтересовался Лебедь.

— Могут пригодиться.

— Смотри, погорим из-за них.

Шпит хмыкнул:

— Никогда не знаешь наперед, что может пригодиться. Отойдите подальше.

Давид, Садко и Лебедь поднялись в гору, туда, где стоял УАЗик.

Шпит вскинул автомат и выпустил гранату в бензобак «фольксвагена». Громыхнул взрыв, машина запылала.

— Теперь твоя очередь, — проговорил Шпит, переводя автомат на банковский УАЗ. Он выпустил весь рожок. УАЗ полыхнул не сразу, сперва по колесу побежали голубые огоньки, затем вспыхнуло яркое пламя, лизнуло скалу, загорелась сухая трава, горячая волна обдала Шпита.

— Зря оружие из машины не забрали, — прислушиваясь к тому, как рвутся патроны, проговорил Садко.

— У нас своего достаточно, правда, Давид?

Бандиты сели в машину. Садко развернул УАЗ на узкой горной дороге и ловко провел автомобиль между двух пылающих микроавтобусов.

— Ты, Давид, какой-то мрачный. Еще не веришь в удачу? — нервно засмеялся Шпит.

— Я все думаю, почему в машине вместо русских денег оказались доллары.

— Тебя это расстроило? — Шпит насторожился.

Эйфория от первого успеха потихоньку улетучивалась.

— Русские деньги мелкими купюрами на покупку мандаринов — это одно, это обыкновенный бизнес, не очень крупный, — говорил Давид. — А мешки баксов — дело опасное. Мы крутых ребят на бабки поставили, они землю будут рыть, чтобы нас найти и вернуть свои деньги.

— Меньше будешь болтать — целее будешь, — напомнил Шпит.

— Когда как, — согласился Давид, — но за

139

такие деньги голову отворачивают на счет «раз».

— Не думай пока об этом, — Шпит обернулся и посмотрел в маленькое заднее окошко на пылающие машины. Дорога поворачивала, и вскоре огонь исчез за скалой.

Что делать дальше, даже в общих чертах, не представляли себе ни Давид, ни Шпит. Они-то думали, что в руках у них окажется относительно небольшая сумма русских денег. Теперь же предстояло решить, что делать с кучей долларов. Они даже не успели их сосчитать. Шпит чувствовал напряжение, царившее в машине. Каждого из четырех бандитов мучила мысль, не перестрелять ли других. Такие огромные деньги попадают в руки один раз в жизни. И лучше, чтобы ни одна живая душа не знала об их существовании.

Небо сделалось ультрамаринового цвета. Черные тени легли на скалы.

— Я хочу предложить джентльменское соглашение, — проговорил Шпит, глядя на дорогу.

— Я тоже, — отозвался Давид.

— Пока мы не решим окончательно, что делать с деньгами, нужно все время быть вместе. Ты как?

Лебедь задумался, затем кивнул:

— Согласен.

— Ты, Садко?

— Тоже. Как мы переправим их через границу?

— Это мои проблемы, — усмехнулся Шпит. — Если перевозили партии оружия, то сумеем перевезти и деньги, только несколько позже, когда возня вокруг ограбления уляжется.

Он положил на колени две папки с документами: одну прихваченную из УАЗа, вторую из «фольксвагена».

— Если бумаги стоящие, то мы сможем обезопасить себя прежде, чем до нас доберутся, — пояснил он и принялся рассматривать документы.

Глава 6

На Кавказе темнеет очень быстро. Всего каких-нибудь пять минут — и мир погружается в кромешную темноту. Дорогин слышал, как уехал УАЗ. Вверху еще горели автомобили, но ни голосов, ни выстрелов больше слышно не было.

«Они уехали, — решил Сергей, — обычно через какое-то время убийцу тянет вернуться на место преступления, но сперва ему хочется как можно скорее покинуть его. Они уверились, что я мертв.» Эта мысль была единственной, которая могла хоть немного утешить Сергея.

Муму посмотрел вверх, над ним нависала скала, взобраться по ней без специального снаряжения не было никакой возможности. Единственное, что у него было при себе, — это складной швейцарский нож. Но было бы безумием полагаться на его надежность, пытаясь взобраться по шестиметровому обратному уклону скалы. Рука, которой Дорогин держался за корень, онемела, кровь сочилась из раны.

«Хорошо еще, что не подстрелили, — вновь утешил себя Сергей, — если я останусь здесь на ночь, пропаду.»

Метрах в десяти от Сергея пронеслась огромная черная птица, спешившая найти убежище на ночь. Дно пропасти уже тонуло в темноте, лишь косые солнечные лучи освещали скалу.

«Придется спускаться», — Дорогин, балансируя на выступе, вытащил из джинсов мягкий кожаный ремень, один раз обернул его вокруг ствола и натянул. Кожа, захлестнутая крест-накрест, не давала ремню сорваться.

«Кажется, держится надежно. Не думай сейчас ни о чем, кроме спуска», — настраивал себя Дорогин.

Колени подрагивали от напряжения. Казалось, ремень вот-вот соскользнет со ствола. Дорогин повис на нем, продолжая придерживаться носком за каменный выступ.

«Теперь левая нога.»

Он чуть ослабил руку, перехватил ремень поближе к пряжке, осторожно поставил левую ногу на еле заметный выступ, коснулся пальцами трещины в скале и, ломая ногти, уцепился за нее.

«Главное, — не смотреть вниз, — чему суждено случиться, того не миновать.»

Дорогин приподнял руку, в которой сжимал ремень. Натяжение ослабло, и ремень соскользнул со ствола. Сергей висел над пропастью, держась пальцами за крошащийся край известковой скалы и упираясь ногой в небольшой выступ. Теперь в ход пошел перочинный нож.

Дорогин воткнул самое толстое лезвие — пилку в расщелину и, орудуя рукояткой, задвинул нож как можно глубже в камень.

«Пока у меня получается не думать ни о чем, кроме спуска.»

Еще один выступ, еще одна трещина... За пять минут Сергей сумел преодолеть десять метров, пока не добрался до другого дерева. Тут можно было передохнуть, но совсем недолго, потому что сумерки стремительно сгущались. Он не обращал внимания на сочившуюся из ран кровь, лежал, прижавшись щекой к шершавому стволу дерева, глубоко дышал и смотрел в темнеющее небо, на котором уже загорались первые мохнатые звезды.

«Если сегодняшней ночью не взойдет луна, то лучше остаться здесь до утра.»

Дорогин перевел взгляд вниз. Метров пятнадцать отделяло его от небольшой площадки, покрытой мхом и пожелтевшей травой. На самом ее краю виднелся ржавый альпинистский костыль, вбитый в трещину.

«Не я первый преодолеваю этот спуск, — попытался улыбнуться Дорогин, — значит, есть шанс уцелеть.»

Используя уже отработанные приемы, нож и ремень, Дорогин продолжал спуск. Крошился камень. Каждый раз, когда срывался обломок, Сергей замирал. Уже совсем стемнело, когда он добрался до площадки. Он с трудом различал кончики собственных пальцев, поднося ладонь к глазам. Странное дело, но темнота немного успокоила, в ней утонула глубокая пропасть.

Сергей сел на площадке, покато уходившей в темноту. На ней даже невозможно было стоять. Таким большим был уклон. «Если я хотя бы на несколько секунд засну, то сорвусь», — подумал Дорогин.

Ощупью найдя металлический костыль, он подергал его. Тот сидел в скале надежно.

«Наверняка его вбивали молотком.»

Под пальцами Дорогин ощутил веревочный узел, скользнул рукой дальше, веревка уходила вниз. Конец не закреплен.

«Сколько она висит здесь? Вряд ли альпинисты тренировались здесь после войны. Значит, уже лет пять. За это время на солнце, на дожде истлеет самый надежный синтетический шнур.»

Дорогин перебирал пальцами веревку. На руках оставалась пыль. Но чувствовалось, что веревка синтетическая и еще достаточно крепкая.

«Чего я думаю, разве у меня есть выбор, — Сергей перевел взгляд на горы. Вроде бы становилось немного светлее. — Это луна восходит», — подумал он, глядя на темный силуэт горной вершины, прорисовавшейся на небе.

Вскоре из-за перевала показался узкий серп молодой луны.

«Ваше последнее желание, — улыбнулся Дорогин. — Так обычно спрашивают приговоренных к смерти. Во всяком случае, в кинофильмах или книгах. Обычно они отвечают: сигарету.»

Муму вытащил пачку, закурил. Смотрел на то, как дым уносится в темноту.

«Мне повезло, — убеждал себя Дорогин. — Даже этой сигареты могло не быть. Я сумел уцелеть на дороге, хотя шансов у меня не оставалось. Теперь я должен сделать все, чтобы выбраться живым. Не только для того, чтобы жить дальше.

Я обязан узнать, кто убил Пашку. Я обязан отомстить. Наверное, Бог специально оставил меня в живых.»

Сергей сделал последнюю затяжку, огонек лизнул темную бумагу фильтра. Дорогин аккуратно загасил окурок о скалу, ветер подхватил искорки, понес их очень быстро. «Они гаснут, как человеческая жизнь», — подумал Дорогин.

Он снял кроссовки, стащил носки и обмотал ими левую руку, правую обернул ремнем. «Теперь я не сразу сорву кожу, скользя по веревке, если, конечно, она меня выдержит.»

Дорогин подобрался к краю площадки и как можно сильнее сжал веревку в руках. Как ни старался он соскальзывать со скалы плавно, все равно сорвался, но успел чуть ослабить хватку, проскользил метров пять по веревке и зажал ее в руках. Его раскачивало над пропастью, натянутая веревка глухо гудела.

«Выдержала, выдержала!» — пульсировало в мозгу.

Наконец Сергей дотянулся ногой до скалы, но лучше бы он этого не делал, его закрутило-завертело, он висел на одних руках, окончательно потеряв ориентацию и уже не понимая, где верх, где низ. Перед ним то возникала слабо освещенная скала, то проносился четкий, словно вырезанный из черного картона, силуэт горной вершины, то огромные мохнатые звезды, среди которых сиял лунный серп. Наконец Дорогину удалось зажать веревку между кроссовками, и он рывками принялся спускаться. Слегка разжимая руки, он соскальзывал на несколько метров, притормаживал, затем продолжал спуск.

Веревка потрескивала, гудела, сверху то и дело сыпались мелкие камешки. Сергей пытался рассмотреть, где же кончается веревка, но та уходила в темноту. Спуск казался бесконечным, кружилась голова, подташнивало. Натянутая веревка дернулась. Сергей услышал треск.

«Неужели сорвусь?!» — он затаил дыхание, ощущая веревку как свое продолжение.

Сомнений не оставалось. Где-то далеко вверху рвутся состарившиеся нити веревки. Дорогин висел на таком расстоянии от скалы, что при всем своем желании не мог до нее дотянуться. Зацепиться в таком положении было невозможно. Оставалось одно — как можно скорее, пока веревка не порвалась, спускаться. Сергей заскользил вниз, чувствуя, как от трения раскаляется ремень, обернутый вокруг руки, как шершавая веревка рвет ткань носков и уже скользит по коже.

Страх обволакивал сознание. Хотелось или сильнее сжать руки, чтобы остановиться, или выпустить веревку, чтобы хоть перед гибелью избавиться от страшного жжения.

Веревка, скользившая между сжатыми кроссовками, внезапно кончилась. Сергей успел сжать ладони, чтобы притормозить. Но далеко вверху что-то щелкнуло, и Дорогин, на мгновение остановившись в пространстве, полетел вниз, продолжая сжимать в руках оторвавшуюся веревку.

Он не знал, какое расстояние отделяет его от дна. В темноте и ночной тишине звуки распространяются далеко, а поэтому шум речки не мог быть ориентиром. Хрустнули ветви, амортизируя удар, затрещали сучья, и Сергей упал на что-то мягкое, пахнущее плесенью и сыростью. От удара он потерял сознание. Веревка, запутавшаяся в ветвях, покачивалась над ним.

* * *

Очнулся Дорогин, когда уже светало. Яркий диск солнца показался над перевалом. Журчала вода, пели птицы. Сергей почувствовал, как по лицу ползет какое-то насекомое, смахнул муравья рукой и сел. Оглядевшись, он обнаружил, что находится между двух обломков скалы на куче сухих, полуистлевших листьев. Ладонь была по-прежнему перетянута ремнем, на котором были видны глубоко прорезанные обугленные полосы — следы веревки, по которой Сергей скользил, спускаясь в пропасть.

Муму поворочал головой, пошевелил руками, ногами — все цело. Раны уже запеклись. Дорогин поймал раскачивающуюся веревку. При дневном свете он бы никогда не рискнул спускаться по ней. Выцветшие состарившиеся волокна. Каким-то чудом она лопнула не сразу. Сергей тяжело поднялся, его шатало, нестерпимо ныл левый бок.

«Забудь о боли, — уговаривал себя Сергей, — ты должен идти.»

От воды его отделяло совсем немного. Прозрачная горная река весело бежала между камней. Сергей даже видел маленьких рыбок, пытавшихся пробиться против течения и рывками передвигающихся от камня к камню.

Сергей попытался расстегнуть пуговицы, но измученные ночным спуском пальцы не слушались его, и он, как был, в кроссовках на босу ногу, в джинсах и майке, зашел в воду. Речка была неглубокой, по колено. Сергей лег в ледяную, ломившую кости, воду, запрокинул голову. Вода переливалась через лицо, обжигала, но вместе с тем и успокаивала.

Сергей не знал, сколько он пролежал в воде: пять минут, десять, полчаса? Когда он вновь выбрался на камни, зубы у него стучали, зато кровь веселее побежала по телу.

Он сидел, пока не высохла одежда. Влага еще сохранялась в поясе джинсов, в кроссовках. Проснулся голод. Сергей обыскал карманы. Раскисшая от воды жевательная резинка, влажный паспорт с засунутыми под обложку водительскими правами, запаянными в пластик, десять стодолларовых купюр, скрученных в трубочку и стянутых аптекарской резинкой, носовой платок — вот и все богатство.

«Деньги, — усмехнулся Дорогин, — какой прок от них в горах, где нет людей.»

Чтобы хоть немного унять голод, он слизал с фольги размокшую жевательную резинку и на мгновение задумался, куда идти.

«Вниз по реке. Куда-нибудь да выйду.»

Прихрамывая на подвернутую при падении ногу, Дорогин перебирался с камня на камень, брел по реке с бурным, сбивающим с ног течением. Река безбожно петляла, и Сергей в сердцах проклинал горы, с тоской вспоминая рельеф средней полосы России, где можно идти по прямой куда заблагорассудится. Солнце достигло зенита, когда

Дорогин услышал глухой гул, доносившийся из-за скалы, за которую поворачивала река. Прозрачная, еле заметная радуга стояла в ущелье.

«Водопад!»

Дорогин чертыхнулся. За поворотом река разливалась небольшим озерцом, которое резко сужалось, зажатое между двух скал, и вода низвергалась в другое озеро, побольше. Но преодолеть препятствие стоило. По берегу озерца пролегла дорога — две укатанные до голой земли колеи среди нереально сочной зеленой травы. Дорогин доплыл до камня, торчащего у самой кромки водопада, и взобрался на него. Вода в нижнем озерце была такой же голубой, как и небо над ним. Во влажном воздухе дышалось тяжело. От шума падающей воды гудело в ушах.

Из-за скалы абсолютно беззвучно, как показалось Дорогину, выкатилась повозка, запряженная конем. На скамеечке сидел пожилой абхаз с трубкой в зубах. В пустой телеге лежали лишь коса да аккуратно скрученная веревка. Легкий дымок поднимался над трубкой.

Казалось, пожилой мужчина совсем забыл о том, что курит, — не затягивался. Не обращая внимания на местные красоты, к которым привык с детства, мужчина остановил лошадь, вытащил косу и принялся косить траву, взмах за взмахом продвигаясь к пронзительно голубому озерцу.

Дорогина старик не видел. Ему и в голову не могло прийти, что кто-то сидит на камне на самом верху невысокого водопада. Сергей понимал, звать бесполезно. Во-первых, чем поможет ему старик, во-вторых, все равно не расслышит из-за гула воды. Дорогин поднялся, сложил над головой руки и оттолкнулся от камня. Он почти без брызг вошел в ледяную воду, вынырнул и поплыл к берегу. Уставший, он выбрался из воды на четвереньках, поднялся и, пошатываясь, побрел к косившему траву старику.

— Эй, эй! — пытался крикнуть Сергей.

Простуженное горло хрипело, булькало. Дорогин положил ладонь на плечо абхазу. Тот медленно с достоинством обернулся, ничуть не испугавшись, хотя появиться пришельцу вроде бы было неоткуда. Старик окинул взглядом мокрого измученного мужчину славянской внешности и отступил на шаг.

— Далеко Гудаута? — спросил Дорогин.

— По прямой — нет, а если по дороге, то километров тридцать, — спокойно ответил старик.

Он правильно произносил русские слова, не коверкал их, чувствовался лишь легкий акцент.

— Как можно отсюда попасть в Сочи?

Старик воткнул косу черенком в землю и задумчиво посмотрел на Дорогина.

— Ты откуда и куда тебе надо?

— Это сложно, — вздохнул Дорогин. — Я сам еще во всем не разобрался. В передрягу попал.

Сергей не знал, стоит ли рассказывать старику о том, что произошло. Решил, пока не стоит.

— В аварию попал, теперь выбираюсь, — неопределенно сообщил он. — Ты, отец, не беспокойся, я заплачу, если довезешь меня до российской границы.

— По-моему, ты хотел в Гудауту, а теперь уже нет?

Дорогин вспомнил о сгоревшей на шоссе машине, об убитом Матюхове.

— Лучше к границе, я заплачу.

— Если человек попал в беду, то деньги брать с него грех.

— У меня деньги есть, отец, не беспокойся, — Сергей вытащил из кармана свернутые в трубочку мокрые доллары и показал старику.

Тот никак не отреагировал на вид зеленых сотен.

— У меня сдачи нет, — произнес он.

— Возьми сотню, отец, мне, главное, в Сочи попасть.

— Сильно спешишь? Учти, у меня не такси, я траву косить приехал. Не будет травы — не будет чего корове есть, молока не будет, — рассудительно говорил абхаз. — Если спешишь, вон она дорога, иди. Хотя, по-моему, тебе стоит отдохнуть, и кажется мне, ты уже опоздал.

Дорогин почувствовал, что смертельно устал, еле стоит на ногах.

— Я больше не буду спрашивать, кто ты, почему оказался здесь, — абхаз протянул ладонь, — меня зовут Фазиль.

— Сергей, — Дорогин вяло пожал руку.

— Теперь, если ты голоден, а это так, перекуси, — и старик, достав из телеги полотняный узелок, выложил перед Сергеем на чистое полотенце, расстеленное на траве, брынзу, вяленое мясо, порезанное крупными ломтями, и тонкий, немного подгоревший лаваш.

Дорогин ел жадно. Старик сидел рядом, угощаясь лишь ради приличия. Приятная слабость разлилась по телу. Дорогин пробормотал:

151

— Спасибо.

И, закинув руки за голову, улегся на траве. Он провалился в сон мгновенно, как всегда бывает с сильно уставшими людьми. Сон был глубокий, без видений. И Сергею показалось, что его разбудили тотчас же, только он заснул, но солнце уже клонилось к западу, телега была полна свежескошенной травы.

— Вставай, пора ехать, — проговорил Фазиль, подавая Дорогину руку, чтобы тот мог подняться.

Сергей лежал на благоухающей сочной траве в раскачивающейся на выбоинах телеге, смотрел на небо сквозь проплывающие над ним ветви деревьев. Старик чмокал губами, подгоняя лошадь, медленно тащившую повозку в гору.

Дорога шла сквозь лес, прохладный, затаившийся, таинственный. Когда лес кончился, Дорогин сел. Впереди показалась деревня. Дома уходили ступеньками вверх по склону.

Дом Фазиля стоял чуть на отшибе, у самого подножия горы. Фазиль ни разу не дернул поводья, лошадь сама знала, куда идти. Просторный двор, аккуратно сложенные под навесом дрова, разобранный мотоцикл с коляской под деревянным балконом террасы.

Чувствовалось, что на этом месте люди живут не одно столетие: старая, толщиной с руку, виноградная лоза вспучивала вымощенный диким камнем двор, льнула к стене и рассыпалась зеленью по крыше. На балконе террасы появилась и тут же исчезла старая женщина в черном, лишь качнулись связки вялящегося в тени табака.

— Я помогу, — предложил Дорогин.

Фазиль отрицательно качнул головой, провел гостя в дом, усадил на диван в огромной, полутемной после улицы комнате и, ни слова не говоря, вернулся к телеге. О том, что сейчас на дворе не девятнадцатое столетие, напоминали лишь старый черно-белый телевизор, застланный кружевной салфеткой, и лампочка под абажуром, прикрепленная к черной балке.

Старик разбросал траву на дощатом настиле, зашел в дом и кликнул жену. Та быстро и бесшумно собрала на стол и вновь исчезла на втором этаже. Старик разлил красное вино по стаканам и жестом предложил выпить.

— Вы, русские, предпочитаете водку, но у меня ее нет.

— Я больше люблю вино, — Дорогин приложился к стакану и ощутил терпкий запах винограда «изабелла», закусил соленой брынзой, помидорами.

— Теперь рассказывай, — тихо произнес старик, глядя в глаза Дорогину.

Тот медлил, думая, стоит ли доверять человеку, которого практически не знает. Здравый рассудок подсказывал, что этого не нужно делать, но Сергей в жизни больше доверял интуиции, чем разуму.

Фазиль слушал, чуть склонив голову к плечу, изредка прикладываясь к стакану с вином. Он умудрялся делать такие маленькие глотки, что жидкость почти не убывала. Слушал внимательно, не перебивая, кивал, ничему не удивляясь. Когда Дорогин окончил рассказ, он вновь налил ему вина и поцокал языком.

— Даже не знаю, что тебе сказать, Сергей. Партизаны у нас в горах еще не перевелись, но на них это не похоже.

— Среди них только один был не русский, — сказал Дорогин.

— Тот-то и оно. А детский дом, про который ты говорил, я знаю. На прошлой неделе в Гудауту ездил. Все так, как ты рассказываешь. Жаль, что не довезли вы подарки, наверное, хороший человек был твой Пашка. Про покойного всегда хорошо говорят, но чувствуется, что ты его в самом деле очень любил.

Внезапно старик отставил стакан, прислушался.

— Сиди здесь, — торопливо сказал он, вставая из-за стола.

Он вышел во двор, закрыв за собой дверь. У ворот остановился потрепанный, старый УАЗик, за рулем сидел густо заросший щетиной мужчина лет сорока в выцветшей, еще советской милицейской форме. На погонах поблескивали три звездочки лейтенанта. Держась за кобуру с пистолетом, милиционер подошел к забору.

Дорогин следил за разговором хозяина и гостя через окно, поэтому слов слышать не мог. Милиционер что-то возбужденно говорил старику, тот на все отрицательно качал головой и бурно выражал неудовольствие. Наконец лейтенант забрался в УАЗик и поехал в деревню. Старик вернулся.

— Кто это?

— Из Гудауты приехал, спрашивал, не слышали ли мы здесь взрывов и стрельбы.

— Что еще спрашивал?

— Нет ли в деревне чужих?

— Что ты, отец, сказал? — настороженно спросил Дорогин.

— Если он поехал дальше, значит, сказал, что никого у меня нет.

— Почему?

— Не знаю, — пожал плечами Фазиль. — Во-первых, ты мой гость, во-вторых, по-моему, ты хороший человек.

— Я по глазам вижу, ты чего-то недоговариваешь.

Старик устало опустился на самодельную табуретку.

— Я осторожно у него выпытывал, и, кажется, милиция уверена, что машину с деньгами расстреляли ты и твой друг.

Дорогин закусил губу. Такого поворота дел он не предвидел. Но, немного поразмыслив, понял: по-другому милиция и думать не может. Вспомнил, что в машине оставались документы, где значились его фамилия и адрес.

«Нет, все сгорело», — тут же вспомнил он звуки взрыва и отблески полыхающего пламени.

— Мне нужно выбраться отсюда, — горячо сказал Дорогин, наклоняясь к старику.

— Я понимаю, но это будет не сегодня. Может быть, удастся завтра. По дороге тебе нельзя, милиция задержит, придется переправить тебя через горы, а для этого мне нужно найти сына, он этим промышляет.

— Я заплачу, — сказал Дорогин.

Старик покачал головой.

— Странные вы, русские, все время о деньгах говорите. Дело не в них. Если захочет, проведет

155

тебя и даром. А нет, никакие деньги не помогут.

Фазиль поднялся, зажег керосиновую лампу, лишь слегка разогнавшую сгущающиеся сумерки.

— Развлечений у меня никаких нет, телевизор не работает, да и электричества сегодня нет, газет не получаю, книг никогда не держал, поэтому или спать ложись, или в потолок смотри.

— Сам-то, отец, что делать будешь?

Абхаз посмотрел на Сергея.

— Вижу, что переживаешь. Тебе руки чем-нибудь занять надо.

Он неторопливо вышел, вернулся, неся с собой целую охапку подвяленного табака.

— Умеешь табачный лист резать?

— Откуда?

— Значит, научишься.

Большой фанерный лист лег на стол. Старик наточил два коротких самодельных ножа с загнутыми лезвиями. Те стали острыми как бритва. Затем позволил Дорогину приступить к священнодействию — нарезке созревшего табака.

— Я и раньше, когда сигареты продавали, когда деньги были, предпочитал свой табак курить, — говорил Фазиль, ловко орудуя ножиком. Табак из-под его рук выходил полосками одинаковой ширины. — Кто его знает, какую дрянь на заводе в табак подмешивают. Когда сам его вырастишь, сам высушишь, порежешь, то и жаловаться не на кого. Для табака особый климат нужен. У нас раньше, до войны, табак даже турки и американцы покупали. Говорят, теперь у них без нашего табака сигареты не получаются, — с гордостью сообщал старик. — Совсем немного его подмешивали, но аромат, — и он мечтательно закатил глаза.

Вскоре и Дорогин научился резать табак ровными полосками.

— Теперь и закурить можно, — старик долго набивал трубку. — Тебе придется самокрутку курить.

Дорогин оторвал край от старой пожелтевшей газеты, неумело свернул самокрутку толщиной в палец и затянулся. Табак был крепкий, даже першило в горле, но удивительно ароматный. Такого раньше ему не приходилось курить. Дым уплывал в раскрытую дверь.

— Не переживай, все образуется, — сказал Фазиль, — время, оно лечит.

— Я это знаю, как никто другой, — тихо ответил Сергей.

— Вижу, тебе многое пришлось пережить, переживешь и это. Только потом, смотри, про детишек не забудь, — напомнил хозяин дома так, словно все проблемы были уже в прошлом и оставалось лишь поехать в Гудауту, привезти подарки. — Ты тоже наш, — проговорил Фазиль, — в Абхазии вырос, так что не чужой мне человек.

— Я тебе поверил, я знаю, ты меня никогда не обманешь, — Дорогину уже не хотелось курить.

Но с самодельным табаком, как с вкусной пищей: уже сыт, но все равно ешь, потому что трудно остановиться.

— Неужели он не понял, что я нахожусь здесь, — спросил Дорогин у старика.

— Конечно же понял.

— Тогда почему он уехал?

— Бандита я бы выдал, тебя нет. К тому же ты мой гость, и он не имеет права тревожить тебя без моего разрешения.

— Странные у вас порядки.

— Правильные порядки, — в голосе Фазиля послышались нотки раздражения, мол, чего тут непонятного. — Так делалось всегда, так будет делаться впредь.

Спрашивать Фазиля о том, как он на глаз определяет — бандит человек или нет, Дорогин не стал. Сам был таким. Доверял больше чувствам, чем документам и сплетням. Его всегда удивляло, почему у горцев такие большие дома.

«Наверное, тоже привычка, — думал Дорогин. — Раньше в семьях было много детей. Нет ничего труднее, чем заставить горца отказаться от привычки. Люди, попавшие в город, становятся совсем другими, пусть даже в их жилах течет кровь предков. Лишь иногда проскользнет что-то из заложенного временем.»

— Спать ложись, — распорядился Фазиль. Именно распорядился. Чувствовалось, человек привык к тому, что его слово в доме — закон: и для родственников, и для гостей.

Хозяин с керосиновой лампой в руке проводил Дорогина на второй этаж, в небольшую комнатку, где над деревянным топчаном висел старый вытертый коврик, а на нем висела видавшая виды двустволка. Приклад охотничьего ружья был любовно украшен орнаментом из мягкой медной проволоки — расплющенной на наковальне и вбитой в дерево молотком.

— Спи и пока ни о чем не думай, тебе отдохнуть надо, я вижу, ты мужик крепкий, не паникуешь, в милицию не бежишь. Ты такой, каким я был в молодости.

— Да, — криво усмехнулся Дорогин, — все свои проблемы я привык решать сам, — но тут же сообразил, что на сей раз это не совсем так. — Мог бы, наверное, выбираться из Абхазии один, но от помощи никогда не отказываюсь.

— То-то, — сказал Фазиль, прикрывая дверь.

Уже лежа на деревянном топчане и глядя в потолок, Дорогин сообразил, что до сих пор ему на глаза в доме не попалось ни единого замка. Пока он говорил со стариком, ему некогда было вспоминать произошедшее на дороге. Теперь же, когда Муму остался один на один со своими мыслями, вновь всплыли в памяти сцены нападения, звуки выстрелов, мертвый Пашка Разлука, ужас, обуявший его, когда порвалась веревка и он полетел в пропасть, не зная, сколько придется лететь.

Сергей сделал над собой усилие. Нельзя думать о поражениях, иначе не победишь, и тогда он принялся вспоминать дом покойного доктора Рычагова, попытался представить себе Тамару Солодкину.

«Мне в горах, — думал он, — кажется, что поздно, на самом деле еще очень рано. Тамара никогда не ложится спать в такое время, наверное, смотрит сейчас телевизор или читает книгу, думает обо мне. Ты слишком самоуверен, — усмехнулся Дорогин. — Возможно, у нее гости. Ты-то сам не очень жалуешь чужих в доме, а Тамара — женщина общительная.»

Сергей услышал, как скрипнула в доме дверь, раздались осторожные шаги.

«Это не Фазиль и не его жена, старые люди так не ходят», — успел подумать Сергей и тут же услышал хрипловатый голос Фазиля. Старик говорил по-абхазски.

«Неужели меня снова ищут? Или бандиты пронюхали, где я?»

Но голос старика звучал спокойно.

«Это еще не показатель, — решил Дорогин, — Фазиля ничто в этом мире не может вывести из себя. Сын, его сын пришел или племянник, не помню уж, о ком он говорил, — догадался Сергей. — Фазиль обещал переправить меня в Россию.»

Молодой человек что-то горячо доказывал старику. Тот же возражал ему одной и той же фразой. «Надо вмешаться и самому предложить деньги. Старик не понимает, что если каким-то промыслом зарабатываешь себе на жизнь, то никогда не делаешь этого даром. Вот молодой человек и сопротивляется.»

Наконец спор утих, и поздний гость покинул дом. Дорогин так и не понял, согласился тот или ушел при своем мнении. Но почему-то на душе сделалось легко, словно будущее определилось окончательно.

«Пашка-Пашка, — вздохнул Сергей, — нам казалось, что встретились мы к счастью, хотели сделать доброе дело, а видишь, как оно обернулось. И попробуй разберись, кто в этом виноват. Ты, я? Жизнь — странная штука, рассчитываешь на одно, а получается то, чего не ждал.»

Усталость последних дней навалилась на Дорогина, и он понял, что если не поспит хотя бы несколько часов, то просто сойдет с ума, мрачные мысли доконают его.

«Будь что будет», — решил он, поворачиваясь на бок.

От настенного коврика пахло старинной пылью. Сквозь тишину ночи то и дело прорывались журчание реки, лай деревенских собак.

«Как в детстве», — было последней мыслью Дорогина, и он погрузился в сон.

* * *

Солнце еще не поднялось из-за гор, а к дому Фазиля уже пришел его сын. Он держал в руках поводья. Два коня, похожих на братьев-близнецов, спокойно следовали за ним. Чувствовалось, что кони привычны ко всему, отлично слушаются хозяина. Скажи он: «Замрите!» — и те застынут, словно статуи, простоят так час, два, сколько потребуется.

Контрабандисты — народ особенный, у них есть и свой кодекс чести, и свои уловки, они отлично умеют ладить с людьми, с животными.

Дорогина будить не пришлось. Он вышел из дома сам.

— Мой сын, — с гордостью представил молодого мужчину старик и добавил: — Роман.

Дорогин так и не понял, настоящее это имя или абхаз адаптирует для русского уха абхазское.

— Счастливо, и не теряй голову, — Фазиль пожал Дорогину руку и пошел в дом.

— Выведем их за деревню, — предупредил Роман, и только потом поедем верхом. — Уже на тропинке спросил:

— Оружие с собой?

— Нет.

— В моем деле с оружием нельзя, — преду-предил Роман. — Я человек абсолютно мирный. Все вопросы решаю миром или деньгами. По-дру-гому нельзя.

По узкой тропинке даже человек пробирался бы с трудом, но кони ни разу не оступились, ни разу камень не сорвался из-под их копыт. Деревня исчезла из виду.

— Не бойся, — сказал Роман, — с непривычки ехать верхом трудно, но конь идет сам. Так что все у тебя получится. Главное, суметь на него взобраться и потом не дать себя сбросить.

Дорогин усмехнулся. Конечно, умение ездить верхом не часто встретишь у современных мужчин, но он-то за время работы каскадером в кино перепробовал все опасные занятия. Умел не только скакать на лошади, но и падать с нее, умел незаметно для камеры выбираться из горящего дома, прыгать на полном ходу с поезда, бегать по крышам вагонов. Дорогин ловко всадил ногу в стремя и оказался в седле.

Роман с удивлением посмотрел на него.

— Отец мне кое-что говорил о тебе, но не сказал, что ты хороший наездник.

Дорогина забавляла местная манера всех называть на ты, независимо от возраста и социального положения. Эта манера забавляла и нравилась одновременно. Когда младшие по возрасту к тебе обращаются на «вы», чувствуешь, что постарел.

— Я много умею, — сказал Дорогин. — Но что толку? Умение не помогло мне спасти жизнь другу.

— Зато ты спасся сам, — сузив глаза, сказал Роман. — Значит, сумеешь отомстить. Дай-ка я поеду впереди. Мало ли что, меня знают в лицо. Ты же — человек чужой.

Роман поехал впереди.

— Ты сам кто? — спросил он Дорогина.

Этот вопрос застал Сергея врасплох. Ответить на него было сложно.

«В самом деле, кто я такой, чем именно занимаюсь. Положим, несегодня завтра меня убьют. И что можно будет написать на могильном камне? Кому-то напишут "актер", кому-то — "писатель". А мне? Напишут кличку "Муму"».

— Я — Муму.

Роман не понял, пожал плечами.

— Муму — это профессия или как? Вот я, к примеру, контрабандист. Хороший контрабандист, и не стыжусь этого. Я даю людям работу, благодаря мне в деревне появляются русские деньги, появляются доллары. Люди могут кое-что купить. А ты чем занимаешься?!

— Я каскадер, в кино снимаюсь. А Муму — это у меня кличка такая, псевдоним.

— В кино? — оживился Роман. — Что-то я твоего лица не припомню.

— Я трюки делаю, поэтому и лица моего не видно. Каждому Бог свой талант дал. И если кто-то хороший актер, то это еще не значит, что у него получится с крыши пятиэтажного дома спрыгнуть. За таких я трюки и выполняю.

— Странная работа, какая-то ненастоящая, и в то же время без нее не обойтись.

— Это в прошлом, — вздохнул Дорогин, — теперь я и сам не знаю, кто я такой. Жену, детей потерял, их убили. В тюрьме отсидел. Ни в чем виноват не был. С врагами своими поквитался. Уже несколько лет не знаю, чем заняться. Деньги есть. Друга встретил, хотел детишкам в детский дом, где вырос, подарки отвезти. Не получилось.

— Все у тебя еще получится. Потому как ты человек хороший.

«Я бы этого про себя не сказал», — подумал Муму.

Кони шли ровно, казалось, им все равно, взбираться на гору, спускаться или следовать вдоль склона. Наконец Роман свернул своего коня к руслу узкой горной речушки, и тот привычно побрел прямо по воде. Ущельем они вышли к широкой воде. Ни на том, ни на этом берегу никого не было видно.

— Все, привел я тебя. Это единственное место, где никто не спросит документов.

— Так уж и единственное?

— Есть еще парочка, — подмигнул Роман. — Но для тебя открою только это. Если захочешь, — можешь воспользоваться вновь.

— Почему здесь никого нет?

Роман коротко засмеялся:

— Место прикормленное. Границы зачем существуют? Чтобы с них кормились пограничники, таможенники и контрабандисты. Значит, должны существовать и дырки, иначе бизнес теряет смысл.

Дорогин запустил руку в карман, протянул Роману 300 долларов.

— За то, что проводил, и для твоего отца.

— Здесь слишком много.

— Это не много. У себя дома я на них раза два в ресторан сходить могу и один раз — если с женщиной.

— Я не за деньги тебя вел. Так что не обижай, — Роман чуть ли не силой заставил Дорогина спрятать деньги. — Тебе доллары еще пригодятся.

— Зачем?

— В ресторан с женщиной сходить, — хитро подмигнул абхазец. — Ты человек тертый.

Сергей не спешил выпускать ладонь Романа из своей.

— В силу своей профессии ты, наверное, знаешь больше, чем другие.

— Я не знаю, кто расстрелял машину.

— Не знаешь сегодня, но, возможно, что-то узнаешь завтра. Как тебя можно найти?

— Только в деревне.

— И телефона нет?

Роман замялся. Врать, если того не требовали интересы дела, он приучен не был.

— Меня долго искать будут.

— Тогда ты меня отыщи.

— Это, я думаю, получится легче.

Сергей вынул блокнотик и записал телефон.

— Спросишь Тамару Солодкину. Только ей можешь что-нибудь передать.

— Ладно, — вздохнул Роман, вырывая из своей записной книжки листок. — Если позвонишь по этому номеру, меня отыщут в течение дня. Номер сочинский. Надеюсь, мы еще увидимся.

Дорогин с благодарностью принял листок и слез с коня.

— Можешь на нем переехать реку. Он сам вернется.

— На свисток? — поинтересовался Сергей.

— Да, на специальный, ультразвуковой. Человек его не слышит, а лошадь прекрасно различает команды.

— Успехов, — Дорогин шагнул в ледяную воду.

Он перебрался через реку, замочив ноги лишь до колен, но зато основательно продрог. Помахал рукой Роману уже с русского берега.

«Мне везет на хороших людей», — подумал он.

Сбиться с пути было невозможно. Единственная тропинка вела в гору. Пройдя с километр, Дорогин внезапно для себя оказался в дачном поселке. Домики жались друг к другу. Участки террасами уходили в горы. Но день был будний. Поэтому людей в поселке оказалось не так уж много. У сложенного из пенобетонных блоков двухэтажного домика Дорогин остановился. За проволочной сеткой мужик в тельняшке, видимо бывший десантник, ворочал куском арматуры уголья в мангале.

— К автобусу как выйти?

Мужик поднял голову лишь после того, как разбил арматурой все крупные угли.

— Как приехал, так и выбирайся.

— С компанией мы приехали, гульнули немного, я остался. Теперь даже не знаю, в какой стороне город остался.

— Что ж, бывает, — заметил мужик, вышел на дорогу и подробно рассказал Сергею, как выбраться к шоссе.

— Если поспешишь, успеешь. До автобуса 15 минут осталось. А не успеешь, возвращайся. У меня шашлыки будут, водка есть, пить одному не хочется. Приехал, думал, дружбана здесь встречу...

— А он не приехал? Пригласи кого-нибудь другого.

— Здесь одни уроды крутятся. Ты, конечно, не в счет, — торопливо добавил мужик.

— Надеюсь успеть, — Сергей быстро зашагал, понимая, что, если даже захочет, потом не сумеет отыскать среди множества домиков тот, где его ждут с шашлыками и водкой.

Он успел к отправлению и вскоре уже ехал, держась за поручень, в тряском городском автобусе. Публика в нем собралась разношерстная. Поэтому вскоре среди пассажиров разгорелся спор. Пенсионеру, скорее всего отставному офицеру, нравились коммунисты, а интеллигентному, надоедливому старику — демократы. Сперва они выясняли отношения спокойно, мирно, но затем перешли на крик. Их разделял проход. Любитель коммунистов не выдержал и схватил очкарика-демократа за грудки.

— Ты мне лучше скажи, что твои демократы построили? Весь Адлер и Сочи при коммунистах строились: санатории, дома, заводы... А они все разворовали.

— Правильно, — крикнул молодой парень с заднего сиденья лишь для того, чтобы подзадорить старика.

Поскольку отставник был пьян, то женщины в автобусе приняли сторону очкарика. Дорогин не вмешивался, хватало своих проблем. Водитель пару раз через динамики предупредил, чтобы прекратили выяснение отношений в салоне, затем пару минут молчал, а после резко нажал на тормоза. Сцепившиеся старики упали на пол.

— Чего стали? — крикнул парень с заднего сиденья.

— Пока вы их не выкинете из машины, я никуда не поеду.

Сперва это показалось глупой шуткой, но водила заглушил двигатель, достал газетку, разложил ее на руле и принялся читать с таким видом, что было понятно: пока не прочтет, всю, вплоть до телефонов редакции и тиража, в путь не тронется.

— Эй, мужики, вы все затеяли, идите с ним и разбирайтесь, — кричали пассажиры.

Их заела гордость.

— Хрен я пойду перед ним унижаться, — кричал отставник, — он нас везти должен, мы деньги заплатили. Вот до чего твои демократы страну довели. Каждый делает что хочет — и отставник, скрутив фигу, ткнул ее в стекло водительской кабины.

— Из-за таких уродов, как ты, порядка нет, — кричал растерявший больше половины своей интеллигентности старик.

Загудели динамики:

— Товарищи пассажиры, я сказал, пока вы сами их на дорогу не выкинете, никуда не поедем.

В автобусе воцарилось молчание.

— Может, и впрямь, выкинуть их, — предложил парень, но поддержки у пассажиров не получил.

— Извините, — сказал Дорогин и стал пробираться по проходу к водительской кабине.

Постучал по стеклу. Водитель неохотно открыл дверцу.

— Чего тебе?

— Во-первых, не тебе, а вам, во-вторых, ты сейчас заведешь машину и поедешь.

— Ху-ху, ни хо-хо? — ответил водитель, попытавшись захлопнуть дверцу, но нога Дорогина уже стояла на пороге.

— Еще раз говорю тебе, поедешь, хочешь этого или нет.

Водитель, крепкий 45-летний мужик, презрительно улыбнулся.

— Я здесь решаю, ехать мне или стоять.

Дорогин схватил его запястье, сжал пальцы, оторвав его руку от руля, прижал ладонь к набалдашнику переключателя скоростей и сжал пальцы водителя еще сильнее:

— Я сейчас проверну ключ, а ты уж, будь добр, нажми на педаль сцепления.

Мужик пытался вырвать руку, но даже не сумел отделить ладонь от набалдашника на переключателе скоростей.

— Лучше послушайся меня.

— Ху-ху... — прохрипел упрямый водила.

— Не хо-хо, а придется, — ответил Муму.

Лицо мужика побагровело.

— Врешь, не возьмешь...

— Уже взял.

Так с водителем еще никто не позволял себе разговаривать. И он против своей воли нажал на педаль сцепления, заурчал двигатель. Дорогин перебросил рычаг.

— Трогай, — сказал он и разжал пальцы.

До самой автостанции в салоне царило полное

молчание. Люди смотрели куда угодно: в окно, под ноги, лишь бы не на Дорогина. Ему хотелось крикнуть: «Чего вы боитесь? Я не зверь, не бандит. Я всего лишь умею постоять за себя. И за вас тоже».

Автобус уехал, пассажиры разошлись, и Сергей остался на перроне автостанции. Было странно наблюдать за жизнью большого курортного города, зная, что всего в нескольких километрах отсюда мир устроен совсем иначе. Словно за рекой живут другие люди, словно на их календарях другое время.

На противоположной стороне улицы на небольшом вагончике виднелась надпись: «Переговорный пункт». Располагалась она над небольшим, аккуратно сделанным вагончиком.

«Бог ты мой, — спохватился Дорогин, — я же должен предупредить Тамару. Ей могут сказать, будто я погиб.»

Лавируя между машинами, Сергей перебежал улицу и, сунув оператору деньги, бросился к кабинке.

— Ало, — раздался спокойный голос Тамары Солодкиной.

— Это я, Сергей, — как можно более спокойно, с трудом справляясь с дыханием, сказал Дорогин.

— Откуда ты звонишь?

— С берега моря.

— Вам хорошо, уже возвращаетесь? Как прошла встреча? Передавай привет Паше, он мне очень понравился.

Дорогин молчал.

— Что-то случилось? — спросила Тамара,

почувствовала напряженность в молчании Дорогина.

— Поэтому и звоню.

— Ты в порядке?

— Почти, — Сергей колебался, стоит ли рассказывать Солодкиной правду немедленно. — Всего по телефону я не могу рассказать. Паша убит...

— Боже! — воскликнула женщина.

— Я не знаю, кто это сделал, зачем... Нас расстреляли на дороге. Я ничего не мог сделать. А теперь, если тебе скажут, что я погиб, ты не удивляйся. Они не знают, что мне удалось уйти.

— Возвращайся домой, — попросила Тамара.

— Не сейчас, позже. Кто бы к тебе ни пришел, ты ничего не знаешь. Я не звонил.

— Приезжай, я тебе приказываю.

— Приказывать ты не можешь. Тебе лучше уехать и пожить где-нибудь в другом месте.

— Только вместе с тобой.

— Еще... Тебе могут позвонить, чтобы передать информацию для меня. Спроси, кто звонит или от кого.

— Слушай, ты должен...

Дорогин не выдержал и повесил трубку, почувствовав, что еще немного, и он сломается. Он злился на себя. «Сколько раз я говорил себе, что не имею права на семью. Она же не виновата, что я не умею жить так, как все. Что несчастья притягиваются ко мне как к магниту.»

Дорогин вышел на тротуар и огляделся.

«Нет, я не вернусь, пока не найду тех, кто убил Пашку. Но для начала мне нужно обменять немного денег.»

171

Глава 7

Давид, ехавший в УАЗике на заднем сиденье, чувствовал, как буквально давит на него груз случившегося, будто взвалили ему на плечи мешки с деньгами.

— Остановись, — приказал он водителю.

Садко глянул на Шпита, послушаться или нет.

— Раз говорит, останови, значит, надо. Может, в кусты ему приспичило сбегать, — Шпит нервно хохотнул.

Машина дернулась и замерла на обочине.

— Кусты подождут, — сказал Давид, — к тому же я один из машины не выйду.

— Почему?

— Я выйду, а вы уедете.

— Если бы я хотел этого, то пристрелил бы тебя прямо здесь.

— Не успел бы, я держу в кармане пистолет наготове, со снятым предохранителем.

— Я знаю об этом.

— Нужно поговорить.

— Всем четверым?

— Да. По-другому не получится.

Шпит вздохнул.

— Деньги большие, очень большие. И мы оказались не готовы к этому.

— Рассчитывали на небольшую сумму, но нам не повезло.

— Ты чем-то недоволен?

— Я удивляюсь, что мы все еще живы.

— Я главный, мне и решать.

— Брось, Шпит. Раньше ты был главным, теперь мы решаем все вместе.

— Я предлагаю поделить деньги поровну, — в голосе Шпита звучала неискренность.

— Так не бывает, — отозвался Лебедь, — я тоже, кстати, держу пистолет в кармане. На всякий случай. Заряженный и снятый с предохранителя.

— Палец со спускового крючка убери, тряхнет, и яйца себе отстрелишь. Поделить на четверых можно сто баксов, тысячу. Даже сорок тысяч. Но если денег столько, что их невозможно сосчитать, не натерев мозоли на пальцах, то они не делятся на всех поровну.

— Хорошо, что ты предлагаешь? — руки у Шпита тряслись от волнения. — Хочу предупредить, если ты предлагаешь сыграть в русскую рулетку, так, чтобы одним участником дележа стало меньше, то я против этого.

— Я предлагаю сделать так, чтобы все остались живы и никто не затаил на другого обиды.

— Хорошо сказано, но как это сделать?

— Мы люди, к деньгам привычные. От ста тысяч ни у кого голова не закружится. Каждый из нас прямо сейчас возьмет по десять пачек.

— А остальное? — резко спросил Шпит.

— Остальные деньги мы должны спрятать.

— Не пойдет, — тут же встрял Садко, — я не идиот, чтобы прятали все вместе, а потом ты их забрал из тайника один.

— Спрятать — не значит закопать, мы их отдадим на сохранение.

— В банк, что ли, положим? — ухмыльнулся Шпит.

— Банк дело ненадежное. Нужен хранитель — человек, которому каждый из нас доверяет больше, чем самому себе.

— Нет таких людей.

— Есть, — резко сказал Давид, — и ты его тоже знаешь. Это — мой старший брат.

Шпит сидел в задумчивости, уже в открытую поигрывая пистолетом.

— Не зря у меня всю дорогу чесались руки пустить тебе пулю в лоб. Не зря, потому что ты нарушил все мои планы. Уж лучше бы я тебя пристрелил. Но ты прав, Давид. Отар единственный человек в мире, кому бы я доверил на хранение свои деньги.

Садко подозрительно покосился на Давида. Он кое-что слышал о его старшем брате Отаре, но никогда его не видел.

— Шпит, ты сошел сума. Деньги нельзя никому отдавать! Я не согласен!

Шпит резко вскинул пистолет и приставил ствол ко лбу Садко.

— Я и тебя давно мог бы пристрелить, думаешь, мне своей доли не жалко!

— Брось, — прохрипел Лебедь, — еще не хватало, чтобы мы друг друга прикончили.

— Отар не будет знать, что у него хранится в погребе, — предупредил Давид. — Скажем ему, что отдать это он должен лишь в том случае, если мы все четверо соберемся вместе. С оружием он меня никогда не подводил. Он и братьям моим ни слова не скажет. Потом, когда волна немного уляжется, когда придумаем, куда вложить деньги, вернемся. Лады?

Давид демонстративно выщелкнул обойму из

рукоятки пистолета, передернул затвор, поймав вылетевший желтый патрон.

— Придется сделать по-твоему. Вставь обойму назад, пистолеты должны быть или заряжены у всех, или у всех без патронов.

— Мне больше нравится первый вариант.

— Трогай, Садко. Давид предложил единственно правильный путь, и если мы им не воспользуемся, то трое из четверых к утру следующего дня будут мертвы. Признайтесь, ребята, каждый из вас думал о том, чтобы покончить с остальными.

— Не нравится мне это, но выхода нет, — сам себе сказал Лебедь.

— Это не решение вопроса, Давид, а лишь затягивание времени, — ухмыльнулся Шпит.

— Вся жизнь — это затягивание времени, — рассудительно сказал Давид.

Ни Лебедь, ни Садко ничего путного не могли предложить, поэтому и согласились с предложением Давида. Единственное, чего тот теперь боялся, — встретиться у Отара с братьями. Но те не так уж часто заходили в гости.

Машину бросили на горной дороге. Мешки с деньгами завернули в брезент и, чертыхаясь, потащили в гору. Давид первым зашел в домик и застал брата в той же позе, в которой оставил его неделю тому назад. Отар сидел и, не мигая, смотрел в стену.

— Ну что, Давид, решил свои проблемы?

— Пока еще нет.

— Смотри, новых не наживи.

— Я кое-что хочу у тебя оставить.

Отар не стал интересоваться: оружие это, боеприпасы или документы...

175

— Оставь в погребе, где всегда. Я твое место не занимаю.

— Я не один приехал.

— С братьями?

— Нет.

Услышав это, Отар потерял всякий интерес к людям, прибывшим с Давидом.

Деньги затащили в прохладный погреб, вырубленный в скале. В отдельных нишах размещались продукты, консервы, мука, картошка.

— Сюда, — распорядился Давид.

Вдвоем со Шпитом они забросили мешки на сколоченную из жердей полку.

Давид, присев на корточки, сложил стопкой на полу десять пачек, не испачканных в крови.

— Это тебе, Садко.

Рядом высились еще две такие же стопки — для Шпита и Лебедя.

— Себе я тоже беру сто тысяч.

— Сколько всего осталось?

— Считай.

Шпит хоть и доверял Давиду, но все же пересчитал остающиеся пачки, все до единой.

— Еще по десять возьмем, — с придыханием сказал он, раздавая тугие пачки долларов. — Брату денег дай.

— Они ему ни к чему, — ответил Давид.

— Странные вы люди...

— Это он странный. Я — такой же, как все.

Мешки на полке и автоматы с неиспользованными рожками завернули в брезент, для надежности скололи края полотнища стальной проволокой и загнули концы ржавыми плоскогубцами.

— Теперь возвращаемся в дом все вместе, — предложил Давид.

Отар посмотрел на слегка знакомого ему Шпита и на двух его спутников. Русские ему не понравились. Но если их привел в дом брат, значит, так нужно.

— Слушай и запоминай, — Давид смотрел прямо в глаза Отару, — то, что мы спрятали, очень важно. Будут приходить люди, спрашивать. Говори: ничего не знаю. Меня ты не видел. Я был у Тосо в Сочи. Их троих ты вообще никогда в жизни не видел. Не знаешь о них ничего.

Отар кивнул.

— Как скажешь.

— А теперь самое главное. Отдать то, что мы спрятали, ты можешь только нам четверым, когда мы придем вместе.

— Или когда ты точно будешь знать, — вставил Шпит, — что один из нас мертв.

— Как скажете, мне все равно.

— Вернуться мы можем через день, через неделю, через месяц, через год, — продолжал Давид. — Никого не подпускай к тому, что спрятано в брезенте.

Садко только сейчас в неверном освещении рассмотрел, что стоит на полке. Поняв, что это человеческие головы, одна женская, другая мужская, он поежился. Всякого навидался бандит в своей жизни: и крови, и мертвецов. Но чтобы засушивать головы в доме, где живешь, такое видел впервые.

— Надеюсь, он не сумасшедший, — прошептал Садко на ухо Лебедю.

— Шпит знает, что делает, — Лебедь всецело

доверял главарю бандитов. — Деньги он не меньше нашего любит.

— Смотри, чтобы нас не кинули.

— Из-под земли достанем...

Шпит примерно представлял, о чем шепчутся Лебедь и Садко. Он наперед знал, что добром ограбление не кончится. Большие деньги разводят людей. Чем больше денег, тем сильнее вскипает в душе ненависть к подельникам.

— Пошли, мы отдали имущество в надежные руки, — Давид коротко кивнул брату и, не оглядываясь, вышел во двор.

Пачки долларов оттягивали карманы. Шутка ли, сто десять тысяч! Таких денег Давид отродясь в руках не держал. Самое большое, чем ему приходилось расплачиваться за один раз, это пятьюдесятью тысячами.

— Как в Россию возвращаться будем?

— На границе у меня все схвачено, — Шпит сам сел за руль. — Только пистолеты в тайник спрячем.

Не доезжая до границы десяти километров, мужчины вышли из машины. Садко открутил запаску, укрепленную снаружи. Внутри диска имелось отверстие, специально приспособленное для хранения пистолетов и патронов.

— Сюда, ребята, кладите. Потом, надеюсь, каждый сам свою пушку узнает.

Два «макарова» и два ТТ легли в нишу, сверху Садко напихал ветоши, чтобы не бренчали.

— Пистолет вроде женщины, — сказал Лебедь. — Я свой на ощупь узнать могу среди десятка одинаковых. Не знаю как, не знаю почему, но чувствую.

— Тебе бы поэтом быть, — усмехнулся Шпит.

— Я в школе стихи писал, даже сочинение по Некрасову написал стихами, — расплылся в улыбке Лебедь.

— Пятерку получил за него?

— Мне учительница — дура: двойку за него поставила.

— Наверное, ошибок много было...

— Разве в ошибках дело? Если от души пишешь...

На границе УАЗ пропустили без очереди. Шпит всех привез к себе домой.

— Кормежка и выпивка за мой счет. И еще — бесплатный совет: без предупреждения дом не покидать. Я должен знать, кто, куда и зачем уходит.

Садко и Лебедь переглянулись, затем оба согласно кивнули. Шпит говорил дело. Зачем зря волновать приятелей, если на карту поставлены огромные деньги...

— Ты, Давид, человек вольный, тебе я приказывать не могу. Хочешь, живи отдельно, хочешь — с нами. Я тебе позже помогу деньги за границу переправить. Потом и сам уедешь. Главное, сейчас пару месячишков переждать. Чтобы менты перестали волну гнать.

— Шпит, постарайся узнать, почему в машине вместо русских денег доллары оказались.

— Я на этот счет ни одного слова не пророню, потому что мне кажется, владельцы про доллары даже не заикнутся.

— Мне часа на четыре в город надо, — Давид посмотрел на циферблат часов.

— Зачем?

— Баксы сдать и с девушкой встретиться.

Шпит рассмеялся.

— Девушку и я тебе могу найти.

— Мне по делу с ней встретиться надо.

— Что ж, я говорил, ты человек вольный, но смотри, через четыре часа будь у меня дома. А не то вмиг отыщем, не вздумай дернуть.

— На этот счет не сомневайся. Где у тебя можно деньги положить?

— Комнату я тебе выделю, а деньги в тумбочке сложишь. Никто к ним не притронется. Мой дом и для бандитов, и для ментов — святое место.

— Тогда положи их в тумбочку сам, я спешу.

Давид бросил пачки долларов на стол, вытащил из верхней десять банкнот и, переложив их пополам, сунул в карман.

— Без глупостей, — напомнил Шпит.

— Надоел ты мне.

В гараже Давид вытащил свой пистолет, проверил обойму и пешком двинулся в город. Хотелось немного выпить, перекусить, поглазеть на женщин. Чем ближе к центру, тем больше становилось красивых девушек, тем меньше спешили прохожие.

«Куда спешить на отдыхе?»

Давид тоже «сбавил ход». Молоденькие девушки его сейчас не интересовали, ему хотелось женщину лет тридцати — тридцати пяти, не слишком развратную, приехавшую отдохнуть и немного поразвлечься, при условии, что мужчина заплатит за ресторан, такси и выпивку в баре. У Давида имелся свой способ выбора женщин. Он начинал осмотр не с лица, не с фигуры, а с ног.

Приостановился у небольшого летнего кафе,

возле стойки расположилось человек десять.

«Вот она. Стройные ноги, аккуратно обработанные эпилятором, белые, почти не тронутые солнцем. Значит, недавно приехала. Небогатая, раз денег на солярий нет. Юбка короткая. Вышла в надежде, что кто-нибудь на нее клюнет. Бедра крепкие, даже стоя умудряется ими слегка покручивать. Талия немного толстовата, но это как-нибудь пережить можно. Зато бюст такой, что от одного взгляда голова кружится.»

Женщина стояла у стойки, буквально положив тяжелую грудь на столешницу. Ровно покрашенные в темно-каштановый цвет волосы аккуратно подстрижены, чуть касаются плеч.

«Ну-ка покажи личико», — подумал Давид.

Пришлось ждать секунд тридцать. Женщина обернулась.

«Не лишена приятности. Но красавицей ее назвать трудно. Скорее милая. Нежная улыбка, большие чувственные губы.»

Женщина облизнулась. В руке она держала стакан с минералкой. Давид шагнул к ней.

— Извините, у вас не занято? — он втиснулся между женщиной и широкоплечим мужчиной, попивавшим пиво прямо из горлышка стеклянной бутылки.

— Нет, что вы.

— Меня зовут Давид, а вас?

— Таня.

— Очень приятно, — Давид, когда хотел, умел быть любезным.

Он твердо усвоил основное правило вежливости: сперва нужно представиться самому, тогда исчезает напряжение в отношениях.

— День не очень жаркий, можно чего-нибудь выпить. Вы какое вино предпочитаете? Белое или красное?

— Я всегда пью вино той местности, в которую приехала отдыхать.

— Вы из Москвы?

— Нет, из Смоленска.

— Погодите, сейчас принесу.

— Давид истратил остатки российских денег на бутылку хорошего абхазского красного вина, сдачу демонстративно не взял, хоть бармен и положил ее на блюдечко.

Через десять минут он уже обнимал Таню за талию, ощущая под пальцами тугую резинку трусиков. Женщина смеялась, пряча улыбку под ладонью.

«С ней проблем не будет, — подумал Давид, — небольшая прогулка по городу, ресторан, потом отдельная комната в доме у Шпита.»

За болтовней они не заметили, как кончилось вино.

— Это же надо, — удивилась Таня, — полбутылки выпила, а даже не почувствовала, вот что значит хороший продукт. От водки, даже от пятидесяти граммов, пьянею моментально. И все же, — сказала она, отойдя от стойки, — кое-что чувствуется.

— Если можно, я вас под руку возьму, чтобы не упасть.

— Конечно, падать лучше вместе.

Она громко засмеялась.

Давид аккуратно обошел женщину так, чтобы она оказалась с левой стороны. Незачем ей знать, что в кармане пиджака лежит пистолет.

— Мы бы и тут выпили, но хочется посидеть. Зачем стоять. Да и русские деньги у меня кончились, — Давид цокнул языком. — Надо баксы сдать. Я даже не знаю, где обменник.

— Зато я знаю.

Давид перевел Таню через дорогу.

— Я вас тут подожду, — предложила женщина, когда они подошли к стеклянной двери зала игральных автоматов.

В глубине виднелось окошечко обменника.

— Я мигом, а потом сходим в один ресторанчик, там играет хороший ансамбль. Они из Питера на заработки приезжают.

Женщина достала длинную сигарету, Давид щелкнул зажигалкой.

— Я жду, только, смотрите, недолго, меня увести могут. Я женщина непостоянная и привлекательная.

Давид быстро пересек прохладный зал. Лишь человек пять решились сразиться с однорукими бандитами. Гудели барабаны, щелкали рычаги, но пока еще не слышалось звона высыпаемых монет. Давид взял сотню, сунул в окошечко:

— Все поменяйте.

Девушка привычно подхватила банкноту, помяла ее в пальцах. Сунула под ультрафиолетовую лампочку.

— Сам печатал, — с улыбкой бросил Давид в окошечко, — потому так хорошо и получилось. Почти как настоящая.

Девушка уже хотела бросить купюру в ящик, как вдруг рука ее остановилась, банкнота была обрезана абсолютно симметрично со всех сторон. Обычно же рисунок на долларе немного смещен в рамке. Белые края разной ширины. Банкнота вновь оказалась под ультрафиолетовой лампой, и вновь засветились скрытые рисунки, сквозь линзу девушка осмотрела портрет Джефферсона. Девушка-оператор работала совсем недавно, потому инструкции исполняла старательно. Она не могла сказать наверняка, настоящая купюра или фальшивая. Но сомнение закралось в ее душу.

— Извините, у меня русские мелкими купюрами, считать долго придется.

Незаметно для Давида девушка коленом нажала кнопку на обратной стороне столешницы и не спеша стала доставать из сейфа пачки мелких российских денег.

Давид заметно нервничал.

— Зачем пересчитываете? Пачками давайте. Если одной-двух бумажек не хватит, я не буду в претензии, меня подружка на улице ждет.

— Все надо делать как положено, — дрожащим голосом ответила оператор, от волнения она даже забыла, что рядом с ней стоит счетная машина и пересчитывала бумажки вручную.

Сигнал из обменного пункта получили в ближайшем отделении милиции. Тут же по рации связались с двумя милиционерами, дежурившими у входа в гостиницу. С их поста хорошо просматривалась площадка перед залом игральных автоматов.

— На ограбление не похоже, — сказал сержант в микрофон рации. — Какой-то мужик у обменника стоит, ничего не делает.

— Проверьте и доложите.

— Пошли, Васек, — обреченно позвал сержант напарника.

Давид заметил появление милиционеров, глядя в зеркальное стекло обменного пункта.

«Сука», — подумал он о девушке, сидевшей перед компьютером.

Сержант медленно заводил руку за спину. У него зачесалась поясница. Давиду же показалось, что тот вытаскивает пистолет. Он сделал шаг в сторону, выхватил из кармана свой пистолет, вскинул его.

— Башку отстрелю, — закричал он и визгливо добавил: — Руки!

Усатый сержант, проживший на этом свете сорок лет, ценил свою жизнь. Он медленно развел руки в стороны, показывая, что не собирается притрагиваться к оружию. Его же напарник, справивший на прошлой неделе двадцатипятилетний юбилей, слишком часто смотрел полицейские боевики. Он выхватил свой пистолет, но не успел нажать на спусковой крючок. Давид сделал это раньше.

Милиционер с аккуратной дыркой во лбу замертво рухнул на бетонный пол. Второй выстрел Давид сделал в стекло, в самый центр огромного витринного стекла. Оно рассыпалось мелкими осколками по полу. Через этот проем Давид устремился на улицу.

Таня, успевшая выкурить сигарету, с ужасом смотрела на своего кавалера, который с пистолетом в руке перемахивал через металлические перила. Неподалеку от нее застыли в изумлении Садко и Лебедь, посланные Шпитом следить за Давидом.

— Какого хрена? — выдавил из себя Садко.

— Твою мать... — проговорил Лебедь, отступая на шаг.

Если бы не убитый напарник, сержант не сделал бы и шагу, но иногда жажда мести превращает в смельчаков даже закоренелых трусов. Усатый сержант выхватил пистолет и бросился за Давидом.

— Стой!

Давид обернулся и выстрелил. Промахнулся.

Сержант опустился на одно колено, поднял пистолет и старательно прицелился. В другой ситуации он стрелял бы по ногам, но на улице были люди. Пуля же, пущенная в голову, в случае промаха уйдет в небо.

Коротко прозвучал выстрел. Давид взмахнул руками и рухнул на теплый асфальт. Его пистолет по инерции проскользил пару метров и замер, балансируя на бордюре.

— Человека убили! — истошно завопил кто-то на другой стороне улицы.

Сержант попал Давиду в затылок. Тот скончался мгновенно, раньше, чем милиционер успел подбежать к нему.

— Идем отсюда, — тихо произнес Садко. — Мы с оружием. У меня нет желания лишний раз попасть в ментовку.

— Бабу-то он выбрал ничего... — прошептал Лебедь, когда они проходили мимо Тани, пытающейся дрожащими руками прикурить новую сигарету от неисправной зажигалки.

Собралась толпа. Сержант с трудом удерживал людей на расстоянии, чтобы те не затоптали пятна крови на асфальте и не наступили на аккуратный цилиндрик гильзы от пистолетного патрона.

Девушка, сидевшая в обменнике, плакала навзрыд, глядя на лежавшую перед ней на столике стодолларовую банкноту.

Когда приехала следственная бригада, толпа на глазах поредела. Но свидетелей набралось достаточно много: игроки в зале и пятеро зевак. Картину происшедшего следователь восстановил сразу. Сержант не виновен, он пытался остановить убийцу. То, что стрелял на поражение, тоже правильно. Улица людная, рисковать нельзя было. Оставалось выяснить, почему началась пальба.

Пока помощники опрашивали свидетелей на улице, следователь подошел к девушке за окошком в зале для игральных автоматов.

— Откройте, пожалуйста, или выйдите ко мне сами, — попросил он девушку.

Та растерялась и сквозь слезы проговорила:

— Это его деньги, его сотня, он ее поменять принес, еще шутил, говорил, что сам напечатал.

— Откройте, поговорим.

Девушка бросила в сейф русские рубли, зеленую сотню взяла пальцами за краешек и покинула обменник. Следователь напомнил ей:

— Дверь закройте.

— А? — не поняла девушка.

— Дверь на ключ закройте, не ровен час, в суматохе деньги сопрут.

Началось долгое выяснение, почему кассир вызвала милицию. С виду сотня казалась следователю стопроцентно настоящей, но уже немного пришедшая в себя девушка сумела ему объяснить, почему заподозрила неладное.

— Разберутся, — коротко сказал следователь и составил акт на изъятие купюры в качестве вещественного доказательства.

Тем временем труп Давида уже накрыли пластиковой пленкой, никаких документов при убитом не обнаружили.

— Кавказцы... — сквозь зубы проговорил следователь, когда остался наедине с коллегами, — вечно от них неприятности. Пробей по бандитам, может быть, они что-нибудь подскажут, — бросил он самому молодому из следственной бригады. — Вид у него такой, будто он младший в семье, — глаз у следователя был наметанный.

К вечеру следователь уже доподлинно знал, что сотенная купюра фальшивая, подделок такого класса в Сочи не встречали два года, только специальная банковская аппаратура дала точный ответ. В прошлый раз попалась купюра, изготовленная в Ираке.

— Русские делали или иностранцы? — поинтересовался следователь.

— На этот вопрос еще предстоит ответить. Напечатана она совсем недавно, самое большее, месяц тому назад, так что думаю, ее изготовили русские.

— Может, чечены?

— Им это не под силу, нужно специальное оборудование и бумага. Квалификация высокая, — пояснил криминалист из лаборатории.

— Скорее всего случайно к нам денежку занесло, — предположил следователь, но тут же остановил себя. — Впрочем, месяц — слишком короткий срок, чтобы деньги разошлись по рукам отдельными бумажками. Наверняка где-то в городе находится большая партия фальшивых банкнот.

От этой мысли у мужчины холодок побежал по

спине. Он представил себе, сколько предстоит работы, если деньги разойдутся по городу.

— На курортах всегда в ходу иностранная валюта.

— Да, начнется паника.

— Журналисты уже знают?

— Даже ко мне обращались, — усмехнулся эксперт, — знакомый, из курортной газеты.

Не особо веря в искренность ответа, следователь спросил:

— И что ты ему сказал?

— Будто экспертиза еще не окончена.

— Черт с тобой, можешь говорить, все равно дознаются. Шило в мешке не утаишь, — махнул рукой следователь.

* * *

Садко и Лебедь тем временем добрались до дома Шпита. Хозяин сидел на террасе в кресле-качалке, курил ароматную сигарету, не утруждая себя тем, чтобы сбивать пепел в пепельницу. Тот падал на покрытые лаком доски террасы. Среди других бандитов Шпит отличался сдержанностью, корректностью, потому, возможно, и стал одним из первых людей в сочинском преступном мире. Даже если бы сейчас на него бежала свора разъяренных собак, он не поднялся бы с кресла, не загасив сигарету.

Лебедь и Садко, грохоча тяжелыми ботинками, взбежали по крутой лестнице. Они стояли перед своим хозяином, тяжело дыша. Никто из них не решался начать первым.

— Ну что, ребята, — вкрадчиво произнес Шпит, переводя взгляд с одного бандита на другого. Его забавляло то, как те волнуются. — Упустили голубчика? Говорил же я вам: ни на шаг от него не отходите.

— Упустили, — мрачно проговорил Садко.

— Только не так, как ты думаешь, — добавил Лебедь уже смелее.

Вины их в том, что случилась с Давидом, не было.

— Он бабу снял, в сдачку пошел. Тут его менты и повинтили, — выдохнул Лебедь. — Мы там долго не стояли, пушки при нас. Давид одного мента, сержанта, положил. А напарник его самого застрелил.

— Точно убили? — сузив глаза и моментально изменив тон, осведомился Шпит.

— Мертвее не бывает.

— Сразу. В голову.

Шпит сидел задумавшись.

— В чем дело, почему менты появились?

— Нам некогда было разбираться. По-моему, их все-таки девка из обменника вызвала.

Шпит соображал быстро: «Может быть, номера на банкнотах были помечены. И это плохо, — подумав, вздохнул он. — Но вряд ли. Россия не Америка».

Насколько он знал, в обменных пунктах не проверяют номера купюр по компьютеру, иначе соберешь длиннющую очередь. То связи нет, то сбой в системе.

— Ждите меня здесь, ребята, — бесстрастно произнес Шпит и пошел в дом.

Он не хотел, чтобы Садко с Лебедем слышали

разговор, которому предстояло состояться. Поднявшись на второй этаж, Шпит достал из кармана сотовый телефон, набрал номер и елейным голосом осведомился:

— Але, это редакция? Толю Козлова пригласите.

Была пятница, поэтому была надежда застать Козлова на работе. В другие дни он сломя голову носился по городу, добывая новости для курортной газеты. Козлов, хоть и был человеком ушлым, зарабатывал не так много, чтобы позволить себе мобильный телефон.

— Толя, привет.

Козлов сразу узнал Шпита, тембр голоса у того был запоминающийся, с хрипотцой, слишком низкий для человека его комплекции.

— Привет, извини, мы, конечно, давно не виделись, но я очень занят. Номер сдаем, а тут двойное убийство в городе, срочно материал написать надо.

— Убийство в обменнике?

— Оно самое. И ты уже знаешь? Прежде чем номер газеты выйдет, о нем весь город знать будет.

— Именно оно меня и интересует. Я бы хотел с тобой встретиться.

— Нет вопросов. Я быстро работаю. Пока ты доедешь, я статейку закончу.

— Жду на крыльце. Пиво за мной, — предложил Шпит.

Козлов не возражал.

Старый «мерседес» покинул гараж. Садко сидел за рулем, Шпит рядом.

— Шпит, херня получается, — бормотал Садко, лавируя между машин на узких улицах. — Деньги страшно тратить. Ты свои уже пробовал в дело пустить, нет?

— Лучше и не пробуй, — посоветовал Шпит.

— Если номера у них засвечены... — начал Садко.

— Это фигня, — парировал Шпит, — продадим их не в Сочи, а на Украине, в Беларуси. Чуть ниже номинала. Там эти номера никто искать не станет, но дело, по-моему, в другом.

— В чем же?

— Я номера проверял, отследить их трудно — серии разные.

— Менты откуда взялись?

— Стечение обстоятельств, — ухмыльнулся Шпит.

— Перестраховаться все равно не мешает. Это Давид нас втянул в авантюру.

— Я втянул, — твердо сказал Шпит. — Мне Давид предложил, я и согласился. И не жалею.

«Мерседес» с откидным верхом Садко поставил напротив крыльца редакции, бампер оказался вровень со стойкой знака, запрещающего стоянку в любое время дня и ночи. Гаишник, прогуливающийся у перекрестка с полосатой палкой в руке, сделал вид, что не замечает огромной розовой машины.

— Где Козлов? Иди поторопи.

Небывалый случай, чтобы Шпиту приходилось кого-то ждать. Садко, не открывая дверцы, лихо выпрыгнул через верх на проезжую часть и мигом взлетел на второй этаж старого дома, где располагалась редакция курортной газеты. Помещение было обустроено по американскому образцу. Все сотрудники сидели в одной огромной комнате. Уголок главного редактора отгораживала стеклянная перегородка, через которую он мог наблюдать, идет работа или сотрудники дурака валяют. В любой другой день, кроме пятницы, в помещении находилось максимум человек пять. В пятницу же здесь собирался весь штат газеты.

Столов на всех не хватало, сидели где придется: на подоконниках, на столешницах компьютерных стоек. Работа не останавливалась ни на секунду. У телефонного аппарата выстроилась очередь.

Садко обвел помещение взглядом. Козлов писал, стоя на коленях перед стулом, пристроив картонную папку на сиденье. Ручка лихо носилась по бумаге, оставляя малопонятные каракули.

На появление Садко никто не обратил внимания, с таким же успехом здесь мог оказаться и омоновец с автоматом наперевес, и шайка бандитов в черных масках с пистолетами наготове. Редакция жила одной целью: сдать номер в срок. Всего остального не существовало.

— Эй, Толик, — Садко тронул Козлова за плечо.

Тот, даже не обернувшись, проворчал:

— Иди на хер.

— Шпит ждет.

Имя Шпита подействовало как заклинание. Козлов бросил взгляд на часы, и лицо его исказил ужас.

— Скажи ему... сейчас спускаюсь, скажи, редактор задержал... придумай что-нибудь, Садко. Мне последний абзац дописать надо.

— Ясно, — Садко заглянул через плечо журналиста, но из написанного не понял ни единого слова. — Шпит ждать не любит.

— Я знаю, не мешай, — и Козлов, как школьник, прикрыл написанное от Садко ладонью.

Садко вразвалочку, как и подобает уголовнику, направился к выходу. Ощупал взглядом стройные бедра молодой корреспондентки. Девушка в короткой юбке писала, стоя у стола. Она согнулась так сильно, что, присядь Садко на полусогнутых, увидел бы полоску беленьких трусиков.

— Как звали убитого? — девушка вскинула голову и посмотрела прямо на Садко.

Тот от неожиданности чуть было не выпалил настоящее имя подельника: Давид. Но вовремя спохватился.

— Какого, дорогая?

— Его в сдачке убили.

— Откуда мне знать? Это твой хлеб — имена знать и события.

— Мужчина, — девушка выпрямилась, — вы меня своим взглядом догола раздели. Оденьте и можете идти.

— Чего тогда, дура, так вырядилась? На улице бы тебя встретил, за проститутку принял бы.

Подруга корреспондентки оторвалась от монитора компьютера и зашептала ей на ухо:

— Не заедайся. Это человек Шпита.

— Шпита... — шепотом проговорила корреспондентка.

Она была наслышана об этом криминальном авторитете.

— Можно у вас интервью взять? — сменила она тон, обращаясь к Садко.

— Взять можно. А интервью — нет, — с улыбкой ответил бандит.

— Я же говорила тебе, не заедайся.

— Уже и спросить нельзя? А если не сегодня? — бросила она вдогонку Садко. — В другой день.

— В другой день — подумаю.

Бандит спустился к заждавшемуся Шпиту.

— Где урод писучий?

— Сейчас идет, его главный к себе вызвал. Бабы у них в редакции ничего.

— Наглые только и в душу лезут, — сказал Шпит.

— У них две бабы ничего — молодые, — отозвался Садко, — остальные, на мой вкус, староватые.

— Педофил ты несчастный, — Шпит хлопнул Садко по плечу, — для тебя, если баба старше восемнадцати, то это уже не баба.

— Нет, если старше двадцати двух, — абсолютно серьезно ответил бандит.

Козлов спускался по лестнице, на ходу придумывая продолжение статьи об убийстве в обменнике. Он знал о преступлении не больше, чем жители города и милиция. Но журналист просто обязан знать больше. Не знаешь — высоси из пальца.

«Кто он, убитый? — думал Козлов. — Известно одно: он кавказец. Если написать, что грузин, для Сочи этот вариант не пройдет. К грузинам здесь отношение нормальное. Сгодился бы и абхаз, но если он потом абхазом не окажется, то неприят-

195

ностей с местными не оберешься. Лучше всего написать, что он, видимо, был чеченцем. Чечены далеко, здесь меня не достанут. Да и курортной газеты они не читают. Лечатся боевики не в Сочи, а на курортах Абхазии.»

— А вот и ты, — радостно закричал Козлов, лишь только увидел заждавшегося его Шпита.

Радость выглядела притворной. Но надо же чем-то оправдать опоздание.

— Ты языком не болтай, в машину садись, — приказал Шпит.

Козлов не геройствовал, в машину через верх не запрыгивал, открыл дверцу и, как солидный человек, забрался на заднее сиденье.

— Поехали, — Шпит тронул Садко за локоть.

— Надеюсь, меня не везут в горный лес закапывать? — с улыбкой спросил Козлов.

— Ты слишком много знаешь, чтобы тебя закопать вместе с воспоминаниями, — усмехнулся Шпит. — Но едем мы в лес.

— Давно в лесу не был.

— Остановись здесь. «Горный лес» — это название кафе, — рассмеялся Шпит. — Отдельный столик, — сказал он официанту. — Так, чтобы никто нам не мешал.

— Одну минуточку.

Из-за ширмочки, отгораживающей угол террасы, официант прогнал двух своих знакомых: парня и девушку. Те ничуть не обиделись. Прихватили недопитое пиво в бутылках и, обнявшись, спустились по лестнице.

— Люблю понятливых, таких, как ты, — Шпит посмотрел на Козлова.

Тот пожал плечами.

— Я свое место в жизни знаю, в отличие от многих коллег. На королев не зарюсь, довольствуюсь четырьмястами баксами в месяц, езжу на общественном транспорте.

— И пиво, кстати, не забудь принести, — крикнул Козлов официанту.

Официант вопросительно посмотрел на Шпита, последнее слово должен был сказать он.

Бандит кивнул, свое обещание он помнил.

— И шашлык.

Садко остался сидеть на стуле возле входа за ширмочку. Журналист и Шпит устроились за столиком. Пиво официант принес холодное, бокалы запотели, и конденсат стекал с них на стол.

— Я слушаю.

Толя Козлов проглотил обжигающе ледяное пиво.

— Сегодня одного человека убили в зале для игральных автоматов.

Толя расплылся в улыбке.

— Не одного, а целых двух.

Он выбросил указательный и средний пальцы левой руки в виде буквы V.

— Второй был мент, — холодно добавил Шпит, — а потому за человека не считается.

— Для тебя не считается. Для журналиста — труп, он и есть труп. На нем можно деньги заработать, статейку написать. Да не в одну газету. Я об этом убийстве в нашу газету написал и еще по интернету в парочку московских скинул. Где-нибудь да обломится. Они больше платят.

— Твои проблемы, мародер несчастный. Если бы я хотел последние новости почитать, то газетку бы купил или телевизор посмотрел. Мне нужно знать точно, за что его убили?

— Как это «за что»?! — возмутился Козлов. — Он же мента завалил.

— Непонятливый ты, хоть и журналюга. Менты-то чего к нему прицепились?

— Сложный вопрос, сам бы хотел на него получить ответ.

— Ты знаешь, но молчишь...

Козлов еще попил пивка, глянул на жидкость, оставшуюся на дне бокала.

— Жарко сегодня, пить хочется.

— Получишь ты и второй бокал, не вымогай по мелочам.

— Деньги при нем фальшивые были.

— Точно фальшивые?

— Сотня баксов. Отлично сделанная фальшивая купюра. Все менты на ушах стоят.

— Ошибки быть не может? — напрягся Шпит.

— За что купил, за то и продаю.

— Дорого купил? — усмехнулся бандит.

— У меня с милицией свои счеты. Мы не деньгами рассчитываемся. Информация дорогого стоит.

— Откуда взялись фальшивые деньги?!

— Кто ж его знает? — осклабился Козлов, принимая из рук официанта новый бокал с пивом и жадно делая глоток.

Журналист поперхнулся, закашлялся.

— Не жадничай, — проворчал Шпит.

— Жарко, пить хочется. Деньги — сто пудов — фальшивые. То-то сейчас в городе паника начнется.

— Тебе паника только на руку, станешь слухи в своей газетенке подогревать. На том и гонорарного бабла немножко скосишь.

— Да уж. Я со всяких слухов кормлюсь: и с хороших, и с плохих. Главное, уметь объем статейки раздуть. Можно было бы и одной фразой обойтись, но статья объема требует.

Тонкости журналисткой работы Козлова Шпита не интересовали. Сам он жил с другого и еще минуту тому назад считал себя обладателем миллионов. А теперь оказывалось: деньги фальшивые. Надежда еще теплилась в его душе. Вдруг купюра, на которой попался Давид, исключение, а остальные деньги настоящие?

— Ешь, пей, — сказал Шпит, поднимаясь из-за стола и осторожно похлопывая кашляющего журналиста по спине. — Узнаешь что новое, звони. Я для тебя свободен в любое время дня и ночи.

— Тебе-то это зачем? — полюбопытствовал Козлов.

Шпит умел не выдавать собственных чувств.

— Прослышал я, что деньги фальшивые по городу ходят. Со мной, как ты понимаешь, клиенты мелкими купюрами не рассчитываются.

Козлов почесал за ухом. «Одна бумажка, казалось бы, — ерунда! Но сколько из-за нее неприятностей.»

Шпит сел в машину, передернул плечами.

— Ну как? — поинтересовался Садко.

— Хреново. По-моему, мы все вляпались.

— Это уж точно! Куда теперь?

— Домой.

Ни Садко, ни Лебедь никогда раньше не видели Шпита таким мрачным.

— И что теперь делать? — Лебедь сидел, опустив голову так низко, что она практически болталась у него между колен.

— Что делать, что делать? — передразнил Шпит. — Безвыходных ситуаций не существует. Кому-то же эти деньги принадлежат. И спросят за них с нас на всю мазуту. За фальшивые спросят больше, чем за настоящие.

Шпита от волнения бросило в краску. Он побагровел, только кончик носа оставался бледным.

— Подстава, — тихо произнес он, — натуральная подстава.

— Сами подставились, — напомнил Лебедь.

— Да, Давид ничего не знал. Теперь разборок не миновать.

— И будут они не в нашу пользу. Чувствую, черные эту непонятку замутили.

Черными Лебедь называл всех кавказцев.

— Мы первыми начали, — вздохнул Шпит. — Это только в шахматах бывает, что белые начинают и выигрывают.

Он прикрыл глаза, мысленно раскладывая по полочкам известные ему факты. Картина получалась неприглядная. «Давида рано или поздно опознают. То, что я имел дела с Давидом, большой тайной в городе не было. Менты, если захотят, высчитают.»

Самым страшным для Шпита было то, что он не понимал механики происходящего. Значит, не мог действовать адекватно ситуации.

«Почему вместо русских денег оказались доллары? Почему доллары фальшивые? Кому они предназначались? Голова пухнет.»

А времени на раздумывание оставалось все меньше и меньше.

— Ни хрена не понимаю, — сказал Садко, — уже дым из головы валит, а стройной картины не получается.

— У меня тоже голова пухнет, — сказал Шпит, — но я хотя бы знаю, что нужно сделать в первую очередь.

— Что? — Лебедь рванулся вперед.

Самым тягостным для него было бездействовать, когда опасность подкрадывается со всех сторон.

— Тосо, — коротко проговорил Шпит и посмотрел на своих подручных.

— Я тоже о нем подумал, — отозвался Садко.

Шпит загибал один за другим пальцы.

— Во-первых, его наверняка привлекут к опознанию Давида, во-вторых, Тосо будет первым, за кого возьмутся, лишь только начнут раскручивать ограбление банковского фургона.

— Понял, не дурак, — кивнул Садко.

— И сделать это надо очень быстро, прямо сейчас, — кивнул Шпит, — не откладывая.

* * *

Диспетчер автотранспортной службы аэропорта Тосо, как всегда, сидел в шашлычной. На столике покоилась трубка радиотелефона. Грузин рассматривал девушек, проходивших по улице, и неизменно цокал языком, если девушка соответствовала его представлениям о женской красоте.

Худых он не любил, толстых тоже, предпочитал в меру упитанных. Его глаза сделались маслянистыми.

«Какая, к черту, киноэротика, какая, к черту, фотопорнография! — шептал Тосо. — Выходи на улицу, садись и смотри. Такое добро и без охраны ходит, бери голыми руками.»

Но подниматься из-за стола, заводить разговор с проходящими мимо женщинами ему было лень.

«Кончится рабочий день, — уговаривал себя Тосо, — сниму бабу и закачусь в ресторан.»

Он, сам того не желая, ловил краем уха обрывки разговора двух мужчин за соседним столиком.

— Говорю тебе, в сдачке это было... Два трупа: мент и какой-то чернозадый... Наверное, сам деньги делал, если стрелять начал.

«Задница у нее ничего, на пять баллов, — подумал Тосо, теряя нить беседы и всецело сосредоточиваясь на медленно идущей женщине. Его взгляд приклеился к короткой юбке. — Остановилась бы, что ли?» — с сожалением подумал Тосо, когда женщина прошла мимо него так близко, что протяни руку — и коснешься ее обнаженной ноги.

Женщина с вызовом вильнула бедрами и, звонко цокая каблучками, миновала открытое кафе.

«Проститутка, наверное», — подумал Тосо, хотя понимал, что будь женщина проституткой, то непременно остановилась бы, предложила бы пикантные услуги.

Тосо так увлекся разглядыванием женщин,

недостатка в которых здесь не было, что не заметил появление машины. Светло-бежевые «Жигули» остановились на противоположной стороне улицы, не доезжая до проходной аэропорта метров сто. В машине сидели трое: Шпит, Садко и Лебедь.

— Вон он, урод, — проговорил Лебедь, показывая оттопыренным большим пальцем на Тосо. — Жрет, пиво пьет.

— Придется ждать, — проворчал Шпит.

— Может, мы его здесь сразу и прихватим, еще тепленького?

— Ты что, идиот?! Людям на глаза показываться! — зашипел Шпит. — Он в кафе завсегдатай, его тут каждая собака знает. Зарисоваться перед свидетелями хочешь?

— А если менты до него раньше нас доберутся?

— Значит, не судьба. Не каркай. Вечно он сидеть здесь не будет, — Шпит взглянул на часы. — Ты не знаешь, до какого часа они в диспетчерской работают?

— Наверное, до половины шестого, как и всюду, — Садко зевнул.

Машина быстро нагрелась на солнце, в ней стало невыносимо жарко, но выйти из салона никто не рисковал. Время текло неимоверно медленно.

Несколько раз Тосо брал оживавшую телефонную трубку, и тогда бандиты напряженно следили за ним.

— Нет, это не менты, — шептал Шпит.

— Почему ты так думаешь?

— Выражение лица у него не то. Люди его типа с ментами всегда испуганно разговаривают.

Наконец Тосо взглянул на часы. До конца рабочего дня оставалось десять минут. Следовало появиться у себя в кабинете. Он снял пиджак со спинки стула, надел его, телефон опустил в карман и не спеша двинулся к проходной аэропорта.

«Жигули» бандиты поставили так, чтобы Тосо обязательно прошел мимо них. Открытая дверца загораживала половину узкого тротуара. Тосо принял вправо.

— Земляк, — услышал он хриплый голос, и из машины показалась коротко остриженная голова Лебедя. Бандит держал в пальцах незажженную сигарету. — Огонька не найдется?

Тосо достал зажигалку. Мужчина не спешил выбраться из машины. Пришлось грузину нагнуться самому. Заплясал веселый язычок пламени. Садко резко схватил Тосо за полы пиджака и рванул на себя.

— Пикнешь, пристрелю.

Тосо увидел маслянисто поблескивающий ствол пистолета у самого своего лица.

— Теперь садись между нами, только аккуратно.

Тосо, стараясь не делать резких движений, устроился на заднем сиденье «Жигулей», зажатый с двух сторон Шпитом и Садко. Бандитский пистолет упирался ему в ребра.

— Едем, — тихо произнес Шпит.

Машина покатила по улице.

— Мужики, вы чего? — Тосо нервно осматривался. — Если деньги нужны, я отдам. Часы дорогие, их тоже забрать можете.

— Не трынди, — проговорил Шпит, — были бы нужны твои деньги, мы бы их сами забрали.

— Тогда какого хрена вам надо?!

— Потерпи, узнаешь!

Машина ехала по городу. Тосо не мог понять, куда и зачем его везут. Миновали центр, новостройки, теперь вдоль шоссе стояли частные дома. Нехорошее предчувствие заставило Тосо содрогнуться.

— Только без глупостей, — предупредил Садко, — не дергайся, если жить хочешь.

Пистолет он прижимал к боку диспетчера так, чтобы не оставить синяка.

— Что я вам сделал?

— Ты? — усмехнулся Шпит. — Ровным счетом ничего.

— Тогда почему?

— Не спеши.

— Я должен знать, что со мной сделают?

— Придет время, узнаешь, — Шпит оставался невозмутимым.

Он не испытывал по отношению к Тосо ни злости, ни раздражения, ни жалости.

— Неудобно сидеть втроем на заднем сиденье, — сказал Шпит и хотел добавить: «Назад будет ехать легче», — но не стал раздражать Тосо. — Не бойся, — продолжал Шпит, — ничего плохого мы тебе не сделаем.

— Куда мы едем?

— Сейчас узнаешь.

Шоссе уходило в сторону гор, а машина свернула к морю. На берегу у буковой рощи высилась громада недостроенного пансионата. Строительство остановили давно, лет десять тому назад.

Мрачная бетонная коробка, кое-где тронутая зеленым мхом, недостроенная чаша фонтана и широкий насыпной галечный пляж. Его бы давно размыло, но пляж находился под прикрытием двух длинных волнорезов.

Машина остановилась у недостроенного здания кафе. Шпит выбрался наружу, чтобы размять ноги. Тосо собрался последовать его примеру, но Садко преградил ему дорогу:

— Ты куда?

— Лебедь, сходи посмотри, — распорядился Шпит.

Лебедь спустился по бетонным ступенькам, захрустел галькой. Пустынный пляж, ни одного человека. Груды выброшенных на берег, выбеленных морской водой и солнцем сучьев, коряг. Лебедь осматривал территорию тщательно, вполне могло оказаться, что за выступом подпорной стенки притаилась парочка любовников, а свидетели ни ему, ни его приятелям были не нужны.

— Такое добро пропадает, — сказал Шпит, глядя на громадину несостоявшегося дома отдыха. — Говорят, КГБ для своих сотрудников строил?

— Вроде бы да... — с дрожью в голосе тихо произнес Тосо.

— Вот как бывает, — улыбка появилась на губах Шпита, — жили себе люди, считали себя могущественными, планы на будущее строили, деньги в дом отдыха вкладывали, а потом все у них пошло наперекосяк. Ни денег, ни власти. Странная штука жизнь, признайся.

— Меня Тосо зовут.

— И это я знаю. Можешь выйти из машины, — разрешил Шпит, когда увидел возвращавшегося Садко.

Тот еще издалека махнул рукой. Мол, все в порядке, пусто.

— Извини, приятель, что так получилось, — Шпит хлопнул Тосо по плечу. — Ошибочка вышла, хотели мы одного мудака, который деньги солидным людям должен, попугать, но, видишь ли, ошиблись мы. Накладочка получилась. Он за соседним столиком сидел.

Тосо был готов поверить в любую чушь, лишь бы она сулила жизнь и свободу. Глуповатая улыбка появилась на его лице.

— Правда?

— Конечно! Эй, Лебедь, понимаешь, ошиблись мы, не того взяли. Он ни в чем не виноват. Ты же никому денег не должен?

— Нет, наоборот, мне должны.

— Обидно, — Шпит сощурился, — обидели мы тебя не по делу. Зря ты переживал. Теперь для примирения выпить надо.

Лебедь с готовностью подал большую, 0,7 литра, бутылку водки. Шпит с хрустом свернул золотистую винтовую пробку.

— Пей, Тосо, полегчает.

Тосо дрожащей рукой взял бутылку. Водка была теплой, горлышко стучало о зубы. Он сделал пару глотков и остановился.

— Обижаешь, — напряженно проговорил Шпит, — я к тебе с открытой душой, а ты выпить не хочешь.

Тосо еще немного отпил, он не любил крепких напитков, обычно пил вино.

— Пей, пей... — уже приказывал Шпит.

Лебедь вытащил пистолет, нацелил его на Тосо.

— Пей, сука! И чтобы до дна, не отрываясь.

Тосо давился, водка вытекала из широко открытого рта, но он все-таки пил, с усилием глотая резко пахнущее спиртное.

— Хватит, — резко сказал Шпит, когда бутылка опустела на две трети.

Тосо стоял, пошатываясь. В глазах у него темнело от напряжения.

— Полегчало?

— Угу...

— Вижу, что полегчало.

Шпит взял бутылку, навернул пробку и положил на переднее сиденье «Жигулей».

— Теперь, Тосо, отдохни.

Грузин опустился на край бетонной плиты, сел, подперев голову руками. В желудке творилось невообразимое. Выпитая водка то подступала к горлу, то вновь откатывала. Минут через пять спиртное ударило в голову. Захмелевший Тосо уже никого не боялся. Он видел своих похитителей затуманенным взглядом и глупо хихикал.

— Вы что, мужики, пидоры какие-нибудь? Может, трахнуть меня решили?! Так вот вам, — и он, скрутив фигу, ткнул ее в пространство между Шпитом и Лебедем. — Точно, пидоры вы. Гнойные и мокрые!

Тосо попытался встать, но лишь сполз с бетонной плиты на засыпанный песком асфальт.

— Вы не думайте, я не дамся, сейчас... такси вызову, с вами в машину больше не сяду.

Трахнете... — он вытащил из кармана телефонную трубку и принялся нажимать кнопки без разбору.

Радиотелефон, рассчитанный максимум на шесть километров, конечно же не действовал.

— Ну и не надо, — Тосо запрокинул голову и принялся напевать.

— Готов клиент, — сказал Шпит.

Уже не прячась от грузина, он взял бутылку из машины, вытер ее тряпкой и опустил в карман пиджака пьяному Тосо.

— Что, плохо тебе? — поинтересовался Шпит, присев перед Тосо на корточки.

Тот кивнул.

— Голова, наверное, кружится. Проветриться тебе, парень, надо.

Садко и Лебедь подхватили Тосо под руки и повели к бетонному волнолому. Тот был неширокий, метра два. Этого было достаточно, чтобы трое мужчин прошли по нему. Тосо с трудом переставлял ноги. Последние метров двадцать Садко и Лебедю пришлось его тащить волоком. Шпит шел за ними следом. Бандиты усадили Тосо на край волнолома. Шпит щелкнул зажигалкой, закурил.

Лошадиная доза спиртного окончательно доконала Тосо. Он задремал, голова его склонилась на грудь. Лебедь наклонился и тихонько толкнул Тосо в спину растопыренными пальцами. Грузин качнулся и почти беззвучно съехал в воду.

Прошло десять секунд, Тосо не всплыл. Глядя на поднимающиеся к поверхности воды пузыри, Лебедь проговорил:

— Ловкая смерть. Я бы хотел когда-нибудь

окончить жизнь так, в стельку пьяным, не понимая, что происходит.

— Еще успеешь, — Шпит сладко потянулся и зашагал к машине.

Садко еще минут пять постоял на краю мола, чтобы окончательно убедиться, что Тосо утонул.

— Пошли, — махнул рукой Лебедь. — Верняк, сюрпризов не будет.

Шпит стоял у машины и смотрел, как солнце медленно садится в море, и думал о том, что течение здесь сильное, труп прибьет к берегу в лучшем случае километрах в пяти отсюда. Установить потом, где именно утонул человек, будет невозможно. Милиция все оформит как несчастный случай. Зачем им еще одно убийство, к тому же гарантированно нераскрываемое? Проще будет написать, что пьяный мужчина упал в море и захлебнулся, даже не поняв, что с ним произошло.

— Едем, на время концы отсечены, — подвел черту Шпит.

* * *

Тем временем Сергей Дорогин заполнял бланк в холле гостиницы. Уже расписавшись, он спохватился, что у него почти не осталось российских денег. Обменник находился тут же, в холле.

— Обменяйте все, пожалуйста, — сказал он, кладя в ящичек стодолларовую банкноту.

Приемщица вертела в руках новенькую сотню. Затем поинтересовалась:

— Банкноты старого образца у вас не найдется?

210

— Странный у вас город, — сказал Дорогин, — обычно спрашивают, не будет ли новенькой. Если вам так хочется... — он полез в карман, перебрал купюры.

Нет, все деньги были нового образца.

— Может, две пятидесятки найдутся?

— Новые или старые?

— Если пятидесятки, то мне все равно.

— Нет, у меня одни сотни, и все новые.

— Извините, но я боюсь у вас их принимать. У нас в городе сегодня случай был, фальшивую сотню сдали. Теперь все боятся.

— Меня вы всегда найдете, я три дня в гостинице точно проживу.

Глава 8

Война почти не тронула Гудауту, если не считать повальной нищеты, которую лишь подчеркивала роскошь некоторых домов. Один из них расположился на самой окраине города, под склоном резко уходившей к небесам горы. Зелень старых эвкалиптов и лиственниц прикрывала его от любопытных глаз. Высокий бетонный забор с тремя рядами колючей проволоки поверху, цельнометаллические, плотно подогнанные друг к другу створки огромных ворот. Дом стоял немного на отшибе, и даже соседи толком не знали, кто в нем живет, кто бывает. Иногда они видели въезжающий в ворота джип с затемненными стеклами, иногда здесь появлялись машины с правительственными номерами, но ни одной вывески, ни одной надписи, даже номера на этом доме не было. Вечерами и ночью можно было видеть, как пылают в нем ярким электрическим светом окна, даже в те дни, когда из-за отключения электроэнергии весь город погружался во мглу. На красной из металлической черепицы крыше белела тарелка спутниковой связи.

— Наверное, что-то военное, — с уважением говорили жители Гудауты, распираемые гордостью за свою небольшую, но отстоявшую независимость республику.

Им грело душу то, что Абхазия такая же независимая страна, как другие державы, со своей тайной полицией, армией, правительством. Им, уставшим от войны и бедности, хотелось в это верить. Гудаутцы смотрели на странный дом так, как москвичи смотрят на кремлевские дворцы, заметив в окнах поздней ночью электрический свет. Значит, кто-то там работает и по ночам. Политики, аналитики разрабатывают планы, как сделать страну мощнее, как победить врагов, тайных и явных.

Да, этот дом был тайной за семью печатями, но тайной не лучшего сорта, в нем обычно останавливались те, кого уже давно искали развед-службы России и других государств. Те люди, по поводу которых абхазские силовики на запросы Интерпола неизменно отвечали: сведений о нахождении в нашей стране не имеется. Стены дома, лишенного даже номера, видали и палестинцев, и албанцев. Но самыми частыми гостями оказывались чеченцы.

Трое чеченцев с виду совсем не были похожи на страшных террористов: ни длинных бород, ни черных очков, ни сверкающих кровожадных глаз. Вполне цивилизованные люди. Коротко, но модно стриженные, идеально выбритые, в костюмах. Прилетали они обычно на небольшом двухмоторном самолетике, способном лететь близко к земле, так, чтобы не быть замеченным радарами.

Самолет стоял неподалеку от дома, на лужайке, и было трудно поверить в то, что имеющегося небольшого пространства ему хватает для разбега и взлета.

Чеченцы появлялись тут так часто, что уже знали имена всех охранников и даже позволяли себе некое панибратство по отношению к ним. Чеченского пилота звали Руслан, говорил он по-русски плохо, с сильным акцентом. Охранники иногда между собой называли его иорданцем, потому что он вел записи в блокноте по-арабски. Руслан был самым молодым из всей троицы. Старший же, Шамиль, выглядел солидным бизнесменом, в очках с золотой оправой, одевался строго, со вкусом, тяжелых перстней не носил. Лишь тонкое обручальное кольцо поблескивало у него на правой руке.

Ахмат, сорокалетний красивый мужчина, подтянутый, стройный, постоянно приветливо улыбался, его улыбка словно говорила: извините меня за то, что у меня такое хорошее настроение. Но в глубине его темно-карих глаз всегда таилась угроза. Чувствовалось, что только задень его, живым не уйдешь. Шамиль и Ахмат отлично говорили по-русски, в их говоре даже чувствовалось московское произношение. И тот и другой окончили столичные университеты.

Чеченцы прилетали в Гудауту как на курорт, каждый с вместительным чемоданом, словно собирались менять гардероб каждый день, но о содержимом чемоданов охране приходилось только догадываться. В комнаты охранников не пускали. Если гости уходили из дому, то багаж прихватывали с собой. Что в чемоданах: деньги, наркотики? Этого не знал никто. Да и не стремились узнать. Вылететь с хорошей работы в Гудауте легче легкого. Найти же другую невозможно.

Руслан никогда не брал в рот спиртного. Оно и понятно. Пилоту, если он один, надо всегда оставаться трезвым. Шамиль же и Ахмат иногда позволяли себе расслабиться. Поведение чеченцев во время их пребывания в Гудауте имело определенную закономерность. Первые два дня гости вели себя довольно свободно, выпивали, заказывали девочек, но не перебирали ни со спиртным, ни с сексом. Затем наступал день, когда гости поднимались рано, с кем-то созванивались, связывались по Интернету и ждали. Ближе к вечеру джип, зарезервированный для чеченцев и стоявший месяцами, выезжал из гаража.

С кем встречались гости, куда ездили, охрана не знала. Возвращались Шамиль с Ахматом довольные, подгоняли джип к самолету, что-то перегружали в него и тут же улетали, дав охранникам щедрые чаевые.

Но в тот самый день, когда Муму со своим другом Пашкой Разлукой пересек абхазскую границу, у чеченов с самого утра что-то не залади-

214

лось. Шамиль ходил по дому нервный, то и дело тер виски.

— Чертова русская водка, — ругался он, — и выпил-то ее совсем немного, а голова болит. Надо было пить местный коньяк.

— Он еще хуже!

— Не знаю, я коньяк пил, и ничего... — ответил Ахмат. — Сильно болит? — участливо поинтересовался он, а в глубине его глаз уже плясали озорные огоньки.

— Сильно.

— Лучшее средство от головной боли — секс. Кончишь, боль как рукой снимет. Этому, кстати, есть научное объяснение.

— Баба мне вчера тоже отвратная попалась.

— Может, ты ею и отравился.

Руслан сидел в мягком кресле и делал вид, что не слышит разговора потерявших страх перед Аллахом товарищей. Он перебирал в пальцах янтарные четки, по памяти, беззвучно шевеля губами, читал священные сутры Корана.

— Тебя, Руслан, ничем не проймешь. Медресе свое дело сделала.

— Вы бы хоть между собой по-чеченски говорили, — не отрывая глаз от янтарных четок, проговорил Руслан.

— У меня с языками беда, — признался Шамиль, — когда пьяный или голова болит с похмелья, не могу по-чеченски говорить, словно тумблер какой-то внутри щелкает. Только по-русски. Может, Аллах меня оберегает, чтобы я не позорил язык предков?

Руслан глубоко вздохнул. Чего больше в его вздохе: презрения или сожаления, понять было трудно. Через секунду он вновь погрузился в чтение молитвы.

— Ненавижу ждать, — Ахмат нервно налил минералки и осушил стакан. — Легче два часа на морозе ждать поезда, чем пять минут в тепле ждать сто граммов водки.

— Мы не ста граммов ждем, — усмехнулся Шамиль и тут же поморщился от головной боли. — Знаю, что они уже из Адлера выехали, что скоро будут тут, но... нервы не в порядке, лечиться надо.

— Тебе ли такое говорить? — Ахмат открыл крышку портативного компьютера и включил его.

— Почту я уже проверял, — напомнил ему Шамиль.

— Я отвлечься хочу, — рассеянно бросил Ахмат. — Какой у нас только дряни здесь нет, — поморщился он, просматривая названия сайтов, занесенных в раздел «Избранное».

Шамиль подошел к нему, одной рукой уперся в столик, другой в спинку стула и глянул на экран. Перед ними на экране высвечивался список наиболее посещаемых владельцами компьютера сайтов.

— Три четверти — эротика и порнуха, — пробормотал Шамиль.

— Есть и пара религиозных, — Ахмат подмигнул Шамилю, — это дело рук Руслана.

Он щелкнул клавишей, вместо арабской вязи, восхваляющей Аллаха и его пророка Магомета, на экран полезла всякая галиматья. Компьютер упорно не хотел читать арабский шрифт.

— Руслан, ты не знаешь, как исламский сайт в человеческий вид привести?

216

— Тебе это надо? — пожал плечами правоверный мусульманин.

— Все-таки интересно, о чем там пишут.

— Все равно по-арабски читать не умеешь.

— И то правда, — вздохнул Ахмат. — Вот поэтому из-за недостатка образования приходится обращаться к англоязычным порносайтам. Девочки... геи... гетеросексуалы... — вслух произносил Ахмат, пробегая взглядом по мерцающему монитору.

— В наши годы, — посоветовал Шамиль, — лучше обращать внимание на более скромные вещи. Например, на домохозяек... учительниц...

— Обнаженные домохозяйки — это хорошо, посмотрим и их фотографии.

— Это же надо, — вздохнул Шамиль, — люди запускают в космос спутники, устанавливают антенны, организуют всемирную сеть лишь для того, чтобы какой-то дурак, вместо того, чтобы делом заниматься, рассматривал голых женщин солидного возраста. По мне так лучше заниматься сексом вживую, а разглядывать фотографии — это что-то вроде онанизма.

— За неимением лучшего... — развел руками Ахмат и ткнул тонким пальцем в стекло монитора. — Как, по-твоему, это достойно внимания? Серия фотографий называется «Моя жена обнажается».

— Смотря какая жена, — резонно заметил Шамиль.

Фотографии грузились из Интернета довольно быстро.

— Ничего? Как, по-твоему?

— Несколько старовата и видно, что крашеная. Я люблю натуральных блондинок.

— Мне больше нравятся брюнетки. Руслан нас рассудит. Оставь четки, посмотри сюда. По-твоему, какая из этих двух женщин лучше?

— Я не смотрю на чужих жен.

— Коран запрещает? — ехидно напомнил Шамиль.

— Да, Коран.

— Но ты же смотрел раньше.

— Я смотрю только на незамужних женщин, а в названии сказано: моя жена обнажается перед камерой. На чужих жен я не смотрю.

— Она жена неверного, — напомнил Шамиль, уже немного злясь на Руслана.

— В Коране не сказано, чья жена. Значит, на всякий случай я не должен на это смотреть.

Шамиля, который тоже считал себя правоверным мусульманином, задели высказывания набожного Руслана, ему хотелось во что бы то ни стало обелиться в его глазах.

— Муж, который выставляет свою жену на всеобщее обозрение, уже не муж.

— Не знаю, в Коране насчет этого ничего не сказано.

Руслан научился отделять дело от религии. С Шамилем и Ахматом он мог обсуждать проблемы денег, покупки оружия, но участвовать в их оргиях не собирался.

— Черт с ним, — пробурчал Шамиль. — Попробую теперь посмотреть категорию обнаженных домохозяек от сорока до сорока пяти.

— Стар ты стал, Шамиль.

— Ты ничего не понимаешь в женщинах. Именно этот возраст — самый смак.

— Небось в двадцать лет ты придерживался другого мнения.

— Всякому возрасту — свои забавы.

— Не согласен.

Тем не менее Ахмат подчинился.

— Ты прав, они меня возбуждают.

Всякое развлечение, если человек нервничает, быстро ему надоедает. Не прошло и получаса, как Ахмат зло захлопнул крышку компьютера.

— Не понимаю, почему они до сих пор молчат.

— Попробуй сам выйти на связь.

Ахмат достал трубку сотового телефона, припоминая цифры, вдавил кнопки.

— Молчат...

— Это еще ничего не значит, здесь горы, легко войти в радиотень.

— Они уже должны быть на подходе. Возле Гудауты мобилы работают.

Руслан прошептал последние слова молитвы, опустил четки в карман, медленно открыл глаза, словно возвращался из другого мира, идеального, правильного, в настоящий, где царят зло, насилие, льется кровь и жизнь человека можно измерить деньгами.

— В прошлый раз в это время они уже были здесь, — с раздражением произнес Ахмат.

— У тебя не спросили. По-всякому случается: на границе задержат, машина сломается.

— Чую я, здесь что-то неладно. Вода теплая, — Ахмат отодвинул стоявшую на стеклянном столике пластиковую бутылку минералки. — Нет ничего хуже в этом мире, чем теплая вода...

— ...потные женщины и фальшивые деньги, — засмеялся Шамиль и добавил: — Всякой вещи можно найти достойное применение.

Солнце, опустившееся к западу, залило комнату насыщенным пурпурным светом, отчего лицо Шамиля, и без того раскрасневшееся, сделалось почти свекольным.

— Если солнце зайдет, а они не приедут, — Ахмат ударил кулаком по спинке стула, — то я сойду с ума.

Шамиль впервые за этот вечер озабоченно посмотрел на часы.

— Да, они уже должны прибыть. Что-то случилось. Руслан, оставайся тут, — приказал он, — сторожи деньги. Мы с Ахматом едем.

Охранники даже ничего не заподозрили. Как и во время прошлых визитов, двое чеченцев сели в джип и не спеша подкатили к воротам.

— Открывай. Мы скоро вернемся, — бросил Шамиль.

— Зря мы деньги с собой не взяли, — напомнил Ахмат.

— Нет уж, — оборвал его Шамиль, — деньги окажутся в машине, лишь когда я буду уверен, что наши фальшивые баксы прибыли.

— Тоже правильно.

Джип, подпрыгнув на отполированном протекторами швеллере, выкатил на дорогу.

— Еще года три-четыре — и асфальт окончательно раскрошится.

— Джип пройдет всюду, — бросил Ахмат, всматриваясь в поворот дороги.

Ему не терпелось увидеть банковский броневик.

— Может, связаться с Москвой? — предложил он.

— Только в крайнем случае. Они знают не больше, чем мы.

— Инкассаторы тоже люди, — сказал Ахмат, — они могли дернуть вместе с деньгами.

— Не глупи, сумма такая, что хозяева найдут их тут же. Всех на уши поставят, но найдут.

— Не гони, — Ахмат бросил взгляд на стрелку спидометра.

— Когда летишь под гору, скорость кажется большей, чем на самом деле, — ответил на озабоченный взгляд напарника Шамиль.

Горы, закат, пустынная дорога. Казалось, что Шамиль и Ахмат остались единственными людьми в этом мире. Джип, просвистев протекторами по асфальту, миновал еще один поворот. Шамиль резко нажал на тормоза. Впереди виднелись три машины. Уже стемнело, свет фар джипа выхватил милицейский «опель» с мигалками на крыше, микроавтобус «фольксваген» и банковский броневик.

Двое милиционеров в форме растягивали поперек шоссе рулетку. Джип занесло при торможении, и он замер, не доехав до милицейской машины всего каких-то четыре метра.

— Я же говорил... — прошептал Ахмат.

Шамиль выскочил из-за руля, подбежал к майору милиции. Тот был одет еще в старую советскую форму.

— Майор, какого черта, что произошло?! — тоном хозяина поинтересовался Шамиль.

Милиционер, привыкший, что он бог и воинский начальник в здешних краях, смерил его взглядом от ботинок до макушки. Это русский может не отличить чеченца от абхаза. Абхазу же сразу стало ясно — перед ним чужаки.

— Вы, собственно говоря, кто такой? — майор спросил бы и резче, не будь Шамиль одет так дорого. Человек, на котором шмоток на три тысячи баксов и на запястье которого поблескивают часы, стоимостью минимум в пять штук, не принято разговаривать невежливо.

— Ах, извините, — Шамиль хлопнул себя ладонью по лбу, — забыл представиться. — Он выхватил из кармана сотовый телефон и сунул под нос майору. — Номер министра внутренних дел знаешь? Звони, он тебе сразу скажет, кто мы такие.

Майор, естественно, не знал телефонного номера мобильника министра внутренних дел, но не стал испытывать судьбу.

— Бандиты, партизаны грузинские, две машины обстреляли. Деньги украли. Их из России везли.

Майор перевел взгляд на джип, и ему стало все яснее ясного.

— Это вы ждали банковский броневик?

— Мы, — сквозь зубы процедил Шамиль.

— Придется вас разочаровать. Деньги украли.

Глаза Шамиля сузились в две узких щелочки, и он бы, наверное, наделал глупостей, не подойди к нему Ахмат.

— Майор, извините, пожалуйста, но мы очень ждали этот броневик.

— Хотел бы обнадежить, но не получится, — вздохнул абхазский майор, поправляя фуражку с гербом СССР. — Все произошло часа три назад.

— Раньше бы мы сюда не успели.

— А они кто такие? — Шамиль указал рукой на микроавтобус «фольксваген».

— Тоже выясняем. По первым прикидкам получается, что они вроде везли в Гудауту, в детский дом, гуманитарку. Хотя документов при них никаких нет.

— При них? — спросил Шамиль, глядя на распростертого на асфальте Пашку Разлуку. — Кто-то остался в живых?

— Не знаю. На пограничном КПП нам сказали, что границу пересекали двое.

— Это они напали на банковский броневик?

— Похоже, что нет. Скорее всего они стали невольными свидетелями произошедшего.

— Все деньги похищены? — осторожно, словно это его мало интересует, спросил Шамиль.

— Все. Сейф вскрыт. Инкассаторы, ехавшие в броневике, убиты. И все-таки я хотел бы посмотреть ваши документы.

— Послушай, дорогой, — Шамиль приобнял майора за плечи, — лучше тебе этого не знать. Честно тебе говорю, как кавказец кавказцу.

— Чечня? — майор прощупал взглядом Шамиля.

— Точно, она, родимая.

— Тогда извините, — ладонь милиционера взметнулась к козырьку.

В душе его боролись два чувства. С одной стороны, он испытывал уважение к чеченцам: они,

223

как и абхазцы, воевали за независимость, с другой — майор чувствовал себя обязанным русским. Если бы не они, не носил бы он офицерские погоны. Поэтому самым большим его желанием было избавиться от двух то ли друзей, то ли врагов. В конце концов, если им надо, они все узнают в министерстве внутренних дел.

— Спасибо, друг, — Шамиль пожал руку майору. — Большего ты и не мог нам сказать.

Когда Шамиль произносил эти слова, голос его дрогнул. Он вернулся к машине, сел за руль, застучал пальцами по баранке.

— Я сразу почувствовал, — прошептал Ахмат, — день не задался с самого утра.

— Врешь, ничего ты не чувствовал, иначе бы голых баб не разглядывал.

Мужчины провели в молчании целых пять минут. Каждый из них понимал, что первая догадка, первые слова всегда ложны, и каждый, кто выскажет первое предположение, в перспективе рискует быть названным лжецом или недоумком.

— Сложно, — наконец произнес Шамиль.

— А кто тебе обещал, что будет легко?

Ахмат глянул на крупные звезды в черном небе.

— Никто не обещал нам легкой жизни, — затем задумчиво произнес: — По-моему, все-таки это сделали люди, ехавшие в «фольксвагене», они обокрали броневик.

— Ошибаешься, машина догоняла их.

— Я бы именно так и сделал. Ехать навстречу броневику ненадежно, неизвестно, где встретишься. Тут же место было выбрано удачно.

— Обрыв, скалы: некуда свернуть.

— Не знаю, — задумчиво произнес Шамиль, — все кажется очень сложным, но на самом деле все наверняка было просто.

— Но как?

Чеченцы посмотрели друг другу в глаза.

— Тот, кто крал деньги, знал, что они фальшивые? — тихо спросил Шамиль.

— Ты задаешь вопросы, на которые нет ответов. Человек с университетским образованием не имеет права так рассуждать. Ты бы еще у Руслана об этом спросил, он бы тебе привел цитату из Корана, пригодную на все случаи жизни.

— Святые книги тем и хороши, что объясняют все, ничего при этом не объясняя.

— Я думаю, нам надо ехать.

Джип осторожно дал задний ход, развернулся на узкой дороге и на этот раз медленно покатил к Гудауте.

— Кто знал о том, что деньги прибудут именно сегодня, что их повезут именно по этой дороге, на этой машине и под слабой охраной?

— Думаю, не многие.

— Думай, Ахмат, думай...

Ахмат принялся загибать пальцы.

— Во-первых, знали в московском банке «Золотой червонец», но им нет смысла красть фальшивые доллары, это и так их собственность. Настоящие-то деньги остались у нас, — Ахмат попробовал разогнуть палец.

— Нет, ты его держи.

— Во-вторых, это не те два мудака, которые ехали в «фольксвагене».

— Тут с тобой трудно не согласиться.

— Но откуда грабители узнали о баксах? — безымянный палец Ахмата так и остался незагнутым.

— Водитель броневика?

— Он убит.

— Он мог кому-нибудь рассказать.

— Хорошо, загибай палец.

— И служба аэропорта, — резонно добавил Ахмат.

— Все, — подытожил Шамиль, — если, конечно, исключить нас с тобой и Руслана.

Ахмат сперва засмеялся, затем его смех прервался.

— Ты чего на меня так смотришь?!

— Это большие деньги, большие даже для такого человека, как Руслан, который боится Аллаха.

— Ты же не боишься смотреть на чужих жен? В конце концов, это не совсем наши проблемы. Подождем недельку-другую, из Москвы пришлют новую партию фальшивок. Главное, что мы не успели отдать настоящие баксы.

— Ты оптимист, — усмехнулся Шамиль.

Впереди уже блестели огни Гудауты.

— Мы-то знаем, что не брали денег, но как об этом узнают в Москве?

Ахмат потер указательным пальцем губы, на его лбу выступили крупные капли пота.

— Неужели они подумают... — прошептал он.

— Я бы на их месте подумал то же самое.

Ахмат лихорадочно принялся рыться по карманам, хотя сотовый телефон находился у Шамиля.

— Нужно срочно позвонить и сказать банкиру об ограблении.

— Думаю, они уже знают.

* * *

Милицейский майор тем временем связался со своим начальством по старомодной увесистой рации и передал номер джипа.

— Выясните, кому он принадлежит?

Ждать пришлось долго. Наконец из наушника прозвучал озабоченный голос:

— Лучше не интересуйся номером.

— Я им кое-что рассказал. Выглядели они солидно, и документы... — приврал милиционер.

— Этим людям ты мог сказать все, они бы нашли путь к информации, но обозлились бы.

— Понял, — майор сдвинул фуражку на затылок.

Он и в самом деле понял многое. То, что чеченцами в Абхазии проворачиваются миллионные сделки, не знал только ленивый.

— Значит, сделал правильно, — вздохнул он. — Я не навредил ни другим, ни себе. А то, что доложил начальству, только к лучшему.

* * *

Шамиль гнал джип так, словно перед ним простиралась не узкая горная дорога с разбитым покрытием, а ровная как стрела автомагистраль.

Ахмат с ужасом смотрел на мелькающие за тонированными стеклами выступы скал, проломанные ограждения. Распугав стайку худых длинноногих свиней, пасшихся прямо на улице, джип подкатил к воротам резиденции.

Шамиль не стал загонять машину во двор,

с мобильником в руке забежал в дом. Руслан сидел за журнальным столиком, закинув ноги на подлокотник кресла. В разговоре с русскими Шамиль мог позволить себе фразы типа «твою мать», но с Русланом приходилось быть осторожным. Он некоторые привычные для славянского уха выражения воспринимал буквально.

— Хреново, — выдавил Шамиль.

— Знаю, — спокойно отвечал Руслан, — из Сухуми уже позвонили.

— И что ты думаешь на этот счет?

— Думаю, нам придется туго.

Вошел Ахмат, насупленный и раскрасневшийся.

— Почему из Москвы не звонят? — спросил Шамиль, словно Руслан обязан был знать ответ на этот непростой вопрос.

— Кому, нам?

Медлительность и спокойствие Руслана бесили вспыльчивого Шамиля.

— Банкир не звонит, потому что ему все ясно, — сказал иорданец.

— Ты уверен?

— Конечно. И мне было бы ясно. Они решили, что мы сами ограбили фургон. И доказать обратное мы никому не сможем.

— Какой нам смысл грабить то, что собрались покупать?

— Самый прямой — чтобы не платить за товар.

— Мы столько лет работали вместе. И ни разу друг друга не подводили.

— От денег люди теряют голову, — напомнил Шамилю Руслан. — К тому же только у нас есть надежный канал сбыта фальшивок изготовленных в Москве. Так их не сбудешь. Да что в Москве, даже в Сочи моментально определят фальшивку. Бумажки, напечатанные на обойной фабрике, могут спокойно ходить лишь в Чечне, в Абхазии. Там, где деньги передаются из рук в руки, где нет ни одного мало-мальски прилично оборудованного приемного пункта.

— И все же я позвоню Леониду Мельникову.

— Что ты ему скажешь? — усмехнулся Руслан. — Станешь оправдываться, что это не мы обокрали фургон? Чем больше оправдываешься, тем больше подозрений. Я бы на твоем месте дождался звонка от него.

— Нет, — Шамиль резко набрал номер и поднес трубку к уху.

Ему казалось, что ответить должны немедленно. Но прозвучало четыре длинных гудка, прежде чем владелец банка Мельников соизволил подать голос.

— Ало, слушаю, — беззаботно произнес он.

— Леонид Павлович, ты? — срывающимся от волнения голосом крикнул в трубку Шамиль.

— Я свою мобилу никому в пользование не отдавал и отдавать не собираюсь. Как там у вас?

По тону, каким говорил Мельников, можно было подумать, что ему ничего не известно о случившемся на дороге.

— Вам еще не сказали?

— Я недавно поднялся с постели, Шамиль. Все-таки выходной сегодня.

— Броневик обокрали.

— Что ты говоришь? — голос Мельникова даже не дрогнул.

— Я сам ждел его на дороге. Охрана перебита, деньги исчезли.

— И кто это, по-твоему, мог сделать? — ехидно спросил Мельников.

И Шамиль понял: тому известно все. И прав Руслан, решение владелец банка уже принял. Шамиль тяжело вздохнул.

— Я знаю, о чем ты думаешь, Леонид Павлович, но я к ограблению не имею никакого отношения.

— Слова, слова... — прозвучало из трубки.

— Я бы не звонил тебе.

— У тебя есть только один способ доказать обратное. Найти пропавшие деньги. Они где-то совсем рядом. Может быть, ты даже сейчас смотришь на них.

— Дело не может ждать, — сказал Шамиль, — я должен вернуться к своим с деньгами.

— Я же говорю, ищи!

— Когда вы сможете прислать следующую партию?

— Только после того, как отыщется пропавшая. И времени у тебя, Шамиль, совсем немного. Я могу потерять терпение. Сегодня я тебе еще немного верю. Процентов на десять. Завтра мое доверие уменьшится на пять процентов. Послезавтра я буду пребывать в растерянности. А вот через четыре дня никто не сумеет меня убедить, что ты не причастен к исчезновению денег, даже твои друзья. Только ты сам. Надеюсь, Шамиль, когда ты позвонишь мне в следующий раз, разговор будет более предметным.

Не прощаясь, Мельников выключил трубку.

— Твою мать, — выругался Шамиль.

На этот раз Руслан был снисходителен. Не стал выяснять, чью именно мать имел в виду его приятель.

— Мельников прав, — после паузы произнес Шамиль, — деньги где-то совсем рядом.

Ахмат подсел к журнальному столику и взял чистый лист бумаги, ручку.

— Вариантов не так уж много, — сказал он. — Вариант первый: ограбившие фургон знали, что в нем фальшивые доллары.

— Вряд ли, — отрезал Шамиль. — Я бы сформулировал это следующим образом: знали, что везут доллары, но не знали, что они фальшивые, и не знали сколько их.

— Хорошо. Второй вариант: грабители нацелились на русские рубли, которые якобы перевозили в фургоне.

— Это больше похоже на правду.

— Нет, мне кажется, первый вариант самый реальный, — сказал Руслан. — Кто знал о деньгах? Банкир Мельников? Его управляющий Новицкий? Мы втроем и в какой-то мере охрана.

— Это мог сделать один из охранников.

— Так уже не раз случалось: перестреляет товарищей и уходит с деньгами.

— Охрана вся убита, — напомнил Шамиль.

— Наводчика могли пристрелить компаньоны по ограблению.

Ахмат слушал рассуждения Шамиля и Руслана и рисовал на бумаге план места происшествия.

— Вы часто встречали на дороге машины? — внезапно спросил он.

— Реже, чем в Москве, — усмехнулся Шамиль.

— Если две машины встретились в пустыне, то это уже не случайность. Не нравится мне «фольксваген», оказавшийся на дороге нашего броневика.

— Он гуманитарку вез, — махнул рукой Шамиль. — И скорее всего просто попал под замес. На кой черт владельцу понадобилось набивать автобус под завязку, если он собрался грабить.

— Не знаю, — пожал плечами Ахмат. — Людям всякие нелепости приходят в голову.

— Дорога дальняя, а получается, что в «фольксвагене» был только один человек. В дальний переезд отправляются двое. Где второй?

— Поищи на дне пропасти. Я думаю, что милиция туда заглядывала лишь сверху. Этот другой, которого мы еще не знаем, мог уйти с деньгами.

— Пешком, — вставил Руслан.

— Не думаю, когда денег много, можно придумать способ их транспортировки.

— Куда они ехали?

— Это я могу сказать точно. В детский дом в Гудауте. Даже если бы милицейский майор не сказал мне этого, то стоило взглянуть на груз.

— Единственный способ вновь наладить отношения с москвичами — это найти деньги.

Шамиль поднялся из-за стола.

— Руслан, ты снова остаешься с деньгами, мы поедем. Если через неделю мы не отыщем деньги и того, кто их увел, на московском проекте можно ставить крест.

— Никогда не любил ни детских домов, ни их

воспитанников, — проговорил Ахмат, садясь в джип.

— Никто не заставляет тебя их любить.

Пожилая русская женщина шарахнулась в сторону, когда возле нее притормозил огромный джип.

— Извините, пожалуйста, — елейным голосом осведомился Шамиль, — где здесь детский дом?

Женщина с сомнением посмотрела на холеного чеченца, он мало походил на человека, решившего помочь детскому дому.

— Если нам по дороге, могу подвезти, — улыбнулся Шамиль.

Женщина, успевшая сегодня пройти пять километров пешком, решила, что сам Бог послал ей машину.

— Садитесь, — Ахмат подвинулся, и женщина устроилась рядом с ним на заднем сиденье.

Она впервые ехала в такой шикарной машине. Раньше ей казалось, что внутреннее убранство подобных автомобилей составляют красный бархат и золотая бахрома. А тут — серая и черная гамма, полная строгость и никаких излишеств. Исправно работал кондиционер, прохладный воздух заставил женщину успокоиться.

— Куда теперь? — поинтересовался Шамиль перед перекрестком.

— Направо, милок, — женщина впервые в жизни назвала кавказца «милок». Таким располагающим к себе казался ей теперь Шамиль. — Вы по какому делу в детский дом? — спросила женщина.

Шамиль и Ахмат переглянулись.

— Помочь хотим, не первый раз приезжаем в Гудауту, а времени все как-то не находилось в детский дом наведаться.

— Вчера такое случилось, — всплеснула руками женщина, — может, вы и слышали, машину на дороге расстреляли. Уж и войны вроде нет, а оружие по рукам разошлось. Вот и стреляют.

— Слыхал. Говорят, будто это грузинские партизаны сделали.

— Нет, не они, — тут же возразила женщина. — Ограбить еще они могли, но людей просто так убивать не стали бы. Я многих из них знаю. Ушли в свое время в горы, потом вернулись... Семьи, дети, сами понимаете... Остановите, пожалуйста, мой дом здесь, а школа-интернат вон там, — женщина указала рукой на трехэтажное здание из силикатного кирпича с плоской крышей, к которому вела извилистая дорога. — Спасибо тебе, милок.

— Милок... — пробурчал Шамиль, захлопывая дверцу.

— Она дура, — подытожил Ахмат.

— Может быть. Но не это меня интересует.

Притормаживая на резких поворотах, Шамиль доехал до самого детского дома.

Давно не крашенный бетонный забор, ворота, сваренные из водопроводных труб, перегораживали густо поросшую травой дорогу.

— Пусто, — сказал Ахмат, выходя из машины, и подергал навесной замок на ржавой цепи, — может, там никого нет и никогда не было?

— Сейчас появятся, — Шамиль коротко просигналил.

Как из-под земли, у ворот возникли двое коротко стриженных мальчишек. Разинув рты от изумления, они смотрели на дорогой джип.

— Эй, пацаны, начальник какой-нибудь у вас есть? Или вы сами по себе живете?

— Есть, — с достоинством отвечал старший мальчик. — Дядя Федор.

— Ну так вот, сгоняй и позови дядю Федора. Разговор к нему есть.

— Что мне за это будет?

— Ты посмотри, — восхитился Шамиль, — каков нахал! Старший его просит, а он деньги требует.

— Я не деньги прошу, — с обидой произнес мальчишка. — Мне бы поесть чего-нибудь — вкусного.

Шамиль вернулся к машине, порылся в перчаточном ящике и сжал в кулаке две упаковки жевательной резинки.

— На, — и он подбросил упаковки высоко, чтобы те перелетели ворота.

Мальчишки изловчились и поймали жвачку в воздухе.

— А теперь бегите, зовите дядю Федора.

Шамиль присел на широкий бампер джипа, закурил.

— Заторможенные они здесь, в Гудауте. Вряд ли мы тут чего-нибудь добьемся, — вздохнул Ахмат. — А пока мы стоим на месте, наши деньги могут уйти далеко.

— Ты знаешь, в какой стороне их искать?

— Нет.

— Ну так вот жди дядю Федора. Кажется, он идет.

Мальчишки застали дядю Федора врасплох. Директор копался на огороде, одетый по-домашнему, в синее выцветшее трико с вытянутыми коленями и в неизвестно каким чудом сохранившуюся салатовую майку-соколку. Голову ему прикрывал от солнца носовой платок с завязанными на узелки уголками.

— Там машина приехала, блеск! Вас просят. Двое крутых...

Дядя Федор воткнул в землю лопату и посмотрел на грязные ладони.

— Вас просят, — напомнил мальчишка.

— Подождут, — директор детского дома с достоинством прошел в дверь своего кабинета.

Он переодевался, страшно торопясь, боялся, что богатые посетители уедут, но выйти к ним в выцветшем физкультурном трико не мог себе позволить. Директор обязан всегда выглядеть соответствующим образом. На такой случай в кабинете был припасен белый костюм, сшитый в восемьдесят первом году.

Дядя Федор, давно забывший, когда его называли по имени-отчеству, сбил ладонями пыль с рукавов белого пиджака, осмотрел единственные парадные ботинки, затянул узел галстука и направился к воротам. Его редкие седые волосы шевелил теплый ветер.

— Ископаемое... — тихо проговорил Шамиль, глядя на приближающегося директора детского дома. — Его пиджаку, наверное, лет тридцать.

— Не злорадствуй. Не больше двадцати пяти...

— Здравствуйте, — зычно произнес дядя Федор, разматывая цепь с замком. — Что ж вы сразу не зашли ко мне?

236

— Закрыто, — развел руками Шамиль.

— Замок только для видимости, цепь замотана, чтобы козы да свиньи не лазили.

Дядя Федор широко распахнул ворота, и гости прошли на территорию детского дома.

— Добро пожаловать. Федор Александрович, — дядя Федор крепко пожал руки чеченцам.

У него имелся отличный нюх на людей. Директор детского дома просто обязан быть хорошим психологом. Но даже он не мог понять, кто же перед ним.

— Вы издалека приехали?

— Издалека. По делам в Гудауте. Не первый раз, — бегло говорил Шамиль. — Раньше как-то руки не доходили с вами встретиться, хотя мы давно собирались. Как я понимаю, вы от маленькой помощи не откажетесь.

— Помощь не мне нужна, а детям.

— Конечно, — вставил Ахмат.

— Проходите в мой кабинет.

Это было сказано так гордо, что Шамиль не сумел скрыть улыбку. Даже в советские времена кабинет дяди Федора выглядел бедно, а теперь и вовсе производил удручающее впечатление.

— Присаживайтесь. Можете курить, — дядя Федор гордо подвинул к Шамилю самодельную алюминиевую пепельницу и коробок спичек.

— Много дать не могу, — вздохнул Шамиль, — сами понимаете, времена теперь не те. После дефолта деньги другими стали, даются тяжело. Двести долларов. Примите от нас с другом от чистого сердца.

— Я вам сейчас расписочку...

— Помилуйте, — Шамиль даже приподнялся

в кресле, — какие расписки. Вы — человек честный, во всем городе вас знают, кому она, эта расписка, нужна? Мне? Вам? Честным людям бумаги не к чему.

— Вы даже сами не знаете, как меня выручили, — трясущимися руками дядя Федор спрятал деньги в ящик письменного стола. — Позвольте, а что вас заставило помочь? — спросил дядя Федор.

— Пожертвовать? — уточнил Шамиль. — Даже сам толком сказать не могу. Почувствовал, что не могу уехать из Гудауты и не встретиться с вами. Я сам в детском доме рос.

«Врет, — подумал дядя Федор. — У детдомовского воспитанника не такой взгляд. Кем бы потом ни стал человек, выросший без родителей, взгляда его уже не изменить. Вот только зачем врет?»

— Наверное, и из ваших воспитанников многие вышли в люди, вспоминают теперь о бедном детстве, подарки присылают.

— Конечно. Но далеко не все большими людьми стали.

— Понимаю, — кивнул Шамиль, — среди моих одноклассников многие теперь и по тюрьмам сидят.

— Есть такие люди, например Паша Матюхов. Не забывает нас, то денег подбросит, то товаров каких привезет.

— Паша? Паша Матюхов? — Шамиль деланно задумался, затем заглянул дяде Федору в глаза. — Кажется, знавал я одного Пашу Матюхова. По бизнесу с ним пересекались. У вас его фотографии нет?

— Как же, есть, — засуетился дядя Федор. — Он не сегодня завтра приехать должен еще с одним моим воспитанником. Того, другого, я давно не видел.

Наконец дяде Федору удалось отыскать фотографию, которую прислал ему экспресс-почтой нетерпеливый Пашка Разлука. Пашку и Дорогина фотографировала Тамара Солодкина во дворе дома. Мужчины стояли рядом, касаясь друг друга плечами.

— Точно, это он, Пашка! — Шамиль узнал Матюхова, только сегодня он видел его мертвым на шоссе. — А это, значит, его друг, как вы сказали его фамилия?

— Сергей Дорогин.

— Его почти не знаю, видел мельком у Матюхова, а с Пашкой много раз встречались.

«Парень крепкий, такого палкой не убьешь», — подумал Шамиль, разглядывая Дорогина на фотографии.

— В спецназе, наверное, служил.

— Я его давно не видел. Пашка написал, что Сергей каскадером в кино работал.

— Редкая профессия.

— У него дома под Москвой фотографировались, совсем недавно, — пояснял дядя Федор.

— Да, дом не бедный, — Шамиль перевернул фотографию, на обратной стороне которой были написаны два адреса: Пашки Разлуки и Сергея Дорогина.

— Хорошие люди, — Шамиль вернул фотографию лишь после того, как запомнил оба адреса. — Говорите, сюда они едут? Ну что ж, счастливой вам встречи с ними. А мы по делам спешим. Пашке от меня привет передавайте. Как приедет, дайте Дорогину мой номер телефона, — Шамиль протянул картонную карточку, — пусть позвонит.

На карточке значился номер мобильника, и больше ничего не было.

— Дорогину? А Паше...

— И ему...

Только сейчас дядя Федор сообразил, что гости ему не представились. Но Ахмат и Шамиль улыбались так искренне, что у него язык не повернулся поинтересоваться именами. Получалось глупо: взял деньги, а как людей зовут, не знает.

Мальчишки бежали следом за чеченцами, пока те шагали к воротам. Никто не просил подачки. Дети старались брать пример с дяди Федора. Тот выглядел солидным, даже несколько мрачноватым, как и подобает директору детского дома.

— Гостям мешаете, — буркнул дядя Федор, отворяя ворота.

— Еще увидимся, — Шамиль легкомысленно подмигнул и сел в джип.

— Это они? Это и был Пашка Разлука? — заикаясь от волнения, спросил десятилетний мальчик у директора.

— Нет, они еще приедут.

— А это кто был? Тоже наши?

— Просто так. Гости. Хорошие люди, — через паузу добавил дядя Федор.

Ему не верилось в то, что гости — хорошие люди. Но что поделаешь, факты на лицо, помощь детскому дому мужчины оказали, хотя никто их об этом не просил. О точной дате приезда Пашки Разлуки и Дорогина дядя Федор не знал. Знал лишь, что встреча случится где-то на этой неделе. Матюхов любил делать сюрпризы.

Директор проводил взглядом джип и вернулся в кабинет. Телефон, хоть за него давно не платили, городские власти не отключили. Мало ли что случится: скорую помощь придется вызвать или пожарных. Никто не хотел брать грех на душу. Дядя Федор почувствовал, как его руки начинают трястись, тревога охватила его.

Он посмотрел на стул, где еще совсем недавно сидел Шамиль, и ему показалось, будто возле спинки светится неяркое электрическое сияние, недоброе, потрескивающее, как грозовой разряд. Затем дядя Федор перевел взгляд на телефонный аппарат. Он смотрел на него долго и пристально. И вдруг тот зазвонил. Директор детского дома вздрогнул. Ему показалось, что именно от пристального взгляда ожил телефон. Настойчивые междугородные звонки. Редко они звучали в этом кабинете. О детском доме забыли за пределами Гудауты все. Разве что Пашка Разлука иногда вспоминал.

— Директор слушает, — выпалил в трубку дядя Федор.

— Это вы, дядя Федор, — услышал он немного растерянный приятный мужской голос, в котором ему чудилось что-то знакомое.

— Кто это?

— Дорогин Сергей.

— Ты откуда?

— Из Адлера.

— Паша далеко от тебя?

На двадцать секунд повисло молчание. Дорогин не мог найти в себе силы сказать то, что должен был.

— Нету Пашки, — выдохнул он. — Совсем нету... Убили его.

Человек за свою жизнь много раз проигрывает в уме то, как он сообщит о смерти близкого, и в реальности всегда получается не так, как это он себе представлял.

— Я думал, вам уже сказали, — растерянно проговорил Дорогин, — это случилось не доезжая Гудауты. Мы под замес попали, машину расстреляли... Я сумел вырваться... А Пашка, он... — и Дорогин вновь замолк.

— Да, — задумчиво проговорил дядя Федор, — ничего уже не изменишь.

— Наверное, это и в самом деле не важно, как погиб Паша.

— Для меня важно, — дядя Федор сам изумился своему спокойствию.

Он смирился с тем, что Пашки больше нет. Дрожь в руках улеглась сама собой.

— Странные люди совсем недавно приезжали ко мне. Двое чеченцев. Вроде бы бизнесмены. Деньги детскому дому пожертвовали. О вас расспрашивали. Говорили, Пашу знают, карточку оставили.

— Может, оно и так, — рассеянно ответил Дорогин.

— Приезжай хоть ты.

— Появлюсь, обязательно появлюсь. Но мне сейчас надо узнать, кто Пашку убил.

— Я знакомым милиционерам позвоню, — пообещал дядя Федор, — они должны знать.

— Что за чечены? — спросил Сергей.

— Не знаю, довольно молодые, на большом джипе.

— «Гранд чероке»?

— Я в марках не разбираюсь. Машина приметная. Я даже имен их не знаю, не представились.

— Я перезвоню, обязательно перезвоню, — пообещал Дорогин и повесил трубку.

«За что? — подумал Сергей, — за что Пашке такая смерть?»

Глава 9

Дорогин постоял на перекрестке, выкурил сигарету, всматриваясь в лица прохожих. Жизнь ничуть не изменилась из-за того, что в сотне километрах отсюда нелепо погиб его друг.

«Нет, изменилась, — решил Сергей, — одним хорошим человеком стало меньше.»

Дымящаяся сигарета полетела в решетку ливневой канализации. Дорогин машинально, по привычке купил несколько газет в киоске и сел за пластиковый столик летнего кафе. Пока официант исполнял нехитрый заказ: чашку крепкого кофе и пару горячих бутербродов, Дорогин рассеянно листал газеты. Читателям предлагались московские политические баталии, разоблачения, скандальная хроника. Все теперь казалось Сергею бледным, недостойным внимания. Он зло отложил газеты, переломив их пополам, и с наслаждением сделал большой глоток не очень горячего, но крепкого кофе, после чего перевел взгляд на последнюю страницу местной курортной газеты.

«Ограбление на горной дороге», — проглотил он заголовок. Затем уже внимательно прочитал текст небольшой заметки, в которой рассказывалось, как недалеко от Гудауты был расстрелян из миномета банковский броневик, перевозивший русские рубли для закупки мандаринов. Вскользь упоминалось и о микроавтобусе «фольксвагене», оказавшемся на месте ограбления.

«Есть подозрения, — писал журналист, — что грабителей навел один из московских охранников, сопровождавший деньги. Иначе откуда бы бандитам знать о движении броневика. Вряд ли следствию удастся установить истину. Все свидетели ограбления погибли.»

«Не все», — грустно усмехнулся Дорогин и еще раз перечитал заметку. Нигде не было ни слова о долларах, перевозившихся в машине.

«Но почему? — недоумевал Сергей. Он четко помнил возглас одного из бандитов: «Баксы!». Постарался припомнить интонацию. — Да, в голосе звучало не столько восхищение, сколько изумление. Значит, и они не знали о долларах. Журналист, будь ему известно о баксах, не преминул бы упомянуть о них. Такая деталь украсила бы заметку.»

Подписи под заметкой Дорогин так и не обнаружил. Лишь стояли инициалы: А. К.

«Что ж, небольшая зацепка уже есть.»

Тут же на последней странице Сергей обнаружил и адрес редакции. Спокойно доев бутерброды и допив кофе, Дорогин встал на бордюр и вскинул правую руку. Машина без шашечек и фонаря на крыше тут же взвизгнула тормозами и замерла возле него.

— Где редакция курортной газеты, знаешь?

Видавший виды шофер основательно задумался. Но все же ему пришлось пожать плечами.

— Всяких возил, — проговорил он, — и проституток, и бандитов. Где казино, где рестораны, знаю. Где телевидение, радио... Только в газеты никого возить не приходилось.

— Теперь повезешь, — Сергей показал адрес прямо на странице газеты.

— Это ж совсем рядом, — расстроился водитель, — три квартала отсюда, можно пешком дойти.

— Раз уж сел, выходить не стану. Заплачу, будто ты меня по всей набережной провез.

— Я не крохобор. Если два бакса заплатишь, домчу с ветерком.

— По рукам.

Не прошло и минуты, как машина уже стояла у крыльца редакции курортной газеты. Вахтер, сидевший за фанерной стойкой, никого не останавливал, сосредоточенно читал завтрашний номер ежедневной газеты. В здании располагалась не только редакция, но и с десяток мелких фирм. Поэтому вся стена у лестницы пестрела указателями, выполненными в крикливой манере, чтобы сразу бросалось в глаза.

Повинуясь указателям, Дорогин добрался до никогда не закрывавшейся двери редакции. Десятка два столов, кипы бумаг, коробки с дискетами, визжащие принтеры, мерцающие мониторы. Понять, кто и за что здесь отвечает, было невозможно.

На появление Дорогина никто не среагировал. Раз человек пришел, значит, ему надо. По опыту Сергей знал, что легче всего раскрутить на разговор молодых сотрудниц, которых матерые газетчики, проработавшие в редакции годы, не считают настоящими журналистами. Он присел на краешек стула возле двадцатилетней девушки, остервенело барабанящей тонкими пальцами по клавиатуре. Было непонятно, как она умудряется нажимать лишь по одной, а не по две клавиши — длинные накладные ногти имели как минимум по три-четыре сантиметра.

— Извините, пожалуйста, — вкрадчиво проговорил Дорогин.

Девушка на мгновение задержала руки над клавиатурой, бросила беглый взгляд на посетителя.

— Вы меня с мысли сбиваете.

— Я подожду, пока вы допечатаете фразу.

— Если вы пришли дать объявление, то это не ко мне, — и девушка, не глядя, показала рукой через плечо.

— Нет, объявления меня не интересуют.

— Тогда что же?

«Главное заинтриговать», — подумал Дорогин.

Хватило двух минут полного молчания, чтобы молодая журналистка опустила руки на колени.

«Юбка у нее могла бы быть и длинней.»

— Я вас слушаю.

— Я бы с удовольствием задержался возле

246

вас подольше, но вопрос у меня очень короткий. Кто в вашей газете подписывает материалы А. К.?

Девушка улыбнулась.

— Могу сказать лишь одно — не я.

— И все же, если человек не ставит имени и фамилии...

— Значит, ему так надо.

— Вы меня удивляете, я же пришел не из налоговой инспекции и не из милиции. Мне всего лишь нужно узнать имя журналиста.

— Зря стараетесь. Я вам скажу, а он меня потом возненавидит. В редакцию, случается, и сумасшедшие забредают.

— Половина дела есть, — сказал Дорогин, — он наверняка мужчина.

— Почему вы так решили?

— Вы сами сказали «он».

— Немного же вы от меня добились.

— Сомневаетесь?

— Больше вы от меня слова не услышите.

— И не надо. Вы выболтали всю правду.

Сергей развернул газету, где в колонке выходных данных имелся и список сотрудников редакции.

— С инициалами А. К. у вас работают две женщины и один мужчина — Анатолий Козлов. Правильно?

— Черт, — вырвалось у журналистки, — но я вам этого не говорила.

— Теперь осталось дело за малым, где мне его можно найти?

— Не знаю.

— Представьте, что предыдущего разговора

не было, а я пришел и спросил у вас, где мне отыскать Анатолия Козлова? У меня к нему срочное дело.

— Не стану помогать, — игриво заявила журналистка. Сердце ее дрогнуло.

— Извините, но чем дольше вы будете упираться, тем больше вашего времени я отниму, — и Сергей, закинув ногу за ногу, сделал вид, будто собрался сидеть здесь до самого заката солнца.

— Вот что, — не выдержала девушка, — я скажу, где вам его отыскать, если только успеете. За городом, на пятнадцатом километре приморского шоссе милиция обнаружила труп. Вот Козлов и отправился туда. Он у нас специализируется по криминальным новостям. Если он еще там, вы его найдете на пляже возле трупа.

— Спасибо, — Дорогин взял из прозрачного пластикового ящичка визитную карточку журналистки и опустил ее в карман. — При случае, когда освобожусь, отблагодарю. Приглашу вас в ресторан.

— Вы, мужчины, горазды обещать. Могу поспорить, что вы забудете обо мне, лишь только выйдете за порог редакции.

— Если останусь жив, то позвоню.

— Глядя на вас, легче поверить, что вы кого-нибудь убьете.

Дорогин вышел на улицу. Шофер, промышлявший частным извозом, так и не уехал от крыльца.

— Разве я просил меня ждать? — спросил Дорогин, садясь в машину.

— Я подумал, что дело у вас недолгое.

— Зато дорога окажется длинной. На пятнадцатый километр приморского шоссе. И вот там-то вам придется меня подождать.

— Хоть целые сутки, — лихо нарушая правила, шофер развернул автомобиль и погнал по городу, не уставая материть тех, кто, на его взгляд, мешал другим ехать.

Дорогин не любил нервных водителей и тех, кто умудряется на промежутке от одного светофора до другого три раза изменить ряд движения, но нравоучений читать не стал. Солидный возраст и машины, и водителя позволял предположить, что до места назначения они доберутся в целости и сохранности.

— Что там, на пятнадцатом километре? — недоумевал водитель.

Дорогин не спешил давать правильный ответ.

— Неплохой ресторанчик?

— Нет, пообедать вы могли и в городе.

Встречный автомобиль мигнул фарами.

— И тут менты пристроились, — таксист сбросил скорость и, опустив руку ниже стекла, чтобы не видели милиционеры, показал им международный жест: «фак ю».

— Возле них и остановись, — сказал Дорогин. — Палец только не забудь загнуть. Любишь ты их, не любишь, а ждать тебе придется, коротая время в компании с ментами.

Дорогин решительно прошел на пляж. Под ржавым остовом зонтика виднелась группа экспертов. Утонувший лежал на гальке, ничем не прикрытый.

— Вы куда? — догнал Дорогина заскучавший было в патрульной машине милиционер.

— Мне журналист нужен, Козлов. Срочно, — решительно ответил Сергей и зашагал дальше.

На удивление, милиционер отстал. Определить, кто из мужчин Козлов, не составляло труда. Журналиста выдавал диктофон, зажатый в ладони. Анатолий Козлов сидел на гальке недалеко от трупа и что-то сосредоточенно шептал в микрофон.

Эксперты продолжали заниматься своим делом, снимали у трупа отпечатки пальцев, проверяли содержимое карманов. Прямо на камнях лежали упакованные в прозрачный пластик мокрые документы, исписанные листики бумаги.

— Бог ты мой, — услышал Дорогин спокойный голос эксперта, — сколько всякой дряни человек носит в карманах. Такое впечатление, что он год ничего не выбрасывал.

— Собирай, в деле все пригодится.

Дорогин сел на гальку рядом с Козловым и протянул ему руку.

— Сергей Дорогин. Рад познакомиться.

— Никогда не слышал, — признался Анатолий, но руку все-таки пожал. — Наверное, родственником ему или другом будете? Сослуживец? — поинтересовался журналист, понадеявшись, что удача сама плывет ему в руки.

— Ни то и ни другое. Я здесь лишь потому, что вы здесь оказались. Сидели бы вы в баре за кружкой пива, я бы там вас отыскал.

— Тогда было бы не лишним узнать, кто вы?

— Я же назвался — Сергей Дорогин, бывший каскадер.

— Бывший, это не профессия. Так может говорить только военный.

— Сколько вы получили за эту заметку? — Сергей раскрыл газету и ткнул пальцем в написанное Козловым.

— Двадцать долларов в своей газете и надеюсь получить еще около семидесяти за публикации в центральных, — абсолютно честно ответил журналист.

— Если я дам вам пятьдесят, то смогу задать несколько вопросов и получить на них ответы?

Пока Анатолий думал, Сергей достал хрустящую пятидесятку и несколько раз провернул купюру в пальцах.

— Полтинник?

— Больше не могу.

— Думаю...

— Я не требую выдать государственные секреты. Мне нужно узнать все, что касается ограбления на горной дороге.

«Нездоровый интерес у людей к этому делу, — подумал Козлов, — как бы не вляпаться.»

Подумал еще немного и взял деньги.

— Что вы знаете об ограблении?

— Я знаю даже меньше, чем написал в заметке.

— Тогда тем более мне интересно, что в ней правда, а что — вымысел.

— Правда то, что броневик был расстрелян и все охранники погибли, что были украдены деньги и что «фольксваген» оказался там случайно.

— Сколько людей ехало в микроавтобусе?

— Скорее всего два.

— И где этот второй?

Козлов развел руками.

— Если человек не хочет, чтобы его нашли, его не найдут.

— То же самое мне говорила в редакции одна из ваших журналисток. Но, как видите, я оказался рядом с вами.

Козлов внимательно посмотрел на Дорогина.

— Уж не вы ли этот второй?

— Я этого не говорил. Какой смысл мне искать встречи с журналистом?

— Чтобы рассказать ему правду...

— Можете думать что хотите, но я твердо знаю, что в броневике кроме рублей были и доллары. Левые, нигде не учтенные.

Козлов оживился.

— Откуда знаете?

— Внутренний голос мне подсказал.

— Доллары, доллары... — пробормотал Козлов и тут же с хваткой, присущей только журналистам, выстроил логическую цепь: «Фальшивая сотня в обменнике — утонувший в пьяном виде диспетчер автопарка Тосо — ограбление — Шпит, внезапно заинтересовавшийся произошедшим в Абхазии, а теперь и странный субъект, отыскавший его на пляже возле трупа».

— Думаю, вы не ошибаетесь. Здесь убийство, а не несчастный случай. Странный, могу заметить, утопленник, — сказал Дорогин. — Люди не лезут купаться в море в пиджаке и при галстуке.

— Он был пьян.

— И конечно же, бутылку нашли при нем. Да, если смерть очень походит на несчастный случай, то скорее всего это убийство.

— Тяжело с вами не согласиться. Он имеет отношение к ограблению фургона?

Козлов пожал плечами.

— Это уже больше чем пятьдесят долларов.

— Значит, имеет, — Дорогин протянул двадцатку. — В другое время я дал бы больше, но сейчас на мели.

— Он работал диспетчером автопарка в аэропорту. Именно он отправлял броневик в Абхазию.

Дорогин сделал вид, что это сообщение его особенно не заинтересовало.

— Видите, — сказал он, — ничего случайного не бывает.

— И вы здесь появились не случайно. Признайтесь, вы тот второй, ехавший в автобусе?

Дорогин прикидывал расстановку сил и понял: самому ему до бандитов не добраться. Он никого не знает ни в Сочи, ни в Адлере. И если начать самостоятельные поиски, то и за десять лет не успеть. Лучший способ — вызвать огонь на себя. Тогда враг вскорости объявится. Главное, не упустить момент, не дать противнику первым нанести удар. Наверняка журналист, занимающийся криминальными новостями в газете, связан с бандитами. Откуда ему еще черпать информацию? Только от ментов и злодеев. Так же мило, как со следователями, газетчик беседует и с авторитетами.

— Да, я именно тот второй, — спокойно сказал Дорогин, — и я видел в лицо тех, кто убивал инкассаторов.

— Милиция рядом, почему вы им ничего не скажете, — напомнил Козлов.

— У меня свои счеты с ментами. Они не дождутся, чтобы я помогал им. Резонно?

— Резонно, на моей памяти не вы первый, кто так говорит. Вы, кажется, сказали, что вас зовут...

— Сергей Дорогин, — охотно напомнил Муму. — Так что не забудьте, Анатолий, в броневике были доллары, а не русские рубли. Это абсолютно точно. Можете так и написать в своей газете.

— Можно мне написать о нашей встрече?

— Не стоит. Спасибо, — Сергей поднялся и зашагал к ожидавшей его машине.

— Погодите, — Козлов нагнал его, — где вас можно отыскать, если я узнаю что-то новенькое?

Дорогин боялся, что этот вопрос не прозвучит. Он не мог сам дать свой адрес, это выглядело бы подозрительным, но если журналист спросил сам, то почему бы и не сделать ему одолжение?

— Адреса я вам не дам, потому как сам не знаю, где буду жить завтра. Если что-нибудь захотите мне передать, оставьте записку у бармена в «Черноморской акуле».

— Знаю, — ухмыльнулся Козлов, — хороший бар.

«Конечно, хороший, — подумал Дорогин, — хорош тем, что расположен на улице и отлично просматривается из окна моего гостиничного номера.»

— Я каждый день буду подходить, интересоваться. Так что ваша записка не пропадет.

— Рад был познакомиться, — улыбнулся журналист.

Сергей сел в машину.

— Он вам кто? — поинтересовался таксист.

— Погибший или журналист?

— Погибший.

— Никто.

— Я с ментами разговорился в первый раз в жизни. Раньше мне казалось, они преступления по-серьезному расследуют. Но в жизни совсем не так, как в кино. Тут же — дело ясное как Божий день. Насильно человека напоили и в море бросили. Ментам же выгоднее написать, что он сам утонул. На хрен им иметь еще одно нераскрытое убийство. Лучше уж оформить его как несчастный случай, о котором через пару месяцев все забудут, — возмущался водитель.

— Резонно рассуждаешь.

— Куда теперь?

— К бару «Черноморская акула».

* * *

Козлов хоть и был прожженным журналистом, но человеком был не совсем конченным. Он еще десять минут сомневался, стоит ли звонить Шпиту. Но благоразумие в конце концов взяло верх.

«Люди в город приезжают и уезжают, — рассуждал Козлов, — а мне, ментам и Шпиту жить всем вместе, пока гробовая доска не разлучит нас. Значит, со Шпитом стоит дружить.»

Для приличия еще немного покрутившись возле утопленника, Анатолий Козлов отправился в город. Во-первых, предстояло написать материал. За него деньги платят как-никак. Во-вторых, что важнее, нужно сообщить Шпиту о по-

255

дозрительном мужчине, интересовавшемся ограблением в Абхазии.

До редакции журналист добрался на перекладных, не хотелось беспокоить ментов, просить у них машину. Они и сами еле наскребали бензин на загородные поездки.

Молодая журналистка, носившая звучную фамилию Алферова, встретила Козлова насмешливым взглядом, мол, как я тебе удружила! Послала на встречу одного сумасшедшего, который небось у тебя кучу времени отъел. Она ждала, что Анатолий возмутится. Давать координаты сотрудников в редакции было не принято. Если надо, пусть визитер ожидает где-нибудь поблизости. Авось повезет.

— Жанна, меня никто не искал?

— Приходил тут один, я его восвояси отправила.

«Как же, восвояси!» — подумал Козлов, но вслух добавил:

— И правильно сделала.

— Может, он еще вернется, — предположила Алферова.

— Если звонить станет — меня еще нет.

— Может, тебе вместе с ним материал сам в руки плывет?

— Такого не бывает.

И Козлов уселся на своем любимом месте у окна, чтобы быстро состряпать заметку в номер. Он особенно не изощрялся, написал все, как есть, указал профессию утонувшего, вспомнил, что тот был в состоянии алкогольного опьянения. И, как водится в таких случаях, подытожил заметку цифрой: сколько пьяных утонуло в этом году. Получалось, что все локальные конфликты и теракты унесли в городе куда меньше жизней, чем морская вода. Всего за один год.

Уже было около четырех часов вечера. Как обычно, большинство сотрудников успело разбежаться по домам, оставались лишь те, у кого не было дома компьютеров и семей.

— Перекусить хочешь? — спросил Козлов.

— В ресторан приглашаешь?

— На ресторан у меня денег не хватит, предлагаю перекусить прямо здесь.

— Перекушу, не побрезгую.

— Вот тебе деньги, — Анатолий говорил с журналисткой как с девушкой на побегушках. — Принеси пиццу и минералку не забудь. Можешь взять пива.

— За твой счет?

— Я сегодня добрый.

— Не похоже на тебя.

У Алферовой оставались в кармане сто рублей, на которые предстояло прожить три дня, и она поддалась искушению.

— Хорошо, но ты кормишь меня не в долг, и я тебе ничем не обязана в будущем.

— Брось, я буду обязан тебе.

— Чем?

— Тем, что ты сходишь за жратвой без лишних слов.

Козлов сделал вид, будто сосредоточенно пишет заметку, хотя уже успел поставить точку и подписаться под материалом.

— Я компьютер не выключаю, — бросила девушка, уже стоя в дверях, — мигом вернусь.

— Чем быстрее, тем лучше, — пробурчал Козлов.

Когда Алферова исчезла, он тут же бросился к телефону и, даже не сверяясь с записной книжкой, набрал номер.

— Шпит, ты?

— Сейчас позову, — узнал Козлова по голосу Садко.

— Есть две интересные вещи, — доложил Анатолий, лишь только услышал в трубке дыхание Шпита.

— Выкладывай.

— Во-первых, нашли труп на тринадцатом километре приморского шоссе. Утонул диспетчер автотранспортной службы аэропорта. Тот самый, который посылал броневик в Абхазию.

Шпит про себя выругался матом. Он-то надеялся, что труп всплывет гораздо дальше от города и значительно позже.

— Но это еще не все, это лишь четверть дела. Объявился странный мужик, назвался Сергеем Дорогиным, утверждает, что это он был вторым шофером «фольксвагена», сгоревшего на месте ограбления.

— Сам утверждает? — не поверил услышанному Шпит.

— Немного за язык пришлось потянуть, но он особо и не скрывал.

— Где он теперь?

— Поговорить с ним хочешь?

— Да.

— Могу свести.

— Жди, сейчас буду.

Козлов, уверенный в том, что его ожидает денежная награда, устроился в вертящемся кресле, еще хранившем тепло бедер молоденькой журналистки, и сладострастно закурил.

«Жанна — ничего девушка, надо как-нибудь пригласить ее в ресторан. По-моему, долго упираться не в ее привычках. И денег много на нее не требуется: пиццей угостил, пивом напоил... Однако же и белиберду она пишет, — скользил взглядом по экрану Козлов, — ну разве это кого-нибудь заинтересует? Даже для начинающей журналистки плохо. "В городе ходят упорные слухи, будто администрация, закупив китайское оборудование для подсветки зданий в ночное время, заплатила за него вдвое большую сумму, чем если бы закупалось западноевропейское, вдвое более экономичное и надежное"», — прочитал Козлов.

Затем сделал отбивку и задумался.

«Главное в статье не то, о чем пишешь, а как пишешь... Главное, должна быть история. Будь я молоденькой и красивенькой девушкой, я бы написал: "Когда я возвращалась поздней ночью домой, во дворе меня поджидал странного вида мужчина. Странность заключалась в черных солнцезащитных очках, бесполезных беззвездной ночью ("южной ночью", — добавил Козлов). Он догнал меня у самого подъезда. Я уже готова была закричать, когда незнакомец приложил указательный палец к губам ("к моим губам", — исправился Анатолий). "Тсс, — проговорил он, — вы работаете в газете?" Мы проговорили с ним до двух часов ночи. Он показал мне документы, неопровержимо свидетельствующие, что городские власти..."»

Далее Козлов выделил кусок текста, написанный Алферовой, и просто вставил его в свой абзац.

«На прощание он оставил мне номер пейджера, по которому с ним можно связаться. Номер имеется в редакции.»

Журналистка застала Козлова, колдующим над ее текстом.

— Пицца еще теплая.

— А пиво холодное? — осведомился Анатолий.

— Продавщица обещала, что холодное, — не очень внятно произнесла девушка.

Козлов прикоснулся к двухлитровой пластиковой бутылке.

— Да, холодное, — констатировал он, — как мое сердце. Еще немного — и пицца, и пиво уравняются по температуре.

Алферова прочитала написанное Козловым.

— По-вашему, так будет лучше? — она прониклась к журналисту уважением.

— Не знаю, лучше или хуже, но так будет правильно.

«Она не только симпатичная, — подумал Козлов, — но и не дура, не возмущается, что я влез в ее статью. Из девчушки может получиться неплохой профессионал, у нее есть главное качество — способность учиться, признавать собственные ошибки.»

Мужчина и девушка устроились за письменным столом, которым пользовались внештатные сотрудники редакции. Пиццу, обильно политую томатным соусом, Козлов ловко переломил надвое и с жадностью поглощал ее, умудряясь при этом ловить в подставленную ладонь хрустящие крошки.

— Вы давно в газете работаете?

— Десять лет, раньше работал на радио, новости озвучивал.

Профессионализм и тут дал о себе знать. Козлов умудрялся жевать и говорить при этом четко и внятно.

— Тогда почему вы еще не сделали головокружительной карьеры?

— Что ты, Жанна, имеешь в виду? Меня любая собака в городе по имени знает.

— Могли бы стать заместителем главного редактора или, на худой конец, заведующим отделом.

— Есть журналисты, а есть администраторы, — с презрением выговорил последнее слово Козлов. — Журналист — профессия вольная, я не обязан сидеть от звонка до звонка на одном месте. Когда хочу — прихожу, когда хочу — ухожу с работы. От журналиста требуется одно — чтобы материал был вовремя сдан в номер. Беда начальников в том, что им приходится отвечать за сотрудников: и за дур, и за дураков. Журналист же отвечает только за самого себя.

— Удобная позиция, — Жанна попробовала переломить пиццу пополам, так, как это делал Козлов, но тут же несколько капель жидкого томатного соуса сорвались ей на голое колено. — Извините, — проговорила девушка, пальцем собрала соус и совсем неэротично его облизала.

«Все-таки я для нее стар, — подумал Козлов, — был такой прекрасный повод привлечь мое внимание к ее стройным ногам, тонким пальцам, к чувственным губам, а она им не воспользовалась.»

Козлов еще допивал пиво, теплое с кислинкой, когда в редакцию вошел Шпит.

— С девушками любезничаешь? — похлопал он журналиста по плечу.

— Всего лишь с одной из них. Завидуешь?

— Я не стану к ней приставать, — расплылся в улыбке бандит, — как я понимаю, она уже ангажирована тобой?

— Никем я не ангажирована! — обиделась Жанна. — Просто перекусываю с товарищем по работе.

— С товарищем, — ухмыльнулся Шпит. — Знаем мы таких товарищей... Осторожнее с ним, он человек опасный: или ухо откусит, или денег взаймы попросит. Поехали-поехали, — Шпит буквально потащил Козлова за руку.

Тот на ходу допил пиво, послал воздушный поцелуй Алферовой и уже в коридоре попытался вырваться из железных пальцев Шпита.

— Ты что себе позволяешь, тащишь меня, будто я мальчик какой-то?!

— Она тебе все простит, если только жадничать не станешь... Думаешь, женщинам мужественность наша нужна? Нет, им нужны деньги. Будут деньги — будет и любовь. Вези меня к своему новому знакомому.

— Это не так просто, — хмыкнул Козлов, — он не такой дурак, чтобы мне свой адрес давать. Я знаю только связного, которому можно оставить для него сообщение.

— Где?

— Бармену в «Черноморской акуле».

— Толковое место, — Шпит призадумался. — Значит так, Толя, отменяй все встречи на сегодняшний вечер и внакладе не останешься.

Шпит всегда соображал быстро. По дороге к машине он успел придумать план. «Второй мужик из «фольксвагена» появился кстати. Чтобы пустить ментов по ложному следу, достаточно разыскать его, убить и сунуть ему в карман пачку фальшивых баксов. Хотя нет, — Шпит остановил себя, — баксы лучше не прятать, лучше сунуть ему российские деньги мелкими купюрами, потому что с баксами мне еще нужно разобраться.»

По дороге Шпит притормозил возле газетного киоска.

— Сходи купи пару почтовых конвертов, — приказным тоном сказал Шпит.

— Зачем?

— Тебе обязательно знать?

Козлов выбрался из машины, даже забыв взять у Шпита деньги на конверты. Стоя у киоска, журналист почувствовал непреодолимое желание сбежать. Он уже понимал, что его втягивают в неприятную историю, из которой трудно будет выкарабкаться.

— Два конверта, пожалуйста.

— Авиа или обычные?

— Мне по хрену...

Женщина, сидевшая в киоске, даже обиделась.

— Солидный человек, интеллигентный, а такие слова говорите.

— Жизнь довела, — Козлов вернулся к машине с двумя конвертами в руке.

— Пишите письма, — ухмыльнулся Шпит, вырывая из записной книжки пару страниц.

Козлов аккуратно расправил чистую страничку.

— Что писать?

— Ничего не пиши.

— Не понял.

— Чистую страницу запечатай в конверт.

— Теперь понял.

— Долго же ты соображаешь, — бандит следил за тем, как журналист, словно свежую рану, зализывает конверт. — Напиши: Дорогину от Козлова. Вот и все.

Шпит не доехал до бара «Черноморская акула» метров сто пятьдесят. Место для стоянки он выбрал такое, чтобы из машины идеально просматривалась барная стойка.

— Иди, отдай бармену.

— Потом что?

— Потом возвращайся в машину.

— У меня есть планы на вечер...

— Все отменяется.

Заметив неудовольствие на лице журналиста, Шпит достал пятьдесят долларов и сунул деньги ему в карман:

— Их хватит, чтобы посидеть в уличном кафе с молоденькой журналисткой. Для крутого разврата маловато, но ты, по-моему, предпочитаешь тихую жизнь.

Анатолий хищно усмехнулся.

— Шпит, первый раз в жизни я предпочел получить пятьдесят долларов, а не сотню одной бумажкой.

— Во всем плохом непременно найдется хорошая сторона, — ответил Шпит с такой же хищной улыбкой. — Ну, иди и поменьше глазей по сторонам.

Бармен, стоявший за стойкой «Черноморской акулы», хорошими манерами и отменным вкусом не отличался. В расстегнутом вороте рубашки чернели кучерявые волосы. Лишь между ключицами они были то ли выбриты, то ли вытерлись от постоянного почесывания. В этом треугольнике виднелся огромный, под стать самому патриарху, крест, но не настоящий, а рисованный, вернее, выколотый в два цвета.

Такой образчик искусства поразил воображение даже видавшего всяких клиентов Козлова. Он подмигнул бармену, мол, ты, мужик, с фантазией. Лицо бармена оставалось спокойным и туповатым, он сложил вдвое новенькую хрустящую купюру и принялся выковыривать уголком застрявшее между зубами мясо.

— Извини, приятель, — обратился к бармену Анатолий, — один мужик сказал мне, что я могу у тебя для него сообщение оставить.

— Может быть, — отозвался страж стойки.

— Я и оставляю, — журналист положил на стойку белый конверт.

— Что мне за это будет? — поинтересовался бармен.

Вопрос застал Козлова врасплох. Он думал, что Дорогин уже расплатился с барменом. Так оно и было, но Сергей не сказал, что это все деньги, которые тот может получить. Бармен же при малейшей возможности старался содрать с клиента три шкуры: если посетитель не уточнял, какое именно пиво следует налить, то бармен наливал самое дорогое, если просили стакан вина, не оговаривая сорт, он наливал итальянское, а не местное.

— На тебе, вымогатель, — и Козлов положил на стойку две русские десятки. — Только в зубах ими при посетителях не ковыряйся.

— Моя вещь, что хочу, то и делаю, — бармен зажал деньги в кулаке и только после этого положил конверт под стойку. — Пива хотите?

— Не откажусь, — Рука бармена коснулась крана с надписью «Холстен», но журналист успел-таки среагировать: — Нет, мне «Балтики».

— «Холстен» лучше, — резонно заметил бармен.

— Есть еще такое понятие, как соотношение цены и качества. Так вот, в «Балтике» оно меня устраивает бесповоротно.

— Правильно, — на лице бармена появилась ухмылка, он приподнял кулак с зажатыми в нем деньгами, — лучше иметь синицу в руке, чем член в заднице, — не к месту сказал он и поставил перед журналистом бокал с холодным пивом.

Козлов не нашелся что возразить.

— И в самом деле, синица в руке куда лучше. Это ты кого имел в виду?

— Всех имел...

— Когда мужик обещал за сообщением подойти?

— Не знаю, — пожал плечами бармен, — мое дело маленькое. Ты заплатил, письмо лежит... Он придет, заплатит, когда получать будет. Может, через час, может, через год.

— Не очень-то ты разговорчив.

— Работа такая. Работал бы диктором на радио, болтал бы без умолку. А в баре мне за болтовню деньги не платят.

Козлов с удовольствием допил прохладное пиво и подумал: «Все-таки из стекла или из нержавейки пить куда приятнее, чем из пластика. Натуральный продукт должен находиться в натуральной таре».

— Надеюсь, что мой приятель скоро объявится.

— Надейся...

— Когда он к тебе последний раз подходил?

— Час назад подходил. Первый и последний раз.

Соблюдая наказ Шпита, не оглядываясь, Козлов вернулся к машине.

— Твой мужик к нему раньше подходил?

— Один раз, час тому назад, предупредить, что ему письмо оставят.

— Садись и жди.

По выражению лица Шпита Анатолий понял: тот готов ждать хоть всю ночь.

— Смотри, не проморгай его. Только ты один его в лицо знаешь.

— Сигареты кончились, — Козлов с тоской заглянул в пустую пачку.

Шпит сделал то, чего Козлов от него не ожидал.

— Я сам схожу, сиди... И смотри в оба.

Журналист вдавил кнопку автомагнитолы, и салон наполнила тихая, спокойная музыка.

«Черт, скоро совсем одичаю, — подумал журналист, — не могу отличить, Чайковский это или Бетховен? А может, ни тот и ни другой. Давненько я классику не слушал.»

Жирная муха, растопырив лапки, медленно передвигалась по лобовому стеклу. Козлов взял в пальцы переключатель стеклоочистителя, дождался, пока муха вплотную подползет к резиновой щетке, и включил механизм, щетка резко сдвинулась, размазав муху по стеклу.

— Вот так, не ползай, где не положено, — чувствуя, что сказанное вполне может быть отнесено и к нему самому, проговорил журналист.

Шпит вернулся с целым блоком сигарет.

— Забыл, какие ты куришь, но, думаю, «Мальборо» устроит.

— Я курю по пачке в день, и ты выкуриваешь по пачке, — произнес Козлов, — значит, сидеть здесь нам пять дней...

— Накаркаешь.

* * *

Дорогин наблюдал из окна своего номера то, как Козлов подходит к бармену, как пьет пиво. «Неужели он притащился пешком один? Не может этого быть. А! Теперь возвращается. Правильно, приехал на машине. Не дурак тот, кто привез его сюда, вплотную не подъехал. Мужик бандитского вида, он или слишком самоуверен, или подстраховался. Выходить один на один с незнакомым человеком в здравом уме никто не станет. Вот-вот, я не ошибся», — думал Дорогин, глядя на то, как Шпит выбирается из машины.

Козлов, в отличие от Муму, не видел, как бандит, прежде чем купить сигареты, зашел за киоск и с кем-то поговорил по радиотелефону. Машина с Садко и Лебедем появилась через пять минут. Она остановилась на противоположной стороне улицы напротив бара.

«Ну вот, засада для меня приготовлена. Быстро же ты сыграл отведенную тебе роль», — подумал о Козлове Сергей.

Сборы были недолгими. В белой рубашке, с непрозрачным пластиковым мешком ярко-желтого цвета в руке Дорогин вышел на улицу. В кармане его джинсов лежал раскладной охотничий нож. Он шел, глядя на витрины, так, чтобы Козлов, сидевший в машине Шпита, не мог видеть его лица. Зато сам хорошенько рассмотрел Садко и Лебедя.

«Мужики крепкие, даже не знаю, кто кого одолел бы, сойдись мы один против двоих.»

Дорогин пересек улицу и приблизился к бармену. Зная о его жадности, он тут же положил на стойку двадцать рублей.

— Мне что-нибудь оставляли, приятель? — деньги Сергей прижал двумя пальцами.

Конверт лег на стойку. Пальцы приподнялись, деньги исчезли в кулаке бармена.

— Это он, — оживился Козлов, когда Дорогин взял в пальцы конверт, — точно он!

— Я и без тебя это понял... — Шпит связался по мобильнику с Садко и Лебедем. — Взять его, не калечить, не бить, просто взять.

Дорогин краем глаза уловил движение в автомобиле, стоявшем возле отеля. При погоне по городу в выигрыше обычно остается тот, кто район знает лучше. Дорогин, прежде чем назвать Козлову бар «Черноморская акула», внимательно изучил дворы, арки, проходные подъезды.

Он сделал вид, будто не заметил преследователей и быстро зашагал вдоль стеклянной громады витрины. Садко и Лебедь ускорили шаг. Дорогин свернул во двор и побежал что было силы. Он слышал за собой топот и тяжелое дыхание бандитов.

«Вот он, ящик, заранее приставленный к стене.» Дорогин легко вскочил на него, ухватился руками за край бетонного забора и резко ударил каблуками по хрупким доскам ящика. Те жалобно хрустнули, ящик развалился пополам, после чего Сергей подтянулся, перемахнул на другую сторону забора, встал и плотно прижался к нему спиной. По ту сторону слышался громкий мат преследователей.

— Твою мать, подсади! — хрипел Садко.

— Давай лучше я...

Дорогин, продолжая прижиматься к забору, перебрался к гаражам, пробежал вдоль них и нырнул в узкую щель между дощатыми сараями и металлическими гаражами. Он вытряхнул из мешка ярко-красную бейсболку с длинным козырьком, черные очки, футболку, черный матерчатый мешок.

Рубашку сменил на футболку. Ярко-желтый мешок засунул в черный и спокойным шагом через проходной подъезд вышел в тот самый двор, в котором ему только что пришлось преодолевать забор.

Садко, уже переправивший Лебедя на ту сторону, стоял у забора, пытаясь заглянуть в щель между плитами. Он не мог разглядеть, что делает его напарник. В поле зрения попадала лишь стена с глубоко врезанным коротким матерным словом.

Садко резко обернулся, смерил взглядом мужика, появившегося из подъезда.

Дорогин дышал ровно, спокойно, на лице не было ни капельки пота. У Садко же мокрые волосы прилипли ко лбу.

— Если ты, приятель, решил помочиться в нашем дворе, — хрипло произнес Дорогин, то лучше не делай этого, туалет неподалеку.

— Пошел ты... — буркнул Садко и вновь припал к щели. — Ну что там?! — крикнул он, завидев Лебедя по ту сторону забора.

— Потерял я его, твою мать...

— Надо было мне лезть...

Дорогин спокойно покинул двор и вновь оказался на улице.

Шпит стоял у машины с прижатой к уху трубкой радиотелефона и нервно что-то шептал в нее.

«Кажется, получилось», — Дорогин вновь вошел в гостиницу, поднялся в номер и, сев у окна, продолжил наблюдение за Шпитом.

Минут через десять из арки появились удрученные Садко и Лебедь. Они шли понурив головы. Их куртки были перепачканы известкой. Шпит едва удержался от того, чтобы броситься им навстречу и набить морды прямо на улице, но дождался их у машины. Что он им говорил, Дорогин не слышал, но каждое свое слово Шпит сопровождал резкими жестами.

«По-моему, пора», — Дорогин вышел через багажное отделение гостиницы во внутренний двор, где его дожидался таксист-частник.

Улица оттуда просматривалась в обе стороны. Лишь только машина Лебедя и Садко показалась из-за угла, Сергей бросил шоферу:

— Следуй за ними, только на расстоянии.

— Никак не пойму, — говорил шофер, — кто ты такой?! На мента не похож, на бандита тоже.

— Я человек, который платит тебе деньги, — усмехнулся Сергей.

— Это самые лучшие люди в мире, — расплылся в улыбке шофер, продолжая следить за машиной, остановившейся у светофора.

— Кажется, прибываем в конечный пункт, — шофер, оторвав руку от руля, указал на идущую впереди машину.

У той мигал левый поворот.

Автомобиль, в котором ехал Шпит, притормозил, из него вышел Анатолий Козлов. Затем машина свернула, следом за ней и та, в которой ехал Садко.

— Сбавь скорость, но не останавливайся, — Дорогин проехал мимо съезда, убедился, что машины заехали во двор, и через две сотни метров резко приказал: — Стой! Вот твои деньги, — Дорогин положил на приборную панель свернутые в трубочку российские рубли, перетянутые резинкой.

— Теперь что?

— Теперь до свидания.

— Помощь не нужна?

— Мне пригодилась бы твоя машина, но я не уверен, что ты захочешь отдать ее в чужие руки.

— Машину, как женщину, отдавать нельзя никому.

— Даже в пользование? — усмехнулся Дорогин.

— Я не против, если моя жена для гостя приготовит поесть и постелит ему кровать, но спать с ней я предпочитаю сам.

— Можешь подождать, но это необязательно.

Уже смеркалось. Дорогин нырнул в густые, буйно разросшиеся кусты и вскоре подобрался к ограде дома. Бандиты показались не сразу.

* * *

Старые деревья, выложенные тротуарной плиткой дорожки, просторная терраса с плетеными креслами и столом, за который можно при желании усадить человек двадцать... Над террасой горело несколько ярких ламп.

Шпит сидел во главе стола, перед ним стояла огромная тарелка с тонко нарезанным мясом и золотистой жареной картошкой. Пузатая, оплетенная камышом бутылка с вином возвышалась у правой руки главаря бандитов. Садко и Лебедь довольствовались минералкой. И тарелка у них была одна на двоих.

Когда Дорогин наблюдал за бандитами из окна номера, он еще не был уверен, что это те люди, которых он видел на дороге. Теперь же, когда их разделяло каких-то двадцать метров, когда яркие лампы освещали их лица, у него уже не оставалось сомнений. «Да, это те самые люди. Но тогда их было минимум четверо. Где же четвертый?»

— Тосо опознали, — говорил Шпит, грозно поглядывая на Садко и Лебедя, будто бы это была их вина.

— Мы его по правилам утопили, как ты велел.

— Не в этом дело, — вздохнул Шпит и залпом выпил полстакана вина. — Значит, и Давида скоро опознают. А с ним меня в городе видели.

— Тебя много с кем видели.

— И вас видели, возле обменника. Люди, чьи деньги мы прибрали к рукам, не дураки. Они быстрее милиции спохватятся, поймут, что к чему.

— Рвать когти надо, — сказал Садко и поперхнулся куском непрожеванного мяса.

— Неверный ответ, — палец Шпита указал прямо на Садко. — Мы должны связаться с теми, кому деньги принадлежат, и предложить им обмен. Только они знают, куда такую кучу фальшивых баксов можно пристроить.

Глаза Лебедя засияли от счастья. Наконец-то ему в голову пришла дельная мысль.

— Шпит, ты не дело говоришь. Прикинь по-другому. Кому-то же они сюда деньги везли. Вот этим ребятам мы и должны их вдуть.

— А ты не глуп! — присвистнул Шпит.

— Одно плохо, как я понимаю, нас уже вовсю ищут. Поэтому мое предложение: еще пару дней пересидеть тихо, ничего не предпринимая. Хватит, что мы засветились с поисками пассажира «фольксвагена».

— Черт с вами, могу и вам налить, — Шпит хозяйской рукой налил полные стаканы вина Садко и Лебедю. — На сегодня отбой. Можете немного оттянуться.

Бандиты, уже несколько дней не пробовавшие спиртного, с удовольствием выпили.

«Надо дождаться, когда их не будет дома, — подумал Дорогин. — Сегодня соваться опасно. Они, несомненно, вооружены. Один с ножом я с ними не справлюсь. Если хорошенько перетряхну дом, возможно, найду оружие. Деньги они здесь вряд ли держат. Разве что на карманные расходы.»

Он, стараясь не хрустеть ветками, пробрался сквозь кусты и увидел на шоссе своего шофера. Тот терпеливо дожидался клиента, сидя на багажнике машины.

— Едем, на сегодня все.

— К «Черноморской акуле»?

— Туда. Только не гони, мне на скорости плохо думается, — напомнил Дорогин.

Они проехали пару километров. Сергей сидел в задумчивости, не обращая внимания на то, что пепел с сигареты падает ему прямо на джинсы. «Я сегодня же должен позвонить Тамаре в клинику. Она, наверное, волнуется. Поехал — и ни слуху ни духу... Судьба специально распорядилась так, чтобы Пашка перед смертью еще раз повидал меня, увидел Тамару. Есть какой-то смысл в том, что он погиб совсем рядом с детским домом, судьба сама вела его к этому месту... Еще у себя дома я заметил, какой странный у него взгляд, словно он видел что-то, недоступное другим, — то, что находится за границей, отделяющей жизнь от смерти. Хотя нет, все это полная чушь. Я все придумываю. Не случись трагедии, я бы и не думал об этом.»

Дорогин встрепенулся, увидев на шоссе фигуру одиноко бредущего человека.

— Стой, — сказал он водителю. — Завтра, если хочешь, можешь отыскать меня в гостинице, — и, ничего не объясняя, сунул водителю деньги и вышел на тротуар.

Таксист лишь пожал плечами.

— Хозяин — барин...

Машина скрылась за поворотом. Дорогин не спеша шел следом за Анатолием Козловым. Тот решил перед сном пройтись от дома Шпита до своего дома пешком. Он не чувствовал за собой большой вины, сдав Дорогина бандитам.

«Что мне еще оставалось делать? — думал Козлов. — Он мне чужой человек, а Шпит — роднее родного.»

— Извини, мужик, но, по-моему, ты разогнался, — услышал Козлов за собой хриплый голос и обернулся.

Его лицо тут же сделалось бледным. Дорогин был единственным человеком, которого он боялся и не хотел видеть.

— Мужик, ты чего?

— Не догадываешься?

— Я же не со зла и не из вредности.

— Я этого и не говорил.

Дорогин сгреб журналиста в охапку и, как тот ни упирался, потащил его сквозь хрустящие кусты к обрывистому берегу. Козлов сучил ногами, хватался за ветки, но силы явно были неравные. Муму бросил Козлова на самый край обрыва и прижал коленом к земле.

— Теперь ты мне расскажешь все по порядку, честно и откровенно, без утайки.

Козлов затравленно озирался. Помощи ждать было неоткуда, но особой агрессивности в нападавшем он не чувствовал.

— Идет, — наконец выдохнул он. — Только это останется между нами.

— Как получится, — равнодушно заметил Дорогин и добавил: — Не в твоем положении ставить условия.

— Ты специально сказал мне, кто ты такой?

Дорогин кивнул:

— Разумеется. И, как видишь, не ошибся. Теперь я знаю твоих сообщников.

— Они не сообщники, — хрипло выдохнул Анатолий. — Это бандиты. Я ничего не мог сделать, они меня заставили.

— Я не священник, даже не мент, чтобы ты передо мной оправдывался. Главное, не намерения, а дела. Какого черта я им понадобился?

Козлов прикрыл глаза, подумал: «Если буду врать, он меня здесь и прикончит. Хотя нет, он не похож на убийцу, который убивает всех без разбору».

В своей жизни журналисту пришлось повидать много. Он хорошо понимал людей. «Он способен убить, — подумал Анатолий, — но только в случае самообороны или мести. Лучше мне отмежеваться от Шпита.»

— Я скажу тебе правду, все, что знаю.

— Ты должен сказать больше.

— Не понял...

— Ты, как журналист, владеешь информацией и наверняка делал кое-какие сопоставления. Они-то мне и нужны, потому что самому мотаться по городу и узнавать все по крупицам нет времени, — и Дорогин демонстративно посмотрел на часы.

— Я в пятнадцать минут уложусь, — забормотал Козлов и попытался подняться.

— Осторожнее, с обрыва свалишься, — предупредил Дорогин, хватая журналиста за рубашку.

И вовремя: еще немного и Козлов рухнул бы с высокого обрыва на гальку пляжа. Разбиться бы не разбился, но кости поломал бы.

— Спасибо, — машинально ответил Козлов.

— Не стоит благодарности.

Эти две автоматически брошенные фразы довершили дело. Теперь и Анатолий полностью доверял Дорогину. И Сергей готов был поверить в то, что услышит.

— Шпит — отпетый головорез, и его подручные — Садко с Лебедем тоже.

— Мне показалось, они твои друзья?

— Он важный человек в городе, и я не могу с ним не считаться, если он чего-то требует, приходится выполнять.

— Это лирика, — напомнил Дорогин.

— Когда выловили автодиспетчера из аэропорта, я сразу понял: это почерк Шпита. Диспетчер сдал информацию о том, что в Сочи прибудут деньги и их повезут в Абхазию. Вот и поплатился за это жизнью — утопили.

— Кто такой диспетчер?

Козлов улыбнулся. Он вновь почувствовал себя в своей тарелке — человеком, которому известно многое.

— Это интересная семейка. Пятеро братьев, все раньше жили в Новом Афоне. Самый знаменитый из них — старший. В восьмидесятых годах он убил жену и ее любовника, отрезал головы и где-то повесил их сушить. Так и не рассказал милиции, куда девал головы. Отсидел свой

278

срок, вышел и поселился в горах, возле Нового Афона. Головы теперь у него стоят прямо в доме. С тех пор он ни с кем не контактирует, только с братьями.

— Да уж, тут земля обетованная, — пробормотал Дорогин.

— Вы не подумайте, он, по местным понятиям, уважаемый человек. Не каждый способен на такой подвиг. Его, несмотря на то, что он грузин, абхазы не тронули. А остальные братья подались кто куда: один — в автодиспетчеры, другие — в партизаны. Я как-то материал об их семейке в газету написал, потому и знаю их историю. Ее в Новом Афоне все друг другу пересказывают.

— Неужели диспетчер верил в то, что Шпит оставит его в живых?

Козлов ухмыльнулся.

— Нет, все не так было. Хотя, возможно, я и ошибаюсь. До сих пор никто не может опознать мужчину, сдававшего фальшивую сотню и застрелившего милиционера. Странная история, согласитесь. Или, может быть, вы о ней ничего не знаете?

— Слышал.

— Его зовут Давид. Он младший брат автодиспетчера. Я в морг зашел, переговорил с судмедэкспертом. Он мне кое-что рассказал. Говорит, что мужчина этот довольно часто стреляет из АК: следы пороха сохранились даже в постиранной одежде, мозоль на пальце, синяк на плече. В Сочи и Адлере бандиты из АК не стреляют. Тут давно весь бизнес попилен, поделен. Если и случаются разборки, то лишь с пистолетами и ножами, или бомбу втихаря подложат. Автомат для города — шумное оружие... С виду мужчина — грузин, я присмотрелся к нему, вспомнил: раньше я его в Новом Афоне видел, когда материал о засушенных головах писал. Давид его зовут, он младший брат автодиспетчера.

— Вспомнил и никому не сказал?

— Зачем?! Если бы спросили, я, может, и сказал бы. Тебе же рассказываю.

— Гнусный вы народец, журналисты.

— Профессия обязывает, тут уж ничего не поделаешь, при всем моем расположении.

Козлов и сам не понимал, какую ценную информацию подбросил Дорогину. Теперь все становилось на свои места. Теперь Муму сообразил, откуда взялась фальшивая сотня, за которую Давид поплатился жизнью.

— Из какого банка пришли деньги? Ты в статье об этом писал, — спросил Дорогин.

— Из московского. «Золотой червонец» называется. Банк ничем особенным не примечательный, если не считать того, что выстоял в дефолт.

Дорогин поднялся, отряхнул колени от налипшего песка.

— Свободен, — он хлопнул Козлова по плечу.

— В самом деле? — не поверил в удачу Анатолий.

— Свободен, но от тебя требуется небольшая услуга. Если выполнишь, то жить останешься. Нет — пеняй на себя, журналист...

Козлов поднялся, распрямил плечи, взглянул в бездонное небо, вдохнул полные легкие свежего морского воздуха и почувствовал, как нестерпимо ему хочется жить. Конечно, человеку хочется жить всегда, но иногда это ощущается особенно остро. Шум ветра в кронах кипарисов, слабое мерцание звезд, шелест прибоя... Решительно не хотелось уходить из этого мира.

— Черт с тобой! Я согласен. Если, конечно, никого убивать не придется.

— Ты сейчас домой или в редакцию? Впрочем, меня это уже не интересует. Дойдешь до ближайшего автомата и позвонишь Шпиту.

Козлов напрягся. Играть в прятки с бандитом значило рисковать головой.

— Что я ему должен сказать?

— Можешь рассказать ему правду. Скажешь, что я тебя выследил, избил, заставил говорить...

Козлов недоверчиво покосился на Муму.

— По-моему, нам обоим лучше молчать об этом. Ради безопасности.

— Нет, здесь решаю я. Скажешь все, как было. Только, конечно, не по телефону. Заставь Шпита приехать к тебе, притворись взволнованным.

— Мне и притворяться не надо, — произнес Козлов дрогнувшим голосом.

— Только ты свои догадки ему не высказывай, понял? Если сделаешь так, все будет хорошо.

— А если потом Шпит решит разобраться со мной?

— Думаю, он уже ни к кому претензий иметь не будет, — ухмыльнулся Дорогин.

И Козлов, глядя на этого сильного человека, понял: ему по зубам многое, даже Шпит.

— Смотри, если подведешь, хреново тебе будет.

Козлов остался один на пустынном берегу, на самом краю обрыва. Дорогин исчез, словно растворился в темноте. Ни ветка не хрустнула, ни камешек. Ему на мгновение показалось, будто все случившееся — плод его воображения, но болела рука, на лице саднили царапины.

— Эй, — негромко позвал Анатолий.

Никто ему не ответил. Журналист пробрался сквозь кусты и вновь оказался на пустынной дороге. Редкие фонари освещали тротуар. Он шел медленно, прикидывая, что теперь следует предпринять. Козлов был умным человеком, поэтому тут же отмел возможность обратиться к друзьям из ФСБ и милиции. Он миновал, даже не посмотрев в его сторону, телефон-автомат, затем второй, третий. Анатолий шел, пока не оказался у крыльца редакции. Постоял, выкурил две сигареты, затем решительно шагнул в приоткрытую дверь.

Охранник документов не спрашивал: Козлова он хорошо знал, лишь на мгновение оторвал взгляд от экрана телевизора.

— Что-то поздновато вы сегодня.

Яркая настольная лампа освещала журнал на столе охранника. Козлов же стоял в тени, поэтому царапин на его лице тот не увидел.

— Черт бы побрал эту работу, Петрович! — бросил Козлов и медленно поднялся в редакцию.

Телефонная трубка показалась ему тяжелой и холодной, как могильный камень. Пальцы не слушались, когда журналист набирал номер.

— Шпит... — устало проговорил Козлов в

трубку, — хреновина получилась, ты меня круто подставил.

— Я тебя никогда не подставлял, — раздраженно проговорил Шпит.

— Меня только что отловил этот урод, к которому мы сегодня ездили, и долго мучил, пытался дознаться, что мне известно.

— Давно это случилось?

— Только что. В городе. Я звоню из редакции, приезжай, все расскажу. Он не мог далеко уйти.

— Подожди, сейчас еду.

Козлов тяжело опустил трубку на рычаги.

— Ну вот, я и сделал свой выбор, — проговорил он, открыл тумбочку письменного стола и вытащил из нее початую бутылку коньяку.

Анатолий пил жадно, но мелкими глотками, понимая, что напиться можно легко и быстро. Он едва заставил себя оторваться от горлышка бутылки и посмотрел сквозь стекло на свет.

— Не слабо, двести граммов засадил. А не полегчало.

По тону, каким говорил Шпит, Козлов понял, что тот приедет незамедлительно, и вновь начнутся расспросы.

Глава 10

Дорогин сидел у самой ограды дома Шпита. С его места открывался вид на террасу.

«Неужели журналюга не позвонит? — уже

в третий раз подумал Сергей. В людях он ошибался редко. — Козлов умен и труслив, значит, позвонит.»

Шпит сидел в кресле-качалке, закинув ноги на стол, и смотрел на экран телевизора, укрепленного под низким потолком. Чувствовалось, что ему все равно, что именно смотреть: последние новости, художественный фильм, концерт симфонического оркестра. Главное, чтобы картинки перед глазами мельтешили.

На окраине города всегда тише, чем в центре. Долгий телефонный звонок долетел до слуха Дорогина. Шпит лениво поднялся, и маленькая трубка спряталась в его кулаке. Говорил Шпит недолго. Лицо его из спокойного превратилось в злобное.

— Садко, Лебедь, едем! — коротко распорядился он, сбегая по крутой лестнице во двор.

На этот раз Шпит оставил открытый «мерседес» в гараже, выехал на УАЗике.

«Боится, это хорошо», — решил Дорогин. И лишь только машина скрылась за поворотом, перемахнул через забор.

Сергей довольно долго следил за домом. Он не сомневался, что в нем никого не осталось.

Еще дымился на столе недопитый кофе, а Дорогин, присев на корточки, уже ковырялся в дверном замке. Можно было поступить проще. Террасу с домом соединяла застекленная дверь. Выбить стекло, повернуть ручку с другой стороны... Но в планы Дорогина не входило раньше времени обнаружить свое присутствие. Наконец несложный замок поддался.

Шпит так спешил, что даже не выключил свет

на террасе. Поэтому в доме было довольно светло. Наскоро Дорогин обыскал гостиную.

«Ничего интересного: ни оружия, ни денег. Живет он неплохо, — подумал Сергей, глядя на богатую, но безвкусную обстановку, — слишком много позолоты и натуральной кожи. Гостиная — это зона, где бывают посторонние люди. Поэтому тут ничего не может быть спрятано», — решил Дорогин и углубился в дом.

Вскоре ему повезло. В небольшой комнатке на втором этаже, где стояли лишь кровать, телевизор и тумбочка, он обнаружил пачки долларов, завернутые в газету и полиэтилен. Одна пачка была начатой — та самая, из которой в день своей гибели Давид вытащил несколько купюр. Муму взглянул на часы. Он находился в доме уже четверть часа. Скоро возвратится Шпит. В соседней комнате Дорогину повезло больше. Там он обнаружил не только деньги, но и сумку, в которой лежали два пистолета, а рядом с ними завернутый в тряпку глушитель. Сергей проверил обойму — полная. Выщелкнул обойму из второго пистолета. В ней желтели всего четыре патрона.

«На троих хватит», — подумал Муму, наворачивая глушитель.

Шпит возвращаться не спешил. Дорогин упаковал деньги в сумку, отнес ее в подвал, спрятал за ящиками с ржавыми гвоздями. Было видно, что хозяин давно не притрагивался ни к гвоздям, ни к инструменту. Да и заходил в подвал, наверное, в последний раз пару месяцев назад. Пауки успели сплести здесь густую паутину.

Сергей устроился на диване в гостиной лицом

к двери, ведущей на террасу. В правой руке он держал пистолет с глушителем, в левой — второй. Ни один мускул не дрогнул на его лице, когда машина въехала во двор. Он услышал раздраженный голос Шпита:

— Идиоты! Это вы виноваты! Вы его упустили! Теперь ищи-свищи...

— Найдем, утром мы его найдем, Шпит, по братве пробьем, — отвечал Садко за двоих.

— И Козлов тоже урод, — злобно бурчал Шпит, — наверняка выложил ему больше, чем сказал мне.

— Я бы мог его и сильнее тряхнуть, — предложил Лебедь.

— Пока не надо, когда уляжется, тогда и тряхнем. Пусть гуляет, он человек нужный. Все, теперь надо спать, — распорядился Шпит, — завтра утром на поиски!

Он распахнул широкую двустворчатую дверь, ведущую в гостиную, и замер, увидев Дорогина, вооруженного двумя пистолетами. Садко и Лебедь стояли по обе стороны от главаря.

— Привет, — сказал Дорогин и тут же выстрелил.

Садко с простреленной головой замертво рухнул на доски террасы. Лебедь даже не успел выхватить оружие, когда прозвучал второй негромкий хлопок-выстрел. Секунду он стоял на ногах, словно соображая, в какую сторону падать. Шпит краем глаза видел — пулевое отверстие зияло во лбу точно посередине. Он медленно поднял руки и прошептал:

— Я не буду стрелять...

— Правильно сделаешь, — Дорогин опустил

пистолет без глушителя в карман, поднялся и приблизился к Шпиту, — повернись спиной.

Ствол пистолета уперся бандиту в затылок. Дорогин наскоро обыскал его. Пистолет системы Макарова перекочевал в карман куртки Муму, туда же последовал и нож с выкидным лезвием.

— Никогда не стоит считать человека мертвым, пока не увидишь его труп, — назидательно проговорил Муму, отходя от Шпита на два шага, — ты прокололся всего один раз, а сколько уже неприятностей поимел...

Шпит с ужасом смотрел на мертвых приятелей, ему не верилось, что Садко и Лебедя уже нет в живых. Ведь только что он говорил с ними, надеялся на их защиту.

— Черт, — сдавленным голосом вымолвил Шпит, понимая, что сейчас не время предпринимать какие-либо действия. — Что тебе надо? — тихо спросил он.

— Деньги! Где деньги, которые вы взяли в фургоне.

Шпит нервно улыбнулся.

— Ах, вот оно что! Теперь только я знаю, где они. А если ты пустишь мне пулю в лоб, то никогда до них не доберешься.

— Где деньги?

— Только я могу привести к ним.

— Ладно, — глухо сказал Дорогин, — бери своего приятеля за ноги и тащи в подвал.

Шпит не сразу сообразил, что от него требуется.

— Этого, — распорядился Дорогин, — да смотри, аккуратнее тащи, кровью ковер испачкаешь.

Ствол пистолета дернулся, и Шпит поспешно схватил Садко за ноги, но труп показался ему неимоверно тяжелым. Дорогин отступал спиной, ни на мгновение не сводя со Шпита ствол пистолета. Пуля прошла навылет, и за головой мертвого Садко тянулся кровавый след.

— Можешь повернуться ко мне спиной, так тебе будет удобнее, — сказал Дорогин, ступив на лестницу, ведущую в подвал.

Шпит медлил.

— В спину я не стреляю!

Голова Садко глухо ударялась в каменные ступени.

— Смелей, — говорил Дорогин, — тебе же не привыкать к чужой смерти.

Наконец Шпит заволок мертвого Садко в подвал, освещенный тусклой электрической лампочкой.

— Теперь за вторым!

Шпит шел, пытаясь понять, близко ли сейчас от него Дорогин. Если близко, можно было рискнуть, рвануть вперед или попытаться ударить ногой, сбить с ног, прыгнуть сверху и душить, пока глаза не вылезут из орбит. Злость и ненависть переполняли Шпита. Впервые в жизни ему приходилось терпеть подобное унижение. Но Дорогин ступал бесшумно, и понять, на каком расстоянии он находится, Шпит не мог. Лишь когда он оказался на террасе, прямо у него над ухом прозвучал вкрадчивый голос:

— Не тяни, времени у тебя осталось не так уж много. Второго! И не вздумай дернуться, пистолет нацелен на тебя, палец на спусковом крючке.

Шпит взял Лебедя за ноги и поволок в подвал. Вновь ужасный стук головы по ступеням, глухой, с похрустыванием, словно уронили качан и он перекатывается по ступеням. Пот заливал глаза, но Шпит боялся поднять руку, чтобы стереть его.

Мертвые Садко и Лебедь лежали рядом. Шпит стоял понурив голову.

— Копай яму!

Пол в подвале был песчаный, незабетонированный, чтобы вода, появлявшаяся здесь зимой, не застаивалась. Шпит огляделся, он не помнил, где лопата. Ржавая, затянутая паутиной, она лежала на нижней полке стеллажа.

— На хрена тебе это?

— Не спрашивай, копай!

Дорогин присел на край верстака и положил руку с пистолетом на колено. Тупое лезвие лопаты с трудом входило в грунт. Шпит неумело копал яму.

— Шире, шире бери, — сказал Дорогин.

— На двоих и так хватит...

— Кто тебе сказал, что в нее лягут двое? — ухмыльнулся Сергей.

— Ты кто? — продолжая копать, спросил Шпит.

— Не все ли равно? Но если тебе так уж интересно, то я человек, которого ты приведешь к деньгам и которому их отдашь. Или ты считаешь деньги своими?

— Нет, — хмуро ответил Шпит.

— Копай быстрее!

Шпит уже по колено стоял в яме. Ладони саднило от натертых мозолей.

— Дальше не копается, глина пошла…

— Выкопаешь, я не спешу.

Шпит попробовал вбить острие лопаты в суховатую глину и мельком посмотрел на Дорогина. Ствол пистолета целил чуть в сторону, не прямо на него.

«Или сейчас, или никогда», — подумал Шпит и, подцепив на лопату горку сухого мелкого песка, резко метнул его в Дорогина.

Тот успел среагировать, пригнулся, но песок все-таки попал в глаза. С ревом Шпит выскочил из ямы и с лопатой в руках набросился на Дорогина. Прозвучал негромкий хлопок выстрела, но Сергей не мог видеть, куда стреляет. Пуля прошла мимо. Он видел лишь расплывчатый силуэт, песок резал глаза. Шпит опустил лопату, целясь Сергею в горло. Тот успел откатиться, и лезвие лопаты глубоко вонзилось в сухой песок. Мужчины сцепились, покатились по земле. Шпит хрипел и пытался дотянуться руками до горла Дорогина, но хватило его ненадолго. Преимущество внезапного нападения было потеряно.

«Пистолет? Где пистолет?» — лихорадочно думал Шпит, шаря взглядом по земле.

Пистолет с навернутым глушителем лежал у самого края ямы, балансируя на бровке.

Дорогин сделал вид, что ослабевает, позволил Шпиту почти вплотную подвести руки к горлу и только тогда ударил его коленом в пах, а затем рванулся и перебросил бандита через себя. Еще почти ничего не видя, Муму бил ногами корчившегося в песчаной пыли Шпита. Бил, пока тот не затих.

— Черт, никогда нельзя расслабляться! — Дорогин носовым платком протер глаза, поднял пистолет и тихо сказал: — Поднимайся!

Шпит в ответ застонал.

— Поднимайся, я сказал!

Шпит встал сперва на колени, затем, придерживаясь за стену, поднялся на ноги. Он пошатывался, отплевываясь, песок набился ему в рот.

— Голову подними!

Налитые кровью глаза Шпита уставились на Сергея Дорогина.

«Морду я ему почти не попортил, хотя стоило бы», — подумал Дорогин.

— Лопату в руки — и копай!

Шпит, ослабевший после схватки, копал с трудом, наваливаясь на лопату всем телом, ему уже не приходило в голову повторить подвиг и наброситься на Дорогина. Он понимал: бесполезно. Убить его пока не убьют, но и шансов освободиться тоже нет.

Когда Шпит стоял в яме уже по пояс, Дорогин взглянул на часы и сказал:

— Хватит.

Бандит пару раз срывался на дно ямы, но с третьей попытки выбрался.

— Если хочешь, можешь почитать молитву, но им это вряд ли поможет, все равно прямиком в ад попадут.

— К черту молитвы, — сказал Шпит, сбрасывая на дно ямы Садко. Лебедя он столкнул ногами.

Он бросал лопатой комья глины на лица своих приятелей. Ему хотелось как можно скорее засыпать им глаза. Казалось, что и Лебедь, и Садко с укором смотрят на него.

Наконец под землей исчезли и лица, и тела. Шпит бросал лопату за лопатой, уже не обращая внимания ни на усталость, ни на пот, градом катившийся со лба.

— Хорошо ровняй, аккуратно, как для себя, — сказал Муму, когда бандит бросил последнюю лопату земли, — заровняй так, чтобы никто их не нашел. Это в твоих же интересах.

К концу работы лезвие лопаты сверкало, как пряжка солдата-новобранца. Дорогин пропустил Шпита вперед себя, хозяйским жестом погасил свет в подвале и, держась от пленника на расстоянии двух шагов, поднялся в гостиную.

— Теперь смывай кровь.

Шпит, не привыкший работать тряпкой, на удивление быстро справился с пятнами крови.

— Только я могу привести к деньгам, — торопливо бормотал Шпит.

— Я это понял, незачем повторять фразу, которой ты хочешь спасти свою жизнь. Садись, — Сергей указал стволом пистолета на диван в центре гостиной.

Шпит послушно опустился на диван, руки его дрожали. Он зализывал кровавые мозоли между пальцев, пока не нашел в себе силы глянуть в глаза Дорогину, но ничего не сумел в них прочитать.

— Что теперь?

— Документы на машину при себе?

Шпит осторожно, чтобы не насторожить Дорогина, вытащил портмоне, положил на стол документы.

— Вот водительские права, техпаспорта...

— Права можешь засунуть себе в задницу. Меня интересует техпаспорт на УАЗик.

— Да, все при мне...

— Твой паспорт тоже?

— И он...

Книжечка с двуглавым орлом легла на журнальный столик. Дорогин быстро пролистал страницы.

— Все в порядке. Ты выездной, хотя, честно говоря, не могу понять почему. Тебя давно должны были объявить в розыск. Но это не мое дело. Я тебя искал, я тебя нашел. Странно, — сказал Дорогин, — я-то думал, что Шпит — это кличка, а оказывается — настоящая фамилия.

— Шпит — и то и другое, — безразлично пожал плечами бандит.

Он устал до такой степени, что теперь ему было уже все равно, что с ним произойдет.

— Где у тебя бар?

Шпит, не поднимаясь с дивана, открыл дверцу небольшого, встроенного в журнальный столик бара-холодильника, поставил перед собой два стакана толстого стекла.

— Один из них можешь убрать. Я пить не буду, — ухмыльнулся Дорогин, — доставай самую большую бутылку.

Шпит колебался, но все-таки поставил на стол литровую бутылку «Абсолюта», холодную, мгновенно покрывшуюся инеем.

— Смотри, не простудись...

Шпит налил половину стакана.

— Мало. Лей полный.

Рука бандита замерла.

— Лей! Я, в отличие от, тебя к полумерам не привык.

Шпиту мгновенно вспомнился Тосо, то, как он заставлял его пить водку. И если до этого ему хотелось выпить несколько глотков спиртного, то теперь он с ужасом смотрел на чистейшую, пахнувшую черной смородиной дорогую водку.

— Пей! — уже грубо приказал Дорогин.

Стуча зубами о край стакана, Шпит глотал «Абсолют». Наконец последняя капля скатилась ему на язык.

— Повторить!

И вновь пришлось выпить полный стакан. Дорогин, когда словом, когда жестом, заставил Шпита выпить литровую бутылку до дна.

— Возьми с собой еще пару пузырей и идем, пока ты совсем не опьянел.

Спиртное уже туманило разум бандита. Он вытащил из бара две литровые бутылки «Абсолюта» и, пошатываясь, двинулся к выходу.

— С лестницы не загреми, — Сергей перехватил бутылку, с трудом засунул ее в карман куртки.

Документы Шпита вместе с бумажником уже перекочевали к нему. Луна зависла между кипарисами, заливая призрачным светом дом и двор. Сквозь шелестение ветвей пробивался звук прибоя. И Дорогину вспомнилось, как он вместе с Пашкой Разлукой дурачился в детстве на берегу моря. Ему нестерпимо захотелось прямо сейчас нажать на спусковой крючок, увидеть, как Шпит с простреленной головой покатится по крутой лестнице и уткнется лицом в густую траву. «Нет, еще рано, рано», — уговаривал себя Дорогин, спускаясь вслед за Шпитом.

К гаражу тот добрался уже пьяным, его глаза не выражали ничего, кроме глупого удивления.

— Не сюда, «мерседес» мы оставим в гараже. Садись в УАЗик!

Дорогин предусмотрительно выдернул ключи из замка зажигания, чтобы Шпит не попытался улизнуть от него на машине. Бандит сел на переднее сиденье, он уже с трудом удерживал голову прямо.

— На хрена тебе все это? — прохрипел он.

— Тебе не понять, — спокойно отвечал Дорогин.

Шпит с третьей попытки запустил руку в карман, достал сигареты, но так и не сумел прикурить. Он уснул с сигаретой в губах, зажигалка выскользнула из разжавшейся ладони.

Дорогин вздохнул, запустил двигатель и выехал на улицу. Он проезжал мимо ночных ресторанов, в каждом из них нашлись бы люди, готовые вступиться за Шпита, но откуда им было знать, что один из самых страшных бандитов в городе мирно дремлет, свесив голову между ног, рядом со своим похитителем, в скромном, неприметном УАЗике, направлявшемся к абхазской границе.

К ночи очередь на границе уменьшилась. Исчезли пешеходы. Досмотра ждали лишь пять машин. Оружие Дорогин особо не прятал, положил в чемоданчик с инструментом, пистолеты затерялись среди гаечных ключей и ветоши. Он терпеливо ждал, когда подойдет его очередь. Шпит негромко похрапывал.

К открытой дверце подошел милиционер с погонами майора.

— Ба! Знакомые лица! — воскликнул он и протянул Дорогину руку. — Майор Зязюля! Как всегда, на посту. Снова с приятелем в детский дом путь держишь?

— Да. Но теперь уже с другим.

Майор нагнулся, сунул голову в салон и втянул носом воздух.

— Ну и надрался твой друг.

— У богатых свои причуды. Дорвался до хорошей водки. Неделю не пил, дела крутил, теперь решил расслабиться. Ему можно. Все равно я за рулем.

— Как ребятишки? — осведомился майор Зязюля.

— Отлично! — Дорогин вскинул большой палец правой руки.

Майор махнул рукой, подзывая пограничников.

— Эти ребята — мои знакомые. Вы уж к ним не придирайтесь. Какая разница, пьян человек или трезв, документы-то у него в порядке, — и он вопросительно посмотрел на Дорогина.

— Естественно! — Сергей передал пачку документов: паспорта, водительские права, техпаспорт на машину.

Придраться было не к чему, если не считать того, что в паспорте Дорогина стоял штамп о въезде на территорию Абхазии, но отсутствовал штамп о выезде.

— Непорядок, — сказал пограничник.

— В чем дело?! — изобразил изумление на лице Дорогин.

— Вы вроде бы должны с той стороны ехать, а не с этой, — улыбка блуждала на губах стража границы.

— Покажите-ка, — Дорогин еще выше вскинул брови, — в самом деле! Я даже не глянул, когда выезжал, поставили мне штамп или нет. Отдал паспорт, мне его вернули, сунул в карман. Черт те знает что такое!

— Когда вы покидали территорию Абхазии? — довольно строго спросил пограничник.

Дорогин задумался и вновь пожал плечами.

— Кто ж его вспомнит. Суббота, кажется, была… или пятница… Одним словом — ночью.

— В нашей смене таких безобразий не происходит, — соврал лейтенант, хотя такие случаи происходили сплошь и рядом.

— Что делать будем?

Майор Зязюля подмигнул пограничникам:

— Простить надо! Не его вина. Это вам впредь лучше смотреть придется. Если бы бандит какой-нибудь ехал, мы бы его не пустили.

Пограничник не спеша удалился в здание и вскоре вернулся оттуда с паспортами, проштампованными честь честью.

— Я поставил вам дату выезда из Абхазии пятницей, когда наша смена дежурила. Надеюсь, ничего предосудительного вы в это время не совершали.

— Разве я похож на преступника?!

Дорогин и пограничник встретились взглядами.

«Определенно похож», — подумал пограничник и сказал:

— Нисколько.

— Я их знаю, — милицейский майор вскинул руку к козырьку.

Сделал он это лениво, не теряя собственного достоинства.

— С таможенниками проблем не возникнет? — спросил майор Зязюля.

— Никогда, — Дорогин тронул машину.

На таможне лишь попросили открыть багажник, посветили в него фонариком и лениво поинтересовались:

— Ничего недозволенного не везете?

Предложение с двумя «не» и одним «ни» развеселило Дорогина. Как ни ответь, все равно непонятно, везешь что-нибудь или нет.

— Если только чего-нибудь враги не подбросили, фальшивые доллары, например, — хохотнул Дорогин.

Шпит заворочался, не удержал равновесие и завалился на водительское сиденье.

— Хорошо ему, — вздохнул таможенник, — надеюсь, завтра он не станет обкладывать вас трехэтажным матом за то, что очутился в Абхазии.

— Кто ж его знает? Сам просил...

Майор Зязюля стоял у шлагбаума и курил дорогую сигарету. Блок он получил в презент от пересекавших границу контрабандистов. Сигареты были получены именно в подарок, сверх оговоренной суммы за пропуск машины.

«Это ж надо! — думал майор о Дорогине. — Сумел самого Шпита раскрутить на помощь детскому дому. Да, бандиты всегда сентиментальны. Небось подпоил Шпита, тот в пьяном угаре и пообещал деткам помочь. Назавтра бы протрезвел, к черту послал! А он молодец, тепленького, горяченького взял и прямо по назначению доставит.»

Рубиновые огни УАЗика скрылись за поворотом.

«В каждом человеке есть что-то хорошее, — и майор вскинул руку, показывая место, где следует остановиться следующей машине. — Последняя модель "пежо", — подумал Зязюля, — следует их тряхнуть на деньги.»

Вскоре он забыл о Дорогине и его пьяном спутнике.

Дорогин успел проехать сорок километров, прежде чем Шпит открыл глаза. Он смотрел осоловело, явно не понимая, где находится и что с ним происходит. Свет фар выхватывал то пушистые, как лисьи хвосты, кипарисы, то сложенные из дикого камня подпорные стенки. Машина шла, не сбавляя скорости на поворотах.

— Твою мать, — прошептал Шпит, протирая кулаками глаза и вздрогнул.

Ему вспомнилось все в мельчайших подробностях: мертвые приятели, тусклый свет лампочки в подвале, стук падающих на дно ямы комьев земли. Дорогин резко нажал на тормоза. Шпита бросило вперед, он ударился лбом о край металлической панели. Из рассеченной брови потекла кровь. Дорогин схватил Шпита за воротник, и не успел тот опомниться, как острое лезвие ножа легло на пульсирующую сонную артерию.

— Тебя, урод, я оставил жить не потому, что ты мне нравишься. По справедливости, лежать бы тебе рядом с твоими приятелями. Но только ты можешь привести к деньгам. Не вздумай дергаться, попробуешь убежать — я буду стрелять по ногам. Представляешь себе, что такое раздробленная коленная чашечка? С такой раной ты протянешь без медицинской помощи дня три, а больше мне и не надо.

— Что со мной будет? — прохрипел Шпит, воротник душил ему горло.

— Сядь по-человечески.

Шпит послушно завел руки за спину, прижался к спинке сиденья.

— Куда ехать?

— В Новый Афон.

— Это не адрес...

— Там нет адреса. Деньги в доме старшего брата авиадиспетчера.

— У Отара? — вспомнил Дорогин имя, услышанное от Козлова.

Шпит медленно перевел глаза к окну. Густые кусты были так близко, что нырнуть в них он успел бы за одну секунду. А там ищи-свищи!

— Дверца на ключ закрыта, — напомнил Дорогин.

— Да... — с ненавистью произнес Шпит. — Но старик не знает, где лежат деньги, без меня тебе не обойтись...

Одной рукой Сергей вытащил из-под сиденья литровую бутылку «Абсолюта», откупорил ее и заставил Шпита выпить граммов триста. Бандит, еще не протрезвевший, вновь погрузился в алкогольный дурман. Перед его глазами дорога поплыла. Спиртное, обжегшее пищевод, просилось наружу. Шпит пару раз икнул и, понимая, что пройдет лишь минут десять, и он вновь вырубится, попросил:

— Отлить надо...

— Руки перед собой! — скомандовал Сергей.

Шпит вытянул руки, и Дорогин застегнул на них браслеты наручников. Вновь предусмотрительно вытащил ключ зажигания из замка и, обойдя машину, выпустил бандита. На этот раз уже не нож, а пистолет оказался в руках у Муму. Тот самый, из которого он застрелил Садко и Лебедя, с тяжелым черным глушителем. Шпит все еще колебался, не попробовать ли удрать. Он уже понял, что Дорогин его не убьет, но шансов оставалось все меньше. Похититель знал, где деньги, но, видимо, не был в этом уверен, и только это пока спасало шкуру Шпита.

«Броситься в кусты, пробежать, сколько смогу, а затем упасть, затаиться... максимум я продержусь минут пятнадцать, затем вырублюсь, — соображал Шпит, медленно застегивая брюки. — Нет, пока рисковать нельзя, шансов у меня никаких. Найдет... ногу прострелит. Дождусь, когда он увидит деньги. От их вида многие теряют голову.»

— В машину! — Сергей подтолкнул Шпита стволом пистолета.

— Попить или пожрать чего-нибудь надо, — заплетающимся языком проговорил бандит.

— Если пить хочешь, попей «Абсолюта», а жрать тебе не к чему. Еще салон заблюешь.

— Покурить...

— На том свете покуришь... — спокойно ответил Дорогин, выезжая с обочины.

Как ни крепился Шпит, как ни пытался дышать глубоко, спиртное вновь его разморило. Кровь, стекавшая с рассеченной брови, уже запеклась. Вокруг глаза кожа потемнела, а лицо опухло.

* * *

Новый Афон встретил Дорогина погашенными фонарями. Ни людей, ни машин. «Словно нейтронная бомба разорвалась над городом», — подумал Сергей, выходя из УАЗика.

Серебрилось небольшое рукотворное озеро. На островке посреди него высился ржавый остов бывшего ресторанчика. Ярко светила ущербная луна. Пляж начинался сразу за откосом шоссе. Нестерпимо сильно пахло цветами. Ночь буквально разрывалась от стрекотания цикад.

Шпит даже не проснулся, когда Дорогин отомкнул один браслет наручников, завел бандиту руки за спину и вновь соединил их. Сергей сидел возле машины, привалившись спиной к колесу, и смотрел на серебрившееся в лунном свете море.

«Какая короткая у меня позади жизнь, промелькнула, словно одно мгновение. Но начинаешь вспоминать и диву даешься, сколько всего пережито: детский дом, учеба, съемки в кино, семья, гибель детей. А потом? Было ли в моей жизни то, что можно назвать жизнью?! Тюрьма, зона... Эти годы можно вычеркнуть, затем — месть, я поквитался с теми, кто убил мою семью. Все, что есть у меня сегодня, это Тамара. Не знаю,

302

за что она меня любит, но факт остается фактом. Паша-Паша... — вздохнул Сергей и принялся тихо насвистывать знакомую до боли песню: «Разлука ты разлука»... — Ты появился и сразу исчез, подарив мне надежду на то, что жизнь приобретет смысл.»

Иногда человеку необходимо посидеть, подумать, перебрать в памяти прошлое. Тогда на душе становится спокойнее, жизнь вновь обретает смысл, и ты уже не просто мчишься сквозь дни, недели, годы... Ты начинаешь понимать, куда ведет дорога жизни. Чаще всего это случается, когда возвращаешься в места, где давно не бывал, где провел детство. И не важно, счастливым оно было или полным лишений. Ребенок всегда счастлив. Он умеет радоваться малому: бабочке, севшей на руку, зайчику, отброшенному маленьким зеркальцем на стену, украденному в соседском саду мандарину. Способен играть чем угодно: камешками на пыльной провинциальной улице, обломками палок, цветными стеклышками. Потому что дети, в отличие от взрослых, живут фантазиями.

И Дорогину вспомнилось, как они с Пашкой Разлукой могли часами лежать на траве, глядя в небо, по которому проплывали облака, и фантазировать. Они придумали далекую счастливую страну, ее обитателей и взахлеб рассказывали друг другу о том, что там происходит. Спорили, ругались, мирились.

«Интересно, — подумал Дорогин, — что же все-таки существует за чертой, называемой смертью? Может, каждому воздается по его вере? И каждый попадает туда, где был счастлив? Не вернулся ли Пашка в свое детство? Может, он живет в придуманной нами стране? Боже! Как там, наверное, хорошо!»

И тут ему вспомнилась еще одна детская игра, когда загадываешь желание и придумываешь условие его выполнения. Условия обычно дурацкие, как и сами желания.

Сергей взял в ладонь отшлифованный камень, взвесил его и загадал: «Если я сумею сидя забросить его в море, значит, все у меня будет хорошо».

Какая связь между счастьем и полетом камня? Вроде бы никакой. Вся жизнь — это цепь случайностей, влияющих друг на друга.

— Лети.

Невозможно было далеко отвести руку, замахнуться. Мешала машина. Дорогин подался вперед и резко метнул камень. Он видел, как тот летит, вращаясь, над пляжем. С замиранием сердца он следил, куда упадет галька.

Очередная волна набежала на берег, вспенилась, зашуршала камнями и отхлынула. Брошенный Дорогиным камень упал на мокрую гальку, в пену, которая тут же исчезла, просочившись сквозь крупные камни.

«Вот и пойми, — вздохнул Сергей, — что мне светит в будущем? Вся моя жизнь проходит словно по границе между светом и мраком, между счастьем и бедой. Все-таки не дано человеку знать свое будущее, позаботиться о нем заранее. Гадай не гадай...»

Сергей услышал шорох на другой стороне дороги и увидел, как из кустов на асфальт вышел мужчина неопределенного возраста. Давно не стриженная борода, длинные волосы, рваный джинсовый костюм, босые ноги явно были привычны к ходьбе по острым камням. Мужчина не дошел до Сергея метра четыре и хрипло поприветствовал его:

— Доброй ночи!

«Бомж, что ли?» — подумал Дорогин.

В руках небритый незнакомец сжимал толстую отполированную ладонью палку, она придавала ему уверенности.

— Закурить не найдется?

— Ты кто? — спросил Сергей.

— Вроде бы сторож, — вздохнул мужчина, — хотя сторожам деньги платят, а мне... — и он скрутил фигу. — Но я не в обиде, хорошо, что разрешают жить в ресторане, — и он показал на ржавый остов с облезлой надписью «Отдых».

— Совсем туго?

Мужик пожал плечами:

— Не знаю, здесь хоть пожрать можно найти, да и тепло... даже зимой снега не бывает. Только с куревом туго.

Сергей бросил взгляд на Шпита. Тот спал беспробудным сном.

— Я могу и водки налить, — поставил на капот машины пластиковый стаканчик и плеснул в него граммов сто «Абсолюта».

— Круто, — бомж-сторож зацокал языком, — небось она бешеных денег стоит.

— Если пьешь на халяву, — сказал Дорогин, — не думай о чужих деньгах. Кому жемчуг мелкий, а кому и хлеба не хватает.

— Тоже правильно.

Заросший до безобразия мужчина смаковал напиток, затем дрожащей рукой принял от Сергея сигарету и с удовольствием затянулся.

— Раньше я любил в Абхазию приезжать вместе с женой и детьми. Когда это было... — он махнул рукой. — Тогда казалось, что впереди нас ждет только хорошее. Потом все понеслось к чертовой матери... Ты не думай, — он поднял заскорузлый указательный палец, — я человек образованный, доцент, философию читал в харьковском университете.

— Небось не классическую немецкую философию читал, — отозвался Дорогин, — а научный коммунизм.

— Что верно, то верно... Оказалось-таки, что коммунизм не очень научный. Потом в торговле себя пробовал, челноком ездил, поднялся немного. Но знаешь, как бывает, — разоткровенничался сторож, — во вкус войдешь деньги зарабатывать и ни на что другое времени не остается. Кажется, чем больше домой принесешь, тем больше тебя любят. Ну а жена, — бомж перекрестился, — по-другому думала...

— Умерла, что ли? — спросил Дорогин.

— Нет, хахаля себе завела. Он, гад, на мои деньги пил и жрал...

— Чего тогда крестишься, если жена жива?

— Она для меня умерла, — бомж ударил себя кулаком в грудь, — я с горя и запил. А когда опомнился, ни семьи, ни денег, ни квартиры, ни даже паспорта — ни хрена не осталось.

Он покосился на спящего Шпита.

— Счастливый человек...

— Почему?

— Он, словно медведь, в зимнюю спячку впал. Иногда и мне так хочется. Залечь в спячку годков так на десять, чтобы потом проснуться, а вокруг счастливая жизнь. Настолько счастливая, что в ней и мне место найдется... Твое здоровье, — бомж допил водку, сделал последнюю глубокую затяжку. — Слабые сигареты, не продирают. А водка — ничего, крепкая...

— Закусить у меня нечем, — сказал Дорогин.

— Черт с ней, с закуской, может, и ты выпьешь?

— За рулем нельзя.

— Какое, на хрен, за рулем, — засмеялся бомж, — тут милицию днем с огнем не сыщешь. Да и какая это милиция?! Бандиты самые настоящие! Им без разницы, трезвый ты или пьяный, лишь бы деньги с тебя содрать. А твой приятель хорошо одет, богатый человек, сразу видно. Ему повезло, что ты с ним. Попадись он ментам в руки, вмиг бы обобрали, голого бы оставили и без часов...

Бомж не мог видеть, что руки Шпита сковывают наручники.

— Ему хорошо, — подтвердил Дорогин, — да мне плохо.

— А что такое?

— Ехали мы в Новый Афон, чтобы человека одного повидать. И только он дорогу знает, — Сергей указал на Шпита. — А толку от него сейчас не добьешься, назюзюкался в стельку.

— Сейчас в Новом Афоне людей не много живет. Если человек видный, то я его знаю, — не без гордости сообщил бомж.

— Я не в курсе насчет того, видный он или

307

нет, но меня уверяли, что человек он уважаемый.

— Тут все уважаемые, даже я...

— Он живет не в самом Новом Афоне, в горах. Говорят, он когда-то давно убил свою жену и ее любовника...

— О, это Отар, — сторож сделался серьезным, — очень уважаемый человек! В Афоне грузинов почти не осталось, все уехали или в партизаны подались, а его никто не трогает.

И сторож был уже готов рассказать трогательную историю о высушенных головах любовников, как Дорогин остановил его.

— Дорогу туда знаешь?

— В горах много дорог не бывает, — и он повернулся спиной к морю, — вон огонек, чуть пониже вершины, — заскорузлый палец завис в воздухе.

Дорогин вгляделся, и среди холодных звезд узрел теплый огонек живого пламени, маленький, чуть заметный, но манящий.

— Это его дом, но туда лучше не соваться. Он гостей не любит. Разговор короткий. В лучшем случае за двери выставит.

— Я тебе еще сто граммов налью, если дорогу туда покажешь.

— В гости к Отару я не сунусь, — твердо сказал бомж и облизнулся, отказываться от ста граммов тяжело.

— Я не прошу довести до самого его дома, выведешь нас на дорогу, и этого хватит.

Бомж поскреб нечесаную бороду и сказал:

— Наливай...

На этот раз он осушил стакан залпом.

— Поехали, — он забрался на заднее сиденье УАЗа.

Чувствовалось, человек давно не сиживал в машине, озирался по сторонам, удивляясь, что так быстро передвигается.

Узкой улицей они выехали к железнодорожной станции. Между плитами посадочной платформы успели пробиться молодые деревца.

— Поезда редко ходят, электрички так и не пустили, — прокомментировал бомж, — дальше дорога простая, едешь прямо, если в горах понятие «прямо» вообще применимо.

«Точно, — подумал Дорогин, — только преподаватель философии так может сказать: "понятие применимо".»

— Проедешь две смотровые площадки. Только вглядывайся основательно: одно название что площадки — наполовину обрушившиеся... Я там давно не бывал, но мне рассказывали. Как доедешь до перевала, спустись вниз метров двести. И все, паркуй машину. Тропинка справа, прямо к дому ведет. Огонь у него горит днем и ночью. Там уже не собьешься. Фонарик есть?

— Не знаю. Луна светит.

Бомж задрал голову, посмотрел в ночное небо, его кадык дернулся судорожно, будто он проглатывал воображаемое спиртное. Дорогин сжалился, налил еще водки, и бомж просиял.

— Счастливый у меня сегодня день. Зачем тебе Отар понадобился?

— Думаю, скоро услышишь.

Внимательно присмотревшись к Дорогину, бомж усмехнулся.

— А, понял. Ты, наверное, с ним на зоне сидел. Кореш?

— Ошибся.

— Не могу я ошибаться, — отошел от принципов философии сторож. — Ты на зоне сидел — это точно. Взгляд у тебя зэковский.

Шпит засопел, клюнул носом, и бомж, увидев скованные за спиной руки бандита, присвистнул:

— Серьезный ты мужик!

И тут же торопливо добавил:

— Я ничего не знаю, никого не видел. Всю ночь проспал в ресторанчике, — и подмигнул Муму. — Ну а мы с тобой теперь приятели.

— Правильно, — бросил Дорогин, плавно трогая УАЗик с места.

Бомж с наслаждением выдохнул. Он чувствовал, как от него пахнет дорогой водкой.

— Эх, бабу бы еще, — мечтательно проговорил он, хотя и понимал, что ни одна женщина на него не клюнет. Для этого, по крайней мере, нужно было помыться, побриться, постирать шмотки и разжиться деньгами.

Объяснение бомжа было хоть и коротким, но толковым. Дорогин миновал одну смотровую площадку, вторую и вскоре оказался на перевале. Машина нырнула вниз, прокатилась накатом и замерла. Когда Дорогин заглушил двигатель, стало слышно, как шумит ветер в деревьях.

— Эй, урод, — Дорогин ткнул локтем Шпита в бок.

Тот никак не приходил в себя, мычал. Только начинал поднимать голову, как она вновь падала на приборную панель. Сергей взял с зад-

310

него сиденья бутылку с минералкой и, открутив пластиковую крышку, принялся лить воду бандиту на голову. Тот фыркал, отплёвывался. Наконец открыл глаза. Вновь ушло несколько минут на то, чтобы Шпит сообразил, где находится.

— Выбирайся из машины.

Дорогин буквально выволок Шпита, поставил на ноги. Бандит стоял, пошатываясь, пока свежий воздух не привёл его в чувство. Он узнал место, где несколько дней тому назад был вместе с приятелями и Давидом. «И машина та же, что и тогда», — подумал Шпит.

— Вперёд, если помнишь дорогу!

«Тут не убежать, — подумал Шпит, — лес редкий, камни, обрывы и рассвет скоро.»

Бандит брёл по горной тропинке, с трудом преодолевая крутой подъём. Между стволами деревьев виднелось освещённая живым огнём окно.

Громко залаяла собака, лай приближался. Дорогу Шпиту преградила огромная кавказская овчарка, мохнатая, со злющими глазами. Она стояла прямо на тропинке, широко расставив лапы и абсолютно не боясь людей, надрывалась лаем.

Дорогин вышел вперёд и пристально посмотрел собаке в глаза. Та сперва смолкла, затем несколько раз неуверенно пролаяла и, поджав хвост, попятилась.

— Вперёд! — сказал Муму.

Овчарка спокойно шла рядом со Шпитом, но, когда тропинка вывела к ограде усадьбы Отара, вновь принялась лаять. Старый грузин, держа в руках винтовку с инкрустированным прикладом, уже ждал пришельцев на крыльце.

— Тихо! — бросил он овчарке.

Собака сразу же умолкла, легла и принялась бить себя по бокам хвостом.

Шпита Отар узнал сразу, но, как всякой горец, не спешил начинать разговор, терпеливо ждал.

— У меня язык не поворачивается сказать «добрый вечер», — произнес Дорогин.

— Уже не вечер, скорее утро, — проговорил Отар.

— Вы — Отар?

Старик кивнул.

— Этот человек бандит, — сказал Муму, — он убил вашего брата Тосо, по его вине погиб и Давид.

Ни один мускул не дрогнул на морщинистом лице Отара.

— Я чувствовал, — сказал он, — что с Давидом не все ладно, ну а Тосо? За что погиб он?

Шпит стоял, глядя себе под ноги. Отар поднял голову.

— А ты кто такой?

— Человек, у которого убили друга. И ваш брат Давид был вместе с убийцами.

Отар облизнул пересохшие губы.

— Зачем ты привел его сюда?

— Он теперь в ваших руках. Можете сделать с ним что угодно.

Небо уже было слегка тронуто светом восходящего солнца.

— Он и его приятели убили не одного человека.

— Ты приходил с ними? Со своими приятелями? — спросил Отар Шпита.

Тот промолчал. За него ответил Дорогин:

— Наверное. Он сейчас пьян. Тогда они что-то оставили в вашем доме.

— Я знаю. Пошли, — предложил старый грузин.

Он шел спокойно, как всегда. Ничто не могло выбить его из колеи. Все свои эмоции старик прятал за маской безразличия. Скрипнула дверь погреба. Отар чиркнул спичкой, зажег керосиновую лампу. Неяркий свет заполнил небольшое помещение.

— Вот, — указал он стволом винтовки на жесткий брезент, прикрывавший мешки с долларами.

Дорогин разогнул проволоку, отбросил брезентовый полог. Банковские мешки. Один из них прогоревший. Тугие пачки долларов.

— Они и погубили Давида, — вздохнул Отар, — я знал, но не мог остановить его.

— Ты можешь делать с ним все, что хочешь, — перешел на «ты» Дорогин, поняв, что Отару все равно, как к нему обращаются, лишь бы в голосе звучало уважение к его годам.

— Можешь забрать мешки, — сказал Отар, — деньги мне ни к чему.

— Это фальшивые доллары.

— Не знаю, — пожал плечами Отар, — мне все равно. Деньги меня не интересуют.

— Подержи-ка его на прицеле, — попросил Сергей.

Отар навел винтовку на Шпита. Маленький ключик открыл наручники. Сергей заставил бандита вытянуть руки, сковал их наручниками уже за толстой грабовой стойкой, повернув Шпита спиной к ней.

— Посидишь возле своих денег. Может, сам сдохнешь, если повезет.

Шпит с ненавистью глянул на Дорогина.

— И тебе долго не жить...

— Посмотрим, многие мне говорили такое.

Сергей опустил брезент и вышел на улицу вместе с Отаром.

— Ты точно знаешь насчет моих братьев? — спросил грузин.

— Тосо я видел мертвым, а про Давида слышал... О его гибели весь Сочи говорит.

Пожилой мужчина тяжело вздохнул, оперся о винтовку.

— Что делать думаешь?

— Этого мерзавца зовут Шпит. Он убийца, это так, но основную игру затеял не он. Он тоже, можно сказать, жертва.

Отар, не привыкший к длинным пространным рассуждениям, поморщился.

— Есть люди, которые затеяли игру, — пояснил Муму, — не будь их, не было бы фальшивых долларов, не лилась бы кровь. Шпит — мелкая рыбешка по сравнению с ними.

— Ты не возьмешь денег, даже если они фальшивые? — удивился Отар.

— Нет, — покачал головой Муму, — я уничтожу всех, из-за кого погибли твои братья.

— Давид тоже был с убийцами, — напомнил Отар, — и, останься он жив, ты бы посчитался с ним.

Дорогин в упор посмотрел на Отара.

— Знай ты заранее, что задумал твой младший брат, думаю... — и взгляд Дорогина скользнул на винтовку.

— Не знаю, — мотнул головой старик, — не хочу думать об этом.

— Но мне ты веришь? — спросил Дорогин.

— Я доверяю тебе, — ответил Отар.

— Тогда не удивляйся тому, что я сделаю.

— Нет, так не пойдет, — Отар взял Дорогина за руку, — я должен знать, что ты задумал.

— Хорошо, но тебе придется ждать. Не знаю сколько: день, два. Возможно, это произойдет уже сегодняшним вечером.

— Скажи, что ты решил?

Дорогин оглянулся на закрытую дверь подвала и наклонился к уху старика...

Муму шептал недолго. Отар кивал.

— Ты сильно рискуешь, — выслушав Дорогина, ответил он.

— Мне не привыкать. Пошли к машине. Тебе будет спокойнее, если этот мерзавец будет пока беспробудно пьян.

— Я не спущу с него глаз.

— Все равно, пойдем.

Дорогин и Отар спускались тропинкой к машине.

— Шпит заставил твоего брата, Тосо, выпить водку и пьяного утопил в море.

— Тосо тоже виноват в этом? — тихо спросил Отар.

— Насколько я понимаю, нет. Он лишь плохо хранил чужие тайны.

— Тосо — мирный человек.

Мужчины остановились у машины. Дорогин

315

отдал Отару одну целую, другую недопитую бутылки «Абсолюта», сел за руль.

— Тебе далеко?

— В Гудауту. Смотри, удержись от искушения прикончить Шпита сразу.

— Легкая смерть не для него. Возвращайся скорей, и удачи тебе.

Старик помахал рукой вслед удаляющейся машине. Он долго стоял, задумавшись, опершись на длинную винтовку. Овчарка терпеливо ждала, когда ее хозяин вернется в дом.

— Давид... — беззвучно проговорил старик. — Как ты мог... надо было мне поговорить с тобой по-другому. Запер бы тебя в подвале. Посидел бы неделю, одумался. С убийцами связался, с бандитами...

Он тяжело поднялся в гору.

Уже протрезвевший Шпит заерзал, когда услышал шаги возле самой двери. Он затравленно озирался, сучил ногами, пытаясь подняться с земли. Утренний свет ударил ему в глаза. Бандит увидел силуэт вооруженного винтовкой Отара в дверном проеме и понял: бесполезно предлагать деньги за свою жизнь и свободу. Этого человека ничем не проймешь. В жизни ему уже ничего не надо. И все же Шпит проговорил:

— Тебе нет смысла меня убивать. Не я убил твоих братьев.

— Молчи, — сказал Отар, садясь на ступеньку и кладя винтовку на колени.

— Эти деньги настоящие, — зашептал Шпит, — можешь оставить их себе. Больше никто не придет за ними. А я уйду. Если же ты убьешь меня, тебе отомстят.

— Кто знает, что ты здесь? — резонно спросил Отар.

— Узнают, обязательно узнают...

— Никто не узнает, куда ты пропал. И не пугай меня. Мне уже ничего не страшно.

Медленно светало, и Шпит ловил взглядом кусок голубого неба в дверном проеме. Он не знал, суждено ли ему увидеть, как сегодня солнце скроется за морским горизонтом.

Глава 11

Как и каждое утро, дядя Федор поднял детей ровно в семь утра и вывел их на зарядку. Хоть здоровье и не позволяло ему выдержать нагрузку вместе с детьми, дядя Федор пытался изобразить из себя жизнерадостного, бодрого старичка, всего лишь ленящегося десять раз подтянуться на перекладине. Дети понимали, что дядя Федор хорохорится, но не хотели его обижать и вовсю подыгрывали ему. Запыхавшийся директор наконец сказал:

— Всем принять душ — и в столовую.

Сам же, обмахиваясь газетой, направился в кабинет, чтобы попить крепкого чая. Его не насторожило то, что возле ворот стоит УАЗик. Мало ли кому в Гудауте пришло в голову оставить здесь машину. Главное, что ворота закрыты и никто возле них не топчется. Директор детского дома открыл дверь, ведущую в коридор, и остолбенел. Рядом с дверью его кабинета на вытертом, десять раз отремонтированном стуле сидел Сергей Дорогин. Дядя Федор хоть и не видел его целую вечность, узнал сразу. Во-первых, по фотографиям, а во-вторых, глаза и улыбка у Сергея остались прежними, немного детскими.

— Ну вот мы и встретились, — Дорогин не бросился навстречу, а просто поднялся, так, как это сделал бы ученик при виде директора.

Слезы навернулись дяде Федору на глаза.

— Ты, ты... — приговаривал он, обнимая Муму.

— Я, дядя Федор.

— Не думал тебя увидеть.

— Я хотел заехать, но попозже, а теперь вы нужны мне по важному делу.

И Дорогин ненавязчиво пригласил дядю Федора в его же кабинет.

— Все как прежде, — усмехнулся он, — только, по-моему, письменный стол новый.

— Новый, — махнул рукой дядя Федор. — Он чуть моложе тебя.

— И телефонный аппарат другой.

— Уже не помню. Телефонные аппараты не живут так долго, как люди.

Директор детского дома включил чайник, и вскоре перед Дорогиным уже стояла простая фаянсовая кружка, до краев наполненная крепко заваренным чаем.

— Я без сахара пью, а ты?

— Мне все равно.

— Я уже знаю про Пашку, — сокрушенно покачал головой дядя Федор, — думал, что и ты погиб...

— Я обо всем расскажу вам позже. Не сегодня, не завтра, а когда увидимся в следующий раз. Вы говорили, что двое кавказцев интересовались мной?

— Да. Один даже назвался твоим или Пашкиным приятелем. Как там его... Память ни к черту стала, — дядя Федор потер лоб, выдвинул ящик стола. — Хотя нет, — усмехнулся он, — они даже не назвались. А я постеснялся спросить.

— Вы говорили о телефонном номере.

— Да, они телефон оставили. Сказали, как ты объявишься, можешь позвонить.

Дядя Федор порылся в ящике письменного стола. Среди кучи бесполезных бумаг он отыскал картонную карточку, на которой был отпечатан телефонный номер.

— Телефон не здешний, — вздохнул директор детского дома, — даже не знаю, в каком городе они живут. Какой это код?

Дорогину было достаточно короткого взгляда, чтобы понять: перед ним номер мобильного телефона.

— Хорошие люди? — поинтересовался Муму.

— Жаловаться на них грех, детскому дому помогли, но не понравились они мне.

— Иногда впечатление обманчиво.

— Если позвонить хочешь, то вряд ли у тебя что-нибудь получится, — директор заметил, что Сергей смотрит на телефон. — Нам за неуплату межгород отключили. Могу звонить только по городу.

Дорогин наскоро допил чай и поднялся.

— Все, дядя Федор. Если что, не поминайте лихом.

— Ты куда?! Я тебя еще ни о чем не спросил.

— Потом поговорим.

Дорогин коротко пожал руку директору детского дома и зашагал к воротам.

— Погоди, я сейчас открою, — бежал за ним дядя Федор.

— Не беспокойтесь, лучше к детям возвращайтесь.

— Ты обиделся на меня?

— Нет, все в порядке.

И Сергей, пока дядя Федор пытался размотать цепь, соединяющую створки ворот, перемахнул через ограду, легко и без всякого напряжения. Он чувствовал в себе силу, как чувствует ее любой человек, решившийся на смелый поступок. Дяде Федору ничего не оставалось как помахать рукой вслед пылящему по незаасфальтированной улице УАЗику.

— Странно, — бормотал директор детского дома, — что ему надо было? Ничего не могу понять.

Он вернулся в кабинет и маленькими глоточками принялся пить круто заваренный чай, пытаясь понять, что происходит в этом мире, почему человек, приезда которого он ждал годы, появился на каких-то пять минут, ничего толком не объяснил и исчез, даже не сказав, когда приедет вновь.

«Стар я стал, — подумал дядя Федор, — ничего уже не понимаю и вряд ли когда-нибудь пойму. Найти бы себе преемника, а то не ровен час помру, и дети без присмотра останутся. Мне даже хуже, чем одинокому папаше, которого бросила жена-алкоголичка. У него есть надежда:

дети подрастут, встанут на ноги. А у меня и такой надежды нет. Одни вырастут, новые появятся, но кого я найду, когда денег нет. Живем подаяниями.»

Дорогин отъехал совсем недалеко. Он остановился возле кинотеатра. Странное дело, но тот работал. Висели бумажные афиши, за окошком кассы виднелось лицо пожилой женщины. «В больших городах кинотеатры закрываются, а здесь работают, — удивился Дорогин. — Хотя чему удивляться, в Москве, почитай, в любом доме есть видеомагнитофон. А здесь, в Абхазии, даже за год денег на его покупку не заработаешь.»

Он пробежался взглядом по афишам. Ни одного нового фильма. Было такое впечатление, словно он вернулся в прошлое, лет на двадцать. Старые советские, индийские фильмы, французские комедии. «Да... Они показывают то, за что не нужно платить деньги. Старые копии, оставшиеся в хранилище. До чего же они запилены!»

На душе стало теплее, когда Дорогин увидел пару названий фильмов, в которых снимался сам. «Когда все кончится, непременно вернусь сюда и схожу в кино. Вместе с дядей Федором, с детишками, куплю весь зал. Буду сидеть в полумраке, смотреть знакомые кадры, слышать детский смех, восхищенные возгласы мальчишек, когда они будут думать, что это их любимый актер выделывает смертельные трюки. И только я во всем зале буду знать, что это не он, а я совершил то, чем они восхищаются. Приведу детей, куплю билеты, — подумал Дорогин, — если только останусь жив», — и горькая усмешка появилась на его губах.

Он поднял с сиденья мобильный телефон, принадлежавший Шпиту и, сверяясь с номером на картонном прямоугольнике, вдавил кнопки. Ответили не сразу, наверняка владелец телефона был человеком осторожным, наверняка пытался припомнить, кому принадлежит номер, высветившийся на дисплее его аппарата.

— Алло, кого вы хотели услышать? — раздался в трубке спокойный голос, в котором с трудом можно было уловить легкий кавказский акцент.

— По-моему, вы меня искали, — сказал Дорогин.

— Кого вы хотели услышать?

— Я — никого. Это вы хотели слышать меня. Я — Сергей Дорогин. Вам что-нибудь говорит это имя?

— Возможно. И пожалуйста, не прерывайте разговор, я вас внимательно слушаю.

— Я не собираюсь от вас прятаться. Наоборот, ищу встречи.

Муму понял: на том конце линии совещаются, что делать.

— Я нашел то, что вы ищете, за чем вы приехали в Абхазию.

— Это мало походит на правду...

— Я отыскал пачки, — на слове «пачки» Дорогин сделал ударение, чтобы уж совсем не осталось сомнений, о чем идет речь. — Я даже нашел людей, присвоивших их себе.

— Я прекрасно понимаю, о чем идет речь. Давайте встретимся.

322

— Я жду вас.

— Где?

— Я в Гудауте, напротив кинотеатра.

— Один? На машине?

— Там разберемся. Вы должны меня узнать.

— Ждите, через пять минут буду.

Дорогин первым отключил телефон.

— Кажется, клюнули, — прошептал он. — Дай бог, чтобы мой план удался.

Он вышел из машины и сел на бордюр возле кинотеатра, рядом с тремя местными мужчинами, ожидавшими прибытия единственного городского автобуса. Дорогин даже не успел выкурить сигарету, когда из-за угла на скорости вылетел тяжелый джип «чероки» и как вкопанный замер рядом с его УАЗом.

«Сильно же я их заинтересовал», — подумал Сергей.

Шамиль и Ахмат заглянули в стекло УАЗа, убедились, что там никого нет, и принялись озираться. Дорогин помахал им рукой, мол, вот он я, к чему так спешить? Пара минут ничего не решает. Он загасил сигарету, раздавив ее подошвой на асфальте, и подошел к чеченцам. Протянутую Шамилем для приветствия руку проигнорировал, но не демонстративно, сделал вид, что не заметил. Посмотрел на Ахмата. Тот подавать руку не рискнул.

— Вы умнее, чем я думал, — проговорил Шамиль.

— Рад это слышать.

— Но, честно говоря, я не понимаю, о чем идет речь. Вы позвонили, говорили странные вещи. Попросту меня заинтриговали, — изобразил полную неосведомленность Ахмат.

— Я сейчас все объясню, только сядем в машину.

Чеченцы не спорили. Все трое забрались в джип «чероки»: Ахмат с Шамилем — на переднее сиденье, Дорогин — на заднее. Шамиль поднял стекла. Теперь их не только никто не слышал, но и не видел.

— К похищению денег я не имею никакого отношения, — сказал Дорогин, — случайно оказался с другом в машине в момент ограбления. Мой друг погиб.

— Сочувствую.

— В мои планы входило лишь отомстить за гибель друга, но получилось по-другому. Я узнал, что в броневике не российские рубли, а фальшивые доллары, которые привезли вам, а вы их должны были обменять на настоящие баксы.

— Это похоже на правду, но лишь похоже, — ухмыльнулся Шамиль.

— Вы можете мне не доверять, но я предлагаю вам хорошую сделку. Вам все равно, от кого вы получите деньги: от поставщика, от людей, укравших их, или от меня. Вам нужны фальшивые доллары, вы знаете, куда их сбыть. Мне они не к чему. Мне нужны настоящие.

Шамиль и Ахмат переглянулись. На представителя спецслужб Дорогин не походил. Но жизнь приучила их быть осторожными.

— Все это интересно, хотя несколько непонятно, — произнес Шамиль.

— Я не претендую на всю сумму. С меня достаточно и комиссионных.

— Я не говорю, что деньги предназначались для нас, — сказал Ахмат, — но все-таки интересно, во сколько вы оцениваете свои услуги?

— Двести тысяч зеленых, — твердо сказал Дорогин. И чувствовалось, что он не уступит ни тысячи. — Если вас не устраивает названная мной сумма, я пошел.

— Не знаю, — пробормотал Шамиль, — мне нужно понять, о чем идет речь.

— Не волнуйтесь, деньги спрятаны в надежном месте. К тому же вместе с ними я передам вам человека, организовавшего ограбление. И еще, — добавил Дорогин, — деньги в мешках — не все, часть взяли бандиты, и я не сумел их отыскать. Но исчезла лишь малая часть. Процентов десять, не больше. Все, ребята, — Дорогин хлопнул ладонью по кожаной обивке сиденья, — если вы согласны на мои условия, то жду вас на съезде, там, где шоссе примыкает к приморской трассе. Ехать не очень далеко. И не забудьте прихватить с собой деньги — двести тысяч. Сегодня. В семь вечера. Я жду пятнадцать минут. Если мои условия вас не устроят, я исчезну, а денег вы уже никогда не найдете.

Дорогин, не дожидаясь ответа, вышел, сел в УАЗ и тут же уехал.

— Что будем делать? — спросил Шамиль.

— Ехать за ним следом не стоит, — отвечал Ахмат, — мне кажется, он говорит правду.

— Двести тысяч, — задумчиво проговорил Шамиль, глядя в зеркальце заднего вида. — По большому счету, мы могли бы заплатить банкирам двести штук за весь товар, но нам работать с ними и дальше.

— Наш канал засветился, — ответил Ахмат. — Нужно сделать все, чтобы на какое-то время закрыть его без лишнего шума и реанимировать в другом качестве.

— Хорошо сказано. Чувствую, нам придется совершить сегодня небольшое путешествие.

* * *

«Неужели они не приедут? Неужели я ошибся?» — думал Дорогин, сидя в УАЗе на развилке дорог.

Стрелки часов приближались к семи.

«Нет, не ошибся.»

Из-за поворота выехал джип «чероки». Он двигался медленно.

— Мы правильно сделали, что ничего не сказали Руслану, — произнес Шамиль, останавливая машину. — Вот и наш друг. Кажется, он и в самом деле один.

— В Абхазии нам бояться нечего. Здесь все под контролем, — прошептал Ахмат, приветливо улыбаясь Дорогину.

Шамиль держал в руках небольшой чемоданчик. Держал так, чтобы Дорогин его непременно заметил.

— Вы привезли то, о чем я просил?

— Конечно. Хотя ни к каким фальшивым долларам отношения не имеем.

— Покажите, — потребовал Дорогин.

— Показать можно, — Шамиль приподнял колено и, поставив на него чемоданчик, откинул крышку.

В нем лежало сорок пачек в пятидесятидолларовых купюрах.

— Надеюсь, у вас нет сомнений, что они настоящие?

— Пятидесятки редко подделывают, — сказал Сергей, даже не прикоснувшись к деньгам.

Пачки лежали в два слоя.

— Да, чисто из любопытства мы проедемся с вами, — сказал Ахмат. — Деньги? Что ж, пусть поездят вместе с нами. Какая разница, где они лежат: в банке или в автомобиле.

— Мы поедем на двух машинах: я — впереди, вы — за мной, — сказал Дорогин и, больше не проронив ни слова, сел за руль.

УАЗ покатил в сторону Нового Афона.

— Едем, — Шамиль запустил двигатель. — Как ты думаешь, деньги в самом деле у него или он блефует, пытается заманить нас в ловушку.

— Я ничего не думаю, я действую, — ответил Ахмат. — Он один, нас двое. Мы хорошо вооружены. У него в лучшем случае пистолет. Я в этом уверен.

Ахмат знал, что говорил. По его распоряжению охранники из дома, где они жили в Гудауте, целый день следили за Дорогиным. Пока он обедал в кафе, они обыскали УАЗик, оружия не нашли. Максимум, что мог укрывать Дорогин под одеждой, — пистолет.

— Все-таки мы «построим» банкиров, — ухмыльнулся Шамиль, — за то, что мы сами нашли деньги, мы уменьшим их долю вдвое. Они окупят стоимость бумаги, работу и смогут дальше печатать фальшивые доллары. А для своих

327

мы якобы израсходуем всю сумму. Неплохо получается.

— Ты рано радуешься, — резонно заметил Ахмат.

— Я по глазам вижу, он знает, где деньги. Он уже держал их в руках. Посуди сам, зачем человеку фальшивые доллары, на которых он может погореть? Ему лучше взять немного настоящих и ни с кем не ссориться. Он решил не рисковать. Двести тысяч — не та сумма, из-за которой отрывают голову.

— Это он так считает, — хохотнул Ахмат. — Я не стану его переубеждать.

Было еще светло, когда машины, проехав горной дорогой, остановились за перевалом. Трое мужчин смотрели друг на друга.

— Оружие при вас есть?

— Абхазия — страна, в которой лучше ходить с пистолетом, — сказал Шамиль, приподнимая полу куртки, под ней в светло-желтой кобуре висел пистолет.

— У меня тоже.

— И у меня, — Дорогин показал пистолет, вынув его из кармана. — Лучше предупреждать друг друга заранее, что все вооружены. Деньги возьмите с собой. Передадим все из рук в руки.

— Место надежное? — поинтересовался Шамиль.

— Надежное, — ответил Дорогин.

— Не боитесь идти первым?

— Если со мной что-нибудь случится, вы деньги не найдете. Я спокоен.

— Чтобы вы тоже не сомневались, посмотрите, — Шамиль вновь приоткрыл чемоданчик и продемонстрировал доллары. — Мы их не оставили в машине. Мы все заинтересованы в том, чтобы сделка состоялась. Потом разбежимся в разные стороны и больше, надеюсь, не встретимся.

Дом Отара произвел на чеченцев впечатление: просторный и мрачный.

— Кто здесь живет? — спросил Шамиль.

— Сейчас никто, — ответил Дорогин. — Хозяин на время отлучился, и мы обойдемся без него. Деньги спрятаны чуть в стороне.

Дорогин повел чеченцев к подвалу, распахнул дверь. Измученный Шпит сидел на корточках, прикованный к стойке стеллажа. Глаза его горели ненавистью, изо рта торчал кляп.

— Это кто такой? — спросил Шамиль.

— Человек, укравший деньги. А вот и они.

Дорогин указал на стеллаж.

— Сходи проверь, — бросил Шамиль Ахмату.

Тот спустился в погреб, сдернул брезентовый полог, увидел знакомые мешки с фальшивыми долларами, презрительно глянул на Шпита.

— Много отсюда взяли?

Бандит молчал. Ахмат раскрыл целые мешки, убедился, что деньги на месте.

— Ну что? — спросил Шамиль.

— Все в порядке, он не обманул нас.

— Выходи, пришло время рассчитываться с нашим благодетелем, — Шамиль спокойно кивнул Дорогину. — Кажется, парень, ты заработал неплохие деньги.

329

Лицо Сергея было спокойным.

— Ты уверен, что это именно он? — спросил Ахмат, показывая на Шпита.

— Он один остался из всей шайки.

— Почему ты сам его не пристрелил?

— Вы бы подумали, что деньги украл я. Зачем мне фальшивые доллары? Хватит и настоящих.

— Логично, ты мне нравишься, — Шамиль взвесил в руках небольшой чемоданчик с двумястами тысячами долларов. — Жаль с ними расставаться. Да что поделаешь? Ты заслужил эти деньги.

— Как поступим дальше?

— Ты уезжаешь, а мы остаемся. Ненадолго, не волнуйся, хозяин не успеет вернуться. Нам нужно кое-что узнать у твоего пленника. Следов мы не оставим. Держи, — Шамиль поставил чемоданчик у ног Дорогина так, чтобы тот мог взять его только правой рукой.

Дорогин наклонился, взялся за ручку. Когда он выпрямился, Шамиль уже стоял с пистолетом в руке.

— Извини, — сказал чеченец, — мне не денег жалко. Я свидетеля не могу оставить живым.

Ахмат улыбнулся.

— Вы, русские, многих вещей не понимаете.

Шамиль уже готов был нажать на спусковой крючок, как вдруг раздался выстрел со стороны дома. Чеченец с простреленной головой упал на камни. Дорогин лишь вздрогнул, но не пригнулся, не бросился бежать. Ахмат выхватил оружие, но не успел его поднять. Прогремел второй выстрел, и пистолет выпал из его пальцев. Ахмат держался на ногах, сколько хватало сил, затем осел на колени и рухнул лицом вниз. Дорогин обернулся. Из темного нутра сарая, лишенного окон, вышел Отар с дымящейся винтовкой в руке.

— Спасибо, — хрипло проговорил Дорогин.

Отар молча подошел к Шамилю, носком сапога повернул тому голову.

— Мертвее не бывает, — вздохнул Сергей.

— Я бы отпустил их, — произнес Отар, задумчиво глядя на кровь, смешавшуюся с пылью, — но они сами виноваты. Каждый сам выбирает свою судьбу. Забирай деньги, — сказал Отар.

— Мне они не нужны.

— И мне тоже, — ответил грузин.

— А что делать с ним? — поинтересовался Дорогин, указывая на Шпита.

— То же, что и с ними.

Двойственные чувства жили в душе Дорогина. Сергей сознавал, что никогда не поймет Отара. Сам он не был способен убить женщину. Но он чувствовал: перед ним цельный человек, ни на шаг не отступающий от собственной морали.

— Я сделаю так, что никого не найдут, — пообещал Отар. — А ты уезжай, у тебя еще есть дела.

— Может быть...

— Я по глазам вижу, тебе хочется уйти. Не потому, что ты боишься: тебя ждут люди. Меня-то никто не ждет.

— Смотри, — предупредил Муму, — если возле твоего дома найдут их машину...

Отар усмехнулся.

— Я не мальчик, чтобы меня учить. Если ты думаешь, что я дикий горец, — ошибаешься. Я в прошлой жизни работал шофером, и лучше, чем водить автомобили, я ничего в жизни не умею.

— Сбросишь в пропасть?

— Еще не знаю... Наверное, отгоню на шоссе и оставлю джип открытым. Такой автомобиль без хозяина долго не простоит.

Мужчины так и не пожали друг другу руки. Дорогин спустился к УАЗу. Наверху прогремел еще один выстрел.

* * *

Ночь выдалась теплой, и дядя Федор решил, что будет спать с открытым окном. Он подпер створки двумя аккуратными деревянными брусочками, чтобы ветер, не дай бог, не выбил стекло. Вышел на улицу, пересек спортивную площадку, прошелся по коридору, вдоль которого располагались детские спальни. Тишина. Ни смеха, ни разговоров.

Директор детского дома знал, что тишина в детских спальнях обманчива: воспитанники затаились и ждут, когда он уйдет, чтобы потом вновь начать безобразничать. Он вышел на крыльцо, постоял, подождал.

«Нет, наверное, все-таки спят», — подумал он, пытаясь различить в тишине сдавленное хихиканье.

Где-то неподалеку проехала машина, затем

и этот звук исчез, растворился в темноте, опустившейся на город. Директор детского дома вернулся к зданию школы, открыл дверь своей комнаты и привычно щелкнул выключателем. Загорелась неяркая лампочка под потолком. Приходилось экономить электричество. Дядя Федор вздрогнул: в кресле у самого окна сидел Дорогин. В пальцах он держал незажженную сигарету.

— Добрый вечер или доброй ночи, дядя Федор, — сказал Сергей и поинтересовался: — Можно закурить?

Этот бесхитростный вопрос и вернул директора детского дома к реальности.

— Я уж думал, ты мне померещился. Конечно кури.

Директору хотелось узнать, что привело Дорогина к нему в такое время, но неожиданное появление гостя лишило его способности логически мыслить. Огонек зажигалки лизнул сигарету, Сергей глубоко затянулся и выпустил дым в окно. Белое облачко мелькнуло и исчезло в темноте.

— Извините, но я ненадолго, — Дорогин поставил на журнальный столик небольшой чемоданчик и открыл его.

Дядя Федор окончательно лишился дара речи. Внутри лежали сорок тугих пачек пятидесятидолларовых банкнот. Одну за другой Дорогин выложил их на столик и посмотрел в глаза директору детского дома.

— Возьмите их.

— Я не могу, — прошептал дядя Федор.

— Я же не прошу взять их для себя, возьмите для детского дома, для детей.

— Откуда эти деньги?

Дорогин вздохнул, глубоко и протяжно.

— Я не хочу вспоминать об этом. Могу сказать одно: они достались мне по справедливости. Я никого не грабил, деньги отдали мне добровольно, но все же, дядя Федор, вы никому о них не говорите, расходуйте постепенно.

— Я не могу...

— Спорить с вами не стану, знаю, что распорядитесь ими правильно.

— Сергей, ты можешь что-нибудь объяснить?

— Нет, в другой раз, позже. Я еще появлюсь в ваших краях.

— В наших... — напомнил директор детского дома.

Сергей уже сидел на подоконнике, взмахнул рукой, простился и спрыгнул на траву. Дядя Федор подбежал, навалился животом на подоконник. Он видел, как мелькает рубиновый огонек сигареты, видел, как взорвался фонтан искр от брошенного окурка. И Дорогин исчез, растворился в ночи.

«Боже мой, что же это происходит?! — подумал дядя Федор, глядя на деньги. — Откуда их столько?»

Он долго думал, куда бы спрятать доллары. Впервые он видел столько денег. Разделив пачки на четыре кучки, он спрятал их в разных местах. Затем сел к столу. О сне не могло быть и речи. С карандашом в руках директор принялся составлять список того, что необходимо было приобрести детскому дому в первую очередь.

Тамара Солодкина сидела на террасе дома с чашкой кофе в руках. Она уже дошла до той стадии тревожного ожидания, когда из души исчезла злость на Дорогина, уехавшего и лишь однажды давшего о себе знать. «Лишь бы он вернулся, — думала женщина, — я не буду ругаться, не стану взывать к его совести. Лишь бы вернулся, лишь бы с ним все было хорошо.»

С шоссе свернула желтая машина.

«Такси!» — шевельнулась в душе надежда.

Тамара встала, даже не встала, а рванулась из-за стола, подбежала к перилам. Точно, такси. Острым зрением она заметила: в автомобиле двое — шофер и пассажир на переднем сиденье.

Такси остановилось у ворот, из него вышел Дорогин.

— Вернулся... приехал... — выдохнула женщина, не в силах сдержать радостную улыбку.

Сергей шагал к дому, держа в руке небольшой чемоданчик. Тамара совладала с собой, не бросилась ему навстречу, она прислонилась к деревянной колонне, поддерживающей навес, и смотрела на Сергея.

— Извини, — сказал Дорогин, — я не хотел терять время на поиски телефона и... — Затем махнул рукой. — Я вернулся.

Он поставил чемоданчик на доски террасы и обнял женщину.

— Я тебя больше никуда не отпущу, — сказала ему Тамара.

— Я ненадолго, — прошептал Сергей, — помыться, привести себя в порядок.

— Я тебя не отпускаю...

— Не знаю, это займет дня три-четыре, может, неделю, но я должен все довести до конца. В память о Паше.

— Тебе какой-то Роман из Абхазии звонил, просил передать дословно следующее: «Тех, кого ты ищешь, уже нет нигде». И еще просил передать привет от Фазиля. Я ничего не понимаю.

— Он прав, их уже нет. Тебе и не надо ничего понимать.

— Кого же ты ищешь?

— Их.

Он наскоро поцеловал Тамару, подхватил чемоданчик и вошел в дом. Женщина стояла в растерянности, не зная, что делать. Ей хотелось броситься вслед за Сергеем, крикнуть, что он никуда больше не поедет, останется с ней, сказать, что устала от такой жизни.

«Нет, нельзя», — вздохнула Тамара. Однажды она уже пыталась так сделать. И что? Не помогло! Она вырвала у Сергея обещание... Но это ничего не изменило. Нельзя сделать человека насильно счастливым. Он счастлив от такой жизни, а она счастлива с ним.

Дорогин появился на террасе через сорок минут: еще не высохшие после душа волосы, свежий, распаренный, пахнущий дорогим одеколоном, новые джинсы, просторный свитер.

— У меня есть всего один час, чтобы смотреть на тебя.

— Сергей... — проговорила женщина.

— Молчи, — Дорогин приложил палец к ее губам. — Всего один час.

И Тамаре показалось, что она слышит тихое тиканье часов на руке Сергея.

— Я столько думал о тебе, о нас... — говорил Дорогин, глядя в глаза Тамаре.

— Я тоже...

— Представляю, что ты обо мне думала, — улыбнулся он.

— Сперва я злилась, затем молила Бога, чтобы с тобой все было хорошо.

— Со мной ничего не может случиться, ведь ты меня любишь, а я не хочу тебя огорчать.

— Я приготовлю тебе кофе...

— Подожди, я сам, — Дорогин заглянул в кофейник. — Мне хватит того, что осталось.

— Он холодный...

— Ну и что, я люблю холодный кофе.

Тамара боялась смотреть на часы, понимая, что время неумолимо уходит.

— Извини, я пойду, — Сергей попытался встать.

— Я не встану с твоих колен, я не дам тебе уйти, — Тамара обняла его за шею.

— Извини, но я обещал.

— Кому?

— Себе, — твердо произнес Дорогин.

Он подхватил Тамару на руки и поставил ее на пол.

Сергей вывел машину из гаража, забросил на заднее сиденье увесистый чемоданчик и послал Солодкиной воздушный поцелуй.

— Жди, я появлюсь.

— Где тебя искать?

— Искать меня не надо. Я буду в Москве.

Первым делом Дорогин направился в редакцию газеты «Свободные новости плюс». О том, что Варвара Белкина на своем рабочем месте, он узнал по телефону у ответственного секретаря.

Белкина сидела за компьютером, зажав сигарету в ярко накрашенных губах, дым лез ей в глаза, она щурилась, сопела носом, но продолжала набирать текст двумя руками.

— Варвара, может, ты на секундочку оторвешься от клавиатуры?

Дорогин прикрыл монитор ладонью, чтобы вывести журналистку из гипнотического состояния.

— Не поможет, — буркнула Белкина, продолжая набирать текст, которого уже не видела из-за руки мужчины, — извини, что я позавчера не смогла прийти к тебе на встречу.

— Позавчера! — возмутился Дорогин. — Ты вспомни, когда это было?!

— Ну, значит, вчера, — вздохнула журналистка.

— Ты окончательно потеряла счет времени. Последний раз по телефону мы с тобой говорили десять дней тому назад.

— Неужели! — Варвара опустила руки и запрокинула голову.

Наконец-то дым перестал разъедать ей глаза. Сергей двумя пальцами вынул окурок из губ Варвары и положил его в пепельницу, затем поводил ладонью перед глазами журналистки, как это делают медики и милиционеры, пытаясь определить, жив пострадавший или нет.

— Достали, все меня достали... — вздохнула Варвара. — И ты в том числе.

— Я же не просить о помощи приехал, а предложить помощь, — усмехнулся Дорогин.

— Неужели кто-то в этом мире одержим приступом милосердия?

— Прошли прогуляемся, ты уже посинела от сигарет и кофе.

— Хорошая тональная пудра, немного румян — и здоровый цвет лица ко мне вернется в течение пяти минут, — наконец-то нашла в себе силы улыбнуться Белкина.

— Значит, выпьем кофе и выкурим по сигарете, у меня разговор недолгий.

Обычно Дорогин и журналистка пили кофе в небольшом барчике напротив редакции. Дородная Белкина взгромоздилась на высокий деревянный табурет, явно не рассчитанный на ее широкие бедра.

— Два двойных кофе, — заказал Дорогин.

— Один двойной для тебя и тройной для меня, — поправила его Белкина, — и воды, пожалуйста, мне налейте поменьше.

— По консистенции это будет что-то вроде смолы, — предупредил бармен.

— Лишь бы к зубам не прилипало, — Варвара покосилась на пачку сигарет «Кэмел» без фильтра в руках Дорогина. — Можно я твоими сигаретами подымлю?

— У тебя же есть свои — хорошие, дамские. Мне и в голову не пришло предложить даме солдатские сигареты. Извини.

— Мои меня уже не продирают, — задымив и глотнув термоядерного кофе, Белкина посветлела лицом, взгляд ее стал более осмысленным. — Теперь со мной можно говорить о деле.

— Я хочу предложить тебе тему для статьи.

— Тема — это половина дела, — вздохнула журналистка, — главное факты. Они-то у тебя есть?

— Факты будут.

— Хорошо, давай тему.

— В России изготавливают фальшивые доллары, которые практически невозможно отличить от настоящих.

— Это не новость, — отмахнулась Белкина.

— Слушай дальше. Их сплавляют в Чечню в обмен на настоящие доллары по курсу один к пяти или один к десяти, толком не знаю.

— Это похоже на правду, — задумалась журналистка, — но где твои факты?

— Вначале сделай, как вы журналисты любите говорить, аналитическую статью, выскажи такое предположение.

— А потом что?

— Потом я предоставлю тебе факты.

— Если бы я не знала тебя, Дорогин, раньше, я бы сказала: нет. Но ты меня еще ни разу не подводил.

— Я даже сейчас могу предоставить доказательства, — Сергей запустил руку в карман, извлек из нее стодолларовую банкноту.

Белкина пошуршала ею, посмотрела на свет, понюхала, поскребла ногтем.

— По-моему, настоящая, — сказала она.

— Давай поменяемся, ты даешь мне сто баксов из своего кошелька и забираешь эту купюру.

— Даже если бы у меня были сто баксов, ты бы их не получил, — Варвара вернула сотню Дорогину.

— Значит, сомневаешься, что она настоящая?

— Только потому, что ты меня ни разу не подводил.

— Если окажется, что она фальшивая, ты согласна помочь мне связями?

— Ну, началось, — протяжно выдохнула журналистка. — Говорил, что пришел помочь мне, а сам хочешь меня использовать. Не ты один такой. Знаешь, сколько мужчин хотело бы меня использовать? — но глаза у Варвары уже горели. — Я знаю идеальный способ, — Белкина соскользнула на пол. — Пошли, сейчас узнаем все с точностью до ста процентов.

В универсальном магазине Белкина сразу отыскала высокого худощавого парня в кожаной куртке, крутившегося возле валютного обменника.

— Вася, — без лишних слов перешла она к делу, — вот сто баксов.

— На какие купюры тебе их поменять? — Вася взял сотню и, не глядя на нее, прошелся по купюре пальцами. Лицо его сделалось напряженным, он сложил бумажку пополам, поднес к уху и ударил по ней ногтем. — Фальшивая, — уверенно произнес он.

Белкина просияла. Просиял и Дорогин.

— Извини, Варвара, но фальшивых я не беру. Если надо, могу подсказать человека, возьмет твою сотню за полтинник.

— Я же говорил, — ликовал Дорогин.

— Как ты это делаешь? — спросила Варвара.

— Интуиция, — спокойно ответил Вася, — и многолетний опыт. От настоящих долларов тепло исходит, я его руками ощущаю. А фальшивые, они из меня энергию тянут, холодом от них веет.

— К уху зачем купюру подносил?

— Чтобы убедиться окончательно. У настоящего доллара бумага звенит, как мздра хорошо выделанного меха. А фальшивая или слишком мягкая, или, наоборот, жесткая... Настоящий доллар как камертон настроен — навечно. Новая сотня, как ми бемоль первой октавы, звучит. А твоя — до диез.

— Спасибо за консультацию, — Варвара поднесла купюру к уху и щелкнула по ней ногтем. — Черт его знает, может, ты, Васек, и прав. Что тебе от меня надо? — спросила Варвара, когда оказалась с Дорогиным на улице.

— Ты как-то хвасталась, что у тебя хорошие знакомые в руководстве ОМОНа есть.

— Хорошие знакомые — это слабо сказано. Они за меня в огонь, и воду ребят пошлют.

— Если ты им позвонишь, через сколько минут ОМОН может прибыть на место?

Варвара задумалась.

— Смотря что случится... Но если я хорошо попрошу, то в центре Москвы они будут через десять минут. На окраине — через пятнадцать-двадцать.

— Приедут без лишних разговоров? По первому твоему звонку?

— Я их, как и ты меня, еще ни разу не подвела. Ложных вызовов не делала.

— Хорошо, Варвара, можешь писать статью о фальшивых долларах.

— Где их хоть делают?

— Потом узнаешь, — Сергей поднес ладонь Белкиной к губам и откланялся.

* * *

Три дня ушло у Дорогина на то, чтобы отследить привычки владельца банка «Золотой червонец» Леонида Павловича Мельникова. Во всем поведении банкира чувствовалась нервозность, и с каждым днем она возрастала. Леонид Павлович подолгу на работе не засиживался, мотался по городу, но без толку.

Каждый день он заезжал в один и тот же двор, набирал на кодовом замке номер одной и той же квартиры, но никто ему не отвечал. Мельников перестал доверять мобильному телефону, не пользовался им, боялся прослушивания. Если и звонил, то из телефонов-автоматов на улице.

И вот наступил день, когда Дорогин понял: напряжение достигло предела. Мельников готов выйти из игры.

Гендиректор тверской обойной фабрики встретился с Мельниковым в городе. Обычно улыбчивый и жизнерадостный, Герман Баранов исподлобья смотрел на партнера-банкира.

— Мерзкая погода, мерзкое настроение, — признался Леонид Павлович, оглядываясь по сторонам.

Баранов нервно оглянулся.

— У меня такое чувство, что за нами постоянно следят, — признался Мельников.

— И у меня.

— Давай не будем мерзнуть, к тому же на улице легче подслушать разговор. Лучше всего сесть в кафе за столик, где гремит музыка, там и обговорим детали.

343

— Согласен, — Баранов поднял воротник плаща.

Мужчины остановились перед вывеской кафе «Золотой змей».

— По-моему, здесь уютно.

Мельников заглянул в окно.

— Горячего кофе и немного коньяка... — мечтательно проговорил Баранов.

— Я бы съел хорошо прожаренное мясо, с утра ношусь, даже не перекусил. Аппетита целый день не было, а теперь голод почувствовал.

Банкир и директор обойной фабрики зашли в кафе. Дорогин остался стоять на другой стороне улицы. Убедившись, что мужчины заняли столик и сделали заказ, Сергей поднес трубку телефона к уху.

— Варвара, ты должна срочно приехать. И не забудь прихватить записную книжку с телефонами твоих знакомых ОМОНовцев.

— Сергей, я только что вернулась домой.

— Не я выбираю время, — напомнил Дорогин. — Или ты приезжаешь прямо сейчас, или я действую на свой страх и риск, но тогда свидетелем сенсационного ареста станет другой журналист.

— Врешь, кроме меня, у тебя нет знакомых среди журналистов.

— Друзей нет, — поправил Сергей, — а знакомых хоть отбавляй.

— Далеко ехать?

— От тебя с пяток кварталов. Кафе «Золотой змей».

— Знаю!

Варвара выбежала из дому и через пять минут уже высматривала Сергея из окна машины. Дорогин стоял напротив входа в кафе. Несмотря на прохладную погоду, он был в джинсах и свитере, куртку держал в руке, искусно прикрывая ею небольшой чемоданчик, которого Белкина даже не заметила.

— Пошли в кафе, угощу тройным кофе и мартини.

— Я за рулем.

— Назад я тебя отвезу.

— Идет, — согласилась Белкина.

Дорогин галантно взял плащ Варвары, повесил его. Свою же куртку вешать не стал, а положил ее на соседний стул вместе с чемоданчиком. Официант принес кофе и мартини. Белкина курила одну сигарету за другой. Ее удивляло то, что Дорогин, обычно любезный, даже не предложил ей зажигалку, и прикуривать ей приходилось самой.

— Видишь двоих мужчин за столиком в углу? — спросил Дорогин. — Только не оборачивайся.

Белкина скосила глаза.

— У того, что повыше, — сказала она, — часы на руке пять штук баксов стоят. А у того, что поменьше, — три тысячи.

— Тот, что повыше, — сказал Дорогин, — владелец банка «Золотой червонец». Того, что поменьше, я не знаю, но они связаны одной веревочкой.

Белкина отхлебнула мартини и глубоко затянулась сигаретой.

— Владелец банка Мельников, поставщик фальшивых долларов...

— Твои слова к делу не пришьешь, — усмехнулась журналистка.

— Сейчас ты выйдешь в туалет, — глядя в глаза Варваре, сказал Сергей, — и по мобильнику вызовешь ОМОН, скажешь, что за угловым столиком сидят двое мужчин, а под столом у них в маленьком чемоданчике триста тысяч фальшивых долларов.

Белкина с сомнением посмотрела на Дорогина.

— Не нравится мне твое предложение.

— Потом вернешься, сядешь за столик и станешь ждать приезда ребят в черных масках.

Варвара осторожно столкнула локтем салфетку на пол, нагнулась за ней и заглянула под столик банкира и гендиректора обойной фабрики. Длинная скатерть свисала почти до пола.

— Нет там никакого чемоданчика, — зло прошептала Белкина Дорогину. — Я боюсь ввязываться в эту авантюру.

— Я не сказал тебе, что чемоданчик сейчас стоит под столом.

— Но объясняться с ОМОНовцами придется мне.

— Делай, как я говорю, если начинаешь сомневаться, повторяй: «Дорогин меня никогда не подводил».

— Если что, ты же знаешь, Сергей, я выкручусь, но тебе придется не сладко.

— Делай, что я говорю, и не думай о плохом, — ласково проговорил Муму.

Белкина несколько раз вздохнула для храбрости, поднялась и исчезла за дверью женского туалета. Запершись в кабинке, она достала трубку мобильного телефона и набрала номер.

Дорогин, лишь только закрылась дверь туалета, взял сигарету и несколько раз щелкнул зажигалкой. Огонек так и не появился.

— Черт знает что такое! — сказал он достаточно громко, подхватил куртку вместе с чемоданчиком и с сигаретой в руке подошел к столику, за которым сидели владелец банка и гендиректор обойной фабрики. — Извините, пожалуйста, у вас прикурить можно? Газ кончился.

— Пожалуйста, — банкир пододвинул к краю стола дорогую бензиновую зажигалку.

Сергей поставил чемоданчик, прикрытый курткой, на пол, взял в руки зажигалку, прикурил и поблагодарил банкира. Снова взяв куртку, Дорогин ногой аккуратно задвинул чемоданчик под длинную скатерть стола.

— Еще раз извините.

Быстрым шагом Сергей покинул кафе.

— ...мне звонил наш общий друг, уже из Лондона звонил, — продолжал Леонид Павлович Мельников прерванный разговор, — и сказал нехорошую фразу: «У тебя, как я помню, есть куча мусора. Так вот, мой тебе совет: сожги его».

Баранов закусил губу.

— Неужели придется свернуть производство?

— Придется, — вздохнул банкир. — Уничтожишь все — матрицу, бумагу, краски. Наш общий друг обещал найти другое занятие.

— Жалко... но завтра же все уничтожу, — прошептал Герман Баранов.

Белкина вышла из туалета и нерешительно приблизилась к столику. Дорогин исчез.

«Вот сволочь», — подумала журналистка и огляделась вокруг. На стуле, где совсем недавно лежала куртка Сергея, было пусто.

— Кинули девушку, — прошептала Варвара. — Мало того что я как дура вызвала десять ОМОНовцев, так еще и за кофе с мартини придется самой расплачиваться... Он меня никогда не подводил, — проговорила Белкина, — он меня никогда не подводил, — шептала она, как заклинание, не в силах унять дрожь в руках.

«Но я-то его столько раз подводила, — подумала она. — Неужели Дорогин решил так жестоко рассчитаться со мной?».

Сергей стоял возле телефона-автомата и сквозь окно кафе видел, как нервничает Белкина. «Раз нервничает, значит, позвонила», — усмехнулся он.

Прямо у крыльца остановился небольшой мерседесовский автобус с занавесками на окнах.

— Прибыли, — сказал себе Дорогин, делая вид, что разговаривает по телефону.

Десять ОМОНовцев в масках вбежали в кафе.

— Всем оставаться на местах! Проверка документов! — сказал старший.

Побледневший банкир положил руки на стол и, желая подбодрить Германа Баранова, легонько наступил ему на ботинок. Мол, не волнуйся, ничего страшного для нас с тобой во всем этом нет: банкиров обычно берут на рабочем месте, а не в кафе при людях.

С грохотом упал чемоданчик.

Двое ОМОНовцев для проформы проверяли

документы у посетителей кафе. Старший группы в сопровождении трех автоматчиков подошел к столику, за которым сидели Баранов и Мельников.

— Вот, пожалуйста, — трясущейся рукой Мельников достал паспорт. — Герман, покажи свои документы, — обратился он к оторопевшему Баранову.

— Что у вас под столом гремит? — ОМОНовец приподнял скатерть и извлек из-под стола небольшой чемоданчик.

Мельников уставился на него.

— Это не наш, — торопливо сказал он.

— А чей же?

— Не знаю.

Щелкнули замочки, и ОМОНовец даже присвистнул, когда увидел тридцать пачек стодолларовых банкнот.

— Чемоданчик ваш или нет?

— Нет...

— Враги подбросили, — усмехнулся майор.

Мельников посмотрел в глаза Баранову. Тот чуть заметно прикрыл веки, он узнал продукцию своей фабрики.

— Придется поехать с нами.

Мельников, еще не веря в случившееся, смотрел на наручники, сковавшие его запястье.

— Возьмите, пожалуйста, все в порядке, — сказал ОМОНовец, возвращая Белкиной ее документы, но так и не дождался ответа.

Варвара смотрел вслед банкиру и гендиректору обойной фабрики. ОМОНовец положил журналистское удостоверение Белкиной на край стола.

— Не забудьте его.

Хлопнула дверь, заурчал и отъехал автобус. Через пару минут посетители кафе успокоились. Вернулся Дорогин, на кожаной куртке поблескивали капли дождя.

— Извини, Варвара, телефон ты унесла, а мне нужно было срочно позвонить. Тут ничего не случилось?

— Сволочь ты, Дорогин! Предупреждать надо! Меня чуть инфаркт не хватил, — весело сказала Белкина и махнула рукой официанту: — Стакан виски.

— Жаль, что нельзя заказать спиртное двойной или тройной крепости, — усмехнулся Дорогин.

— За твой счет, кстати.

* * *

Тамара Солодкина подняла телефонную трубку.

— Привет, Варвара. Да, конечно, он дома. Сергей, тебя.

— Как жизнь? — спросил Сергей, прижимая щекой телефонную трубку к плечу.

— Великолепно, только что окончила вторую статью, — тараторила Белкина. — Ты во время все затеял. Небось не знаешь — Новицкого сегодня арестовали прямо в аэропорту. Он, гад, хотел в Израиль свинтить.

— Кто такой Новицкий? — спросил Дорогин.

— Не притворяйся, — возмутилась Белкина, — уж ты-то должен знать, что Олег Семенович Новицкий — управляющий банка «Золотой червонец», правая рука Мельникова.

— Первый раз слышу.

— Ладно, поговорим завтра. У меня для тебя еще новости есть.

— Хорошо. Встретимся. Но на этот раз место и время назначишь ты.

— Пока. Спасибо, Сергей. Я опять вхожу в десятку самых популярных журналистов Москвы.

Дорогин положил трубку и вновь начал листать альбом с фотографиями. Тамара встала у него за спиной и терпеливо ждала, когда Дорогин перевернет последнюю страницу. А он медлил. Со снимка на него глядел улыбающийся Паша Разлука. В руках у Пашки Матюхова была губная гармошка. Еще мгновение — и он поднесет ее к губам, и зазвучит до боли знакомая мелодия: «Разлука ты, разлука, чужая сторона...».

— Сергей, уже ничего не изменишь, — прошептала Тамара.

— Я знаю, — глухо ответил Дорогин и захлопнул альбом, а в ушах его звучала и звучала незамысловатая мелодия.

«Я никогда ее не забуду, — подумал Дорогин, — возможно, даже в последние мгновения жизни я услышу именно ее...»

Литературно-художественное издание

ВОРОНИН АНДРЕЙ НИКОЛАЕВИЧ
ГАРИН МАКСИМ НИКОЛАЕВИЧ

МУ-МУ
СКВОЗЬ ОГОНЬ И ВОДУ

Роман

Ответственный за выпуск *Ю. Г. Хацкевич*

Подписано в печать с готовых диапозитивов 29.01.02.
Формат 84×108^1/$_{32}$. Печать высокая с ФПФ.
Бумага типографская. Усл. печ. л. 18,48.
Тираж 20 000 экз. Заказ 2427.

ООО «Харвест». Лицензия ЛВ № 32 от 10.01.2001.
РБ, 220013, Минск, ул. Кульман,
д. 1, корп. 3, эт. 4, к. 42.

Налоговая льгота — Общегосударственный
классификатор Республики Беларусь
ОКРБ 007-98, ч. 1; 22.11.20.300.

Республиканское унитарное предприятие
«Полиграфический комбинат имени Я. Коласа».
220600, Минск, ул. Красная, 23.